Secretos en la oscuridad

SECRETOS EN LA OSCURIDAD

ROBERT BRYNDZA

SERIE KATE MARSHALL 3

TRADUCCIÓN DE
AUXILIADORA FIGUEROA

Primera edición: abril de 2023
Título original: *Darkness Falls*

© Raven Street Limited, 2021
© de la traducción, Auxiliadora Figueroa, 2023
© de esta edición, Futurbox Project, S. L., 2023
Todos los derechos reservados.

Diseño de cubierta: Taller de los Libros
Imagen de cubierta: Amelia Fox | Shutterstock
Corrección: Alexandre López

Publicado por Principal de los Libros
C/ Aragó, n.º 287, 2.º 1.ª
08009, Barcelona
info@principaldeloslibros.com
www.principaldeloslibros.com

ISBN: 978-84-18216-59-6
THEMA: FH
Depósito Legal: B 7204-2023
Preimpresión: Taller de los Libros
Impresión y encuadernación: Liberdúplex
Impreso en España — *Printed in Spain*

Para Nanna May

Prólogo

Sábado, 7 de septiembre de 2002

Joanna Duncan salió del edificio de oficinas y cruzó la calle con la cabeza gacha para protegerse de la lluvia. El hombre que la observaba desde el interior del coche se alegró de que se hubiese puesto a llover. La gente se daba cuenta de menos cosas bajo el paraguas y con la cabeza baja.

La mujer se dirigió a paso ligero al viejo *parking* de la calle Deansgate. Era bajita, de melena rubia y ondulada y unas facciones marcadas que hacían que se pareciese un poco a un gnomo, pero estaba lejos de tener un aspecto desagradable: tenía la belleza natural de una diosa guerrera. Aquel día llevaba un largo abrigo negro y unas botas *cowboy* de piel marrón. El hombre dejó que pasase el autobús y después se incorporó a la carretera. El bus salpicó un montón de agua sucia a su paso y, durante un segundo, el conductor perdió de vista a Joanna, así que puso los limpiaparabrisas. La muchacha ya estaba cerca de la fila de gente que esperaba en la parada.

A las seis menos veinte, la calle ya se estaba acomodando para irse a dormir: las tiendas habían comenzado a prepararse para cerrar y las personas empezaban a dispersarse para volver a sus hogares. El autobús frenó al llegar a la parada. Entonces, justo cuando Joanna pasaba detrás de este para cruzar la calle, el hombre aprovechó para acelerar y adelantarla usando el bus para ocultarse.

El bloque gris ceniza del *parking* sería demolido en pocos meses, pero eso no impedía que la joven fuese una de las pocas personas que seguían aparcando allí. Estaba cerca de la oficina en la que trabajaba y, además, era muy tozuda. Aquella tozudez fue la que ayudó al hombre a llevar a cabo su plan.

Vio a la mujer dejar atrás al autobús cuando viró el coche hacia la derecha para entrar en el *parking*. La rampa giró y se retorció hasta que llegó, mareado de conducir en círculos, a la tercera planta. En medio de una fila vacía estaba el Ford Sierra azul de Joanna, el único vehículo que había en aquel piso. Una luz tenue iluminaba el interior del aparcamiento, y unas toscas y enormes ventanas sin acristalar se extendían equidistantes a lo largo de los muros. Estaba atardeciendo y las finas gotas de lluvia se colaban en el edificio para oscurecer el cemento ya mojado.

El hombre aparcó en el espacio que quedaba a la izquierda del hueco del ascensor y la escalera. Los ascensores no estaban en funcionamiento, así que la muchacha tendría que subir andando. Apagó el motor y salió del coche para acercarse a toda prisa a una de las ventanas desde las que se veía la calle principal. Vio la coronilla de la chica cruzando la carretera y dirigiéndose a la entrada del *parking*. Entonces, volvió corriendo, se agazapó dentro del vehículo y abrió el maletero para sacar una bolsa negra, pequeña y de plástico grueso.

Debía de haberse apresurado, porque apenas le había dado tiempo a preparar la bolsa cuando escuchó el sonido de sus botas arañando los escalones. Aquello lo pilló desprevenido, así que tuvo que improvisar. Fue hasta la salida de la escalera y, en cuanto la joven llegó al último peldaño y puso un pie en el aparcamiento, le puso la bolsa en la cabeza, tiró de ella y usó las asas para estrangularle el cuello con el plástico.

Joanna lanzó un alarido y, al tambalearse, se le cayó el enorme bolso que llevaba consigo. El hombre tiró más. El plástico se adhirió al cráneo de la chica y se hinchó en la parte pegada a la nariz y a la boca: estaba luchando con todas sus fuerzas por respirar. Para ceñirla más todavía, la agarró del pelo y tomó la bolsa con la misma mano. La muchacha respondió con un gemido ahogado.

Una brisa fresca entró por las ventanas y el atacante notó el rocío de la lluvia en los ojos. Joanna se sacudió y se atragantó mientras intentaba romper con las uñas el grueso plástico. Él era mucho más alto, pero aun así tuvo que hacer acopio de todas sus fuerzas para no perder el equilibrio ni soltar la bolsa.

Nunca dejaba de asombrarle lo que se tardaba en asfixiar a una persona. El deseo de vivir era un gasto de tiempo demasiado grande como para mostrarlo en las series de televisión. Después de un minuto arañando sin ningún éxito el resbaladizo plástico que le cubría la cabeza, Joanna se lo pensó mejor y le dio dos buenos puñetazos en las costillas, además de lanzarle una patada a la ingle, que consiguió esquivar.

Ya estaba sudando del esfuerzo cuando apartó una mano del plástico, le rodeó el cuello con el asa y la atrapó de tal manera que la levantó del suelo de cemento, convirtiendo así la bolsa en una horca que precipitaría el momento de su muerte.

Joanna pataleó en el aire y, después, lanzó un horrible aullido entrecortado. Fue como si se estuviese desinflando. La joven se estremeció una última vez, y luego se quedó inmóvil. Quedó colgando de su mano durante un momento y, por fin, la soltó. El cuerpo de la mujer cayó al suelo de cemento con un desagradable ruido sordo. El hombre estaba empapado en sudor y le costaba recuperar el aliento. Tosió, y el sonido se repitió por todo aquel enorme espacio vacío. El *parking* apestaba a orines y humedad. En ese momento, notó el roce del aire frío en la piel, y comenzó a mirar a su alrededor. Después, se puso de rodillas, hizo un nudo a la bolsa de plástico alrededor de la nuca de la chica y arrastró el cuerpo hasta su coche. La dejó tumbada en el espacio que quedaba entre el vehículo y la pared que revestía el hueco del ascensor. A continuación, abrió el maletero y pasó un brazo por debajo de las piernas de la muchacha y otro bajo sus hombros para levantar su cuerpo flácido, casi como cuando un marido coge a su esposa para atravesar el umbral de la puerta. La dejó en la parte trasera del coche, la tapó con una manta y cerró el maletero. Tuvo una sensación súbita de pánico cuando vio el bolso tirado junto a las escaleras. Lo recogió y volvió al vehículo. Dentro había un portátil, un cuaderno y un móvil. Comprobó el registro de llamadas y los mensajes de texto y, después, lo apagó y lo limpió a conciencia con un trapo. Luego, se apresuró hasta el coche de Joanna y tiró el teléfono debajo de este.

11

Pasó un minuto más buscando cuidadosamente con una linterna en la zona donde la había atacado, para asegurarse de que no se le hubiese caído nada más, pero no encontró nada.

Se metió en su vehículo y permaneció sentado en silencio durante un momento.

«¿Ahora qué? Tiene que desaparecer. No puede quedar nada de su cuerpo, de su ordenador ni ninguna prueba de ADN».

Entonces, se le ocurrió algo. Era arriesgado y temerario, pero si funcionaba... Puso en marcha el motor y salió de allí.

1

TRECE AÑOS DESPUÉS

Martes, 5 de mayo de 2015

—¿Cuánto me va a costar arreglarlo? —preguntó Kate Marshall.

Miró a Derek, el anciano que se dedicaba al mantenimiento, mientras este examinaba el marco roto de la ventana. Estaban ante una Airstream 1950, una caravana de aluminio, y el sol del mediodía se reflejaba en el borde curvo del techo. Kate entornó los ojos y volvió a ponerse las gafas de sol que llevaba en la cabeza.

—Estamos hablando de unas ventanas de vidrio redondas —contestó el hombre con un marcado acento de Cornualles.

Después, le dio unos golpecitos al marco con su cinta métrica y añadió:

—Este arreglo es caro.

—¿Cómo de caro?

El anciano hizo una pausa para tomar un poco de aire por la boca. Derek parecía incapaz de responder cualquier pregunta sin hacer una pausa tan larga que resultara exasperante. Entonces, se puso a pasarse por toda la boca la dentadura postiza de arriba y dijo:

—Quinientas.

—A Myra le cobraste doscientas libras por arreglarle una ventana redonda igual que esta —le respondió Kate.

—Estaba pasando por una mala época con lo del cáncer. Además, un cristal redondo es más bien el trabajo de un vidriero. La manilla está incrustada en el cristal.

Durante nueve años, Myra y Kate habían forjado una amistad que las había llevado a ser íntimas. Su muerte, hacía ocho meses, había sido algo repentino y sobrecogedor.

—Te agradezco que ayudaras a Myra, pero quinientas libras es demasiado. Ya buscaré a otra persona.

Derek volvió a pasarse la dentadura por la boca y el borde de goma rosada de la prótesis se asomó durante un segundo a través de los labios. La mujer se quitó las gafas de sol y lo miró fijamente a los ojos.

—Va a tardar una semana, con el corte especial del vidrio y eso, pero puedo dejártelo en dos cincuenta.

—Gracias.

Entonces, el anciano cogió su caja de herramientas y los dos volvieron a atravesar el *camping* de caravanas para bajar la pronunciada colina que los llevaba de vuelta a la carretera. Había ocho casas vacacionales prefabricadas, perfectamente separadas entre sí, que conformaban un batiburrillo de estilos que iban desde una moderna de color blanco y hecha de PVC rígido hasta la más antigua, una caravana romaní con la pintura roja y verde ya descolorida. Las caravanas se alquilaban a los surfistas y senderistas que iban allí a pasar las vacaciones. Cada una tenía un par de habitaciones, una cocina pequeña y, algunas de las más nuevas, baño. El *camping* de caravanas se encontraba en el punto más bajo en lo que a hospedaje se refería, pero era especialmente popular entre los surferos porque era un alojamiento barato y a pocos pasos de una de las mejores playas para hacer surf de los condados de Devon y Cornualles. La temporada alta daba comienzo en una semana y parecía que, por fin, había llegado la primavera. Poco a poco, las hojas volvían a nacer en los árboles que rodeaban aquella zona y el cielo se tornaba azul, despejado.

La mujer le ofreció a Derek su brazo como apoyo cuando llegaron a la escalerita de hormigón que descendía a la carretera, pero el anciano hizo caso omiso y bajó lentamente y entre gestos de dolor hasta donde había aparcado el coche. Después, abrió el maletero y lanzó la bolsa de herramientas a su interior. Entonces, alzó la vista para mirar a Kate; sus vidriosos ojos azules eran penetrantes.

—Seguro que te impactó que Myra te dejara su casa y el negocio en el testamento.

—Sí.

—Y no le dejó nada a su hijo… —El anciano chasqueó la lengua y negó con la cabeza—. Ya sé que no tenían mucha relación, pero, como siempre digo, la familia es lo primero.

Para Kate fue una sorpresa que su amiga se lo dejase todo a ella. Aquello hizo que el hijo de Myra y su esposa se pusiesen furiosos, y provocó un montón de cotilleos y comentarios maliciosos en el pueblo.

—Ya tienes mi número. Avísame cuando el cristal esté listo —contestó ella, que no deseaba continuar con esa conversación.

A Derek pareció molestarle que Kate no quisiese contarle nada más.

Al final, el anciano asintió brevemente, se metió en su coche, se alejó por la carretera y la dejó sumida en una estela de humo negro.

La mujer tosió, se frotó los ojos y, en ese momento, escuchó el tono de llamada de su móvil a lo lejos. Cruzó la calle a toda prisa para llegar a un edificio bajo y cuadrado. En la planta baja estaba la tienda del *camping*, que seguía tapiada desde el invierno. Kate subió los escalones del lateral del edificio hasta la primera planta y entró en el apartamento en el que Myra había vivido y que ahora ella usaba como despacho.

Una hilera de ventanas se extendía por todo el muro trasero del edificio; desde ellas se veía la playa. La marea estaba baja y había dejado a la vista las rocas oscuras cubiertas de algas. A la derecha, el acantilado sobresalía de la tierra para conformar el borde de la bahía y, más allá, se encontraba la ciudad universitaria de Ashdean. Hacía un día tan claro y soleado que podía verla perfectamente desde allí. Justo cuando llegó al escritorio, el móvil dejó de sonar.

La llamada perdida se había hecho desde un teléfono fijo con un prefijo que no conocía. Estaba a punto de devolverla cuando apareció un mensaje en el contestador. Kate se dispuso a escucharlo; era de una mujer mayor que hablaba con acento de Cornualles y de una forma nerviosa, vacilante y dejando silencios entre palabra y palabra.

«Hola… He encontrado su número en internet… He visto que acaba de abrir su propia agencia como detective privada… Me llamo Bev Ellis y la llamo por mi hija, Joanna Duncan. Era periodista y desapareció hace casi trece años... Simplemente se desvaneció. La policía nunca descubrió lo que le pasó, pero es que se desvaneció de verdad. No se fugó, ni nada por el estilo... Lo tenía todo. Quiero contratar a un detective privado que pueda averiguar qué le ocurrió. Qué le pasó a su cadáver...». En ese momento se le rompió la voz, respiró hondo y tragó saliva con fuerza. «Por favor, llámeme cuando escuche esto».

Kate volvió a escuchar el mensaje. Por cómo sonaba la voz de la mujer, era obvio que le había costado mucho reunir el valor para hacer aquella llamada. La detective abrió el portátil para buscar el caso en Google, pero vaciló un momento. Debería llamar a esa mujer de inmediato. Había otras dos agencias de detectives cerca de Exeter de larga tradición que contaban con despachos y páginas web impecables y a las que también podía llamar.

Cuando contestó al teléfono, la voz de Bev seguía temblorosa. Kate se disculpó por no haber cogido la llamada y le dio el pésame por la pérdida de su hija.

—Gracias —dijo la mujer.

—¿Vive cerca de aquí? —le preguntó mientras buscaba en Google «desaparición de Joanna Duncan».

—En Salcombe. A una hora, más o menos.

—Salcombe es muy bonito —comentó ella a la vez que hurgaba con la mirada entre los resultados que habían aparecido en la pantalla.

Dos artículos del *West Country News* de septiembre de 2002 decían lo siguiente:

La desolada madre de la periodista local Joanna Duncan hace un llamamiento a los testigos de la desaparición de su hija cerca del centro de la ciudad de Exeter.

¿A dónde ha ido Jo?
Se ha encontrado un móvil abandonado junto al coche en el parking de Deansgate.

Otro del periódico *Sun* rezaba:

Desaparecida una periodista del periódico local *West Country News.*

—Vivo con mi pareja, Bill —añadió Bev—. Llevamos juntos desde hace años, pero me mudé con él hace poco tiempo. Antes vivía en una vivienda de protección oficial en Moor Side, a las afueras de Exeter... Bastante distinto.

A Kate le llamó la atención otro titular, con fecha del 1 de diciembre de 2002, que declaraba que Joanna llevaba casi tres meses desaparecida.

Casi todos los artículos usaban la misma foto de Joanna Duncan, una en la playa con el cielo azul y una impecable arena blanca de fondo. Tenía unos ojos azules llenos de vida, una nariz grande y los dientes delanteros ligeramente prominentes. La chica salía sonriendo en la foto. Llevaba un enorme clavel rojo detrás de la oreja izquierda y en la mano sujetaba la mitad de un coco que contenía una sombrillita de cóctel.

—Me ha comentado que Joanna era periodista, ¿verdad? —quiso saber la detective.

—Sí, en el *West Country News.* Tenía mucho futuro. Quería mudarse a Londres para trabajar en uno de esos periódicos de prensa amarilla. Le encantaba su trabajo. Acababa de casarse. Jo y su marido, Fred, querían tener hijos... Desapareció un sábado, el 7 de septiembre. Estuvo en su puesto de trabajo, en Exeter, y se fue sobre las cinco y media. Una de sus compañeras la vio marcharse. Solo tenía que andar cuatrocientos metros para ir de las oficinas del periódico al *parking,* pero, en algún punto del camino, le ocurrió algo. Desapareció de golpe... Encontramos su coche en el *parking* y su móvil debajo. La policía no obtuvo nada. No tenían sospechosos. Se han pasado casi trece años haciendo Dios sabe qué y, después de todo, me llamaron la semana pasada para decirme que, después de doce años, han archivado el caso. Han dejado de intentar encontrar a Jo. Y tengo que descubrir lo que le pasó. Soy consciente de que seguramente esté muerta, pero quiero encontrarla y darle la sepultura que merece. Vi un artículo sobre usted en el *National Geographic,* sobre cómo encontró el cuerpo de aquella joven que llevaba veinte años desaparecida... Entonces, la busqué en Google y descubrí que acababa de abrir su propia agencia de detectives. ¿Es verdad?

—Sí.

—Me gusta que sea una mujer. He pasado demasiados años aguantando a policías que me trataban con condescendencia —continuó Bev en un tono desafiante y más alto—. ¿Le viene bien que nos veamos? Puedo pasarme por sus oficinas.

Kate alzó la vista hacia lo que se suponía que eran sus «oficinas». La parte que tenían en uso era lo que un día había sido el salón de Myra. No habían cambiado la vieja moqueta estampada de los setenta, y su escritorio era una mesa de comedor extensible. Una de las paredes estaba repleta de botes de desinfectante para urinarios y toallas de papel para el *camping* de caravanas. Había un enorme tablón de corcho en la pared con una nota que decía «casos en activo» clavada en la parte de arriba, pero estaba vacío. Desde que concluyeron su último encargo, comprobar el historial de un chaval para su posible jefa, no había llegado más trabajo a la agencia. Cuando Myra le dejó su propiedad a Kate, lo hizo con la condición de que esta dejase su trabajo y siguiese su ambición y abriera una agencia de detectives. Llevaban nueve meses en funcionamiento, pero convertir una empresa en algo que les diese beneficios no estaba resultando una tarea fácil.

—¿Por qué no voy yo con mi compañero, Tristan, a verla a usted?

Tristan Harper era el socio de Kate en la agencia y ese mismo día tenía que asistir a su otro empleo. Trabajaba en la Universidad de Ashdean tres días a la semana en calidad de ayudante de investigación.

—Sí, lo recuerdo del artículo del *National Geographic*... Oiga, yo estoy libre mañana, pero seguro que no pueden hacerme un hueco.

—Deje que hable con él; compruebo nuestra agenda y la vuelvo a llamar.

Cuando terminaron de hablar y colgó el teléfono, se le iba a salir el corazón del pecho de la emoción.

2

Mientras Kate se despedía de Bev, Tristan Harper se encontraba sentado en la pequeña oficina acristalada de su hermana, en el banco Barclays, en la calle principal de Ashdean.

—Vale, acabemos con esto —dijo a la vez que deslizaba por el escritorio una carpeta de plástico con su solicitud de la hipoteca.

Notaba como si tuviera una piedra en el estómago.

—¿Qué quieres decir?

—El interrogatorio respecto a mi situación económica.

—¿Te habrías puesto lo que llevas si, en lugar de entrevistarte yo para la nueva solicitud de la hipoteca, lo hiciese una desconocida? —comentó Sarah mientras abría la carpeta y lo miraba detenidamente desde el otro extremo del escritorio.

—Esto es lo que me pongo para ir a trabajar —le respondió su hermano a la vez que bajaba la vista hacia la elegante camiseta blanca con el cuello en V, los vaqueros y las zapatillas.

—Yo diría que es un poco informal para una entrevista en un banco —añadió ella, y se recolocó la chaqueta gris y la blusa azul.

Sarah tenía veintiocho años, tres más que Tristan, pero a veces parecía tener veinte más.

—Al entrar no he visto a mucha gente con traje de tres piezas haciendo la cola para cobrar los cheques del gobierno. Además, estas zapatillas son unas Adidas edición limitada.

—¿Y cuánto te costaron?

—Lo suficiente. Son una inversión. ¿No te parecen preciosas? —le preguntó con una sonrisa en la cara.

Sarah puso los ojos en blanco y asintió.

—Son muy chulas.

Tristan era un joven alto y de complexión esbelta y musculosa. Tenía los antebrazos cubiertos de tatuajes, y la cabeza del águila que cruzaba su pecho se asomaba por el cuello en V de la camiseta. Los dos hermanos compartían parecido en los ojos, marrones y dulces. Por otro lado, Tristan tenía ahora una melena castaña, rizada y despeinada, mientras que Sarah la llevaba perfectamente planchada y recogida en la nuca.

Se escucharon unos golpecitos en la puerta de cristal y un hombre bajito y calvo con camisa y corbata pasó al despacho.

—¿Ha empezado ya con el interrogatorio? ¡Quería traer una lámpara para ponerla en el escritorio y apuntarte con la luz en la cara!

Era Gary, el marido de Sarah y el gerente de la sucursal bancaria. Tristan se levantó y le dio un abrazo a su cuñado.

—¡Gary! No digas tonterías —contestó su mujer, ahora también sonriendo—. Le voy a hacer las mismas preguntas que le haría a cualquiera que solicitase una hipoteca.

—Madre mía, qué largo tienes el pelo. ¡Ojalá a mí me creciese igual! —comentó el hombre mientras se daba palmaditas en la calva, cada vez mayor.

—Yo creo que estaba mucho mejor con el pelo corto —dijo Sarah.

—Tris, ¿te apetece un café?

—Por favor.

—Yo uno solo, Gary, gracias —añadió ella.

Cuando el hombre salió del despacho, Sarah sacó el formulario de solicitud de la hipoteca de la carpeta, lo leyó con atención, le dio la vuelta a la hoja y lanzó un suspiro.

—¿Qué? —preguntó Tristan.

—Es solo que estoy viendo la cantidad tan triste de dinero que ganas, ahora que trabajas a media jornada en la universidad —le respondió su hermana, negando con la cabeza.

—Tengo el contrato de la agencia y el contrato del nuevo inquilino.

La mujer buscó en la funda de plástico, sacó los dos documentos y les echó un vistazo con el ceño fruncido.

—¿Cuánto trabajo tienes con Kate?

Tristan notó la entonación con la que había pronunciado el nombre de Kate, la misma que usaba siempre que se refería a una mujer que no aprobaba.

—He invertido en la agencia como socio —contestó el chico en tono áspero—. Trabajemos o no, siempre recibimos un anticipo. Todo eso lo pone en el contrato.

—¿Y ahora mismo tenéis mucho trabajo entre manos? —le preguntó, y alzó la vista para mirarlo.

Tristan vaciló un momento.

—No.

Sarah levantó las cejas y volvió a concentrarse en el papeleo. El muchacho quería defenderse, pero no tenía ganas de volver a discutir. En los nueve meses que habían pasado desde que Kate y él abrieron la agencia de investigación, habían tenido cuatro casos. Dos mujeres les habían pedido que reuniesen pruebas sobre las infidelidades de sus maridos. El dueño de una empresa de material de oficina, que investigasen si una de sus empleadas estaba robando productos para luego venderlos, lo que resultó ser verdad, y, por último, habían indagado a fondo en el historial de un chaval que una empresaria de la zona quería contratar.

Gary apareció en la puerta con una bandejita llena de vasitos de plástico con café e intentó bajar el manillar con el codo. Al verlo, Tristan se levantó a abrirle.

—La agencia no cuenta con ingresos regulares y todavía no habéis presentado las cuentas anuales —dijo Sarah con el contrato de la Agencia de Detectives Kate Marshall entre el dedo pulgar y el índice, como si fuese unos calzoncillos sucios.

Gary dejó los vasitos de café hirviendo en el escritorio.

—La empresa también recibe ingresos de parte del *camping* de caravanas —comentó el muchacho.

—¿Así que Kate te pone a cambiar sábanas y a vaciar los váteres químicos cuando hay poco trabajo?

—Sarah, hemos abierto un negocio juntos. Roma no se construyó en un día. El hijo de Kate, Jake, vuelve de la universidad en un par de semanas y va a encargarse de echarnos una mano y de gestionar el *camping* durante el verano.

La mujer negó con la cabeza. Siempre se había mostrado hostil con respecto a Kate, pero desde que el muchacho había reducido su jornada en la universidad para trabajar en la nueva agencia de detectives, la aversión de Sarah había pasado a otro nivel. Según ella, Kate estaba alejando a su hermano de un trabajo seguro que le reportaría muchos beneficios. El chico anhelaba que su hermana pudiese aceptarla como la amiga y socia que era para él. La expolicía era inteligente y nunca había dicho nada peyorativo de Sarah, pero a su hermana le encantaba no contenerse y despotricar sobre ella y sus muchos defectos. No obstante, entendía por qué era tan protectora. Su padre los abandonó cuando eran pequeños y su madre murió cuando Sarah tenía dieciocho años y él, quince. Tuvo que convertirse en madre a una edad muy temprana y ser la que llevaba el sustento a casa.

—Tiene un inquilino nuevo —dijo Gary en un intento de alegrar los ánimos—. Eso es una buena cantidad de ingresos extra.

—Sí. Ahí está el contrato de arrendamiento.

—¿Qué tal te va con el yeti? —le preguntó el hombre.

El muchacho sonrió. Su nuevo compañero de piso, Glenn, tenía cada trozo de piel visible cubierto de pelo negro y una barba cerrada y tupida.

—Es buen tío, muy ordenado, y se queda en su habitación casi todo el día. No le gusta mucho hablar.

—Entonces, ¿no es tu tipo?

—No, a mí me gustan con dos cejas.

Gary soltó una carcajada y Sarah levantó la vista del papeleo.

—Gary, ahora que ha dejado de trabajar a tiempo completo en la universidad, y con sus ingresos, no va a ser fácil aprobar una rehipoteca del piso…

El hombre rodeó el escritorio y tocó el hombro de su mujer con delicadeza.

—Vamos a echarle un vistazo. Nada es imposible si usamos un poco de la magia de Gary —la tranquilizó.

Sarah se levantó para dejar que se sentara en su silla y él abrió la solicitud de hipoteca en la pantalla.

—Tienes suerte de que tu cuñado sea gerente de un banco —comentó ella.

Entonces, comenzó a sonar el teléfono que Tristan llevaba en el bolsillo y lo sacó. El nombre de Kate apareció en la pantalla.

—¿Quién es? Esto es importante.

—Es Kate. No tardo —se disculpó el chico mientras se levantaba de su asiento y salía del pequeño despacho.

Mientras atravesaba el pasillo escuchó a Sarah diciendo:

—A Kate le da igual. Como no tiene que hipotecar su casa…

—Hola —dijo el muchacho al coger la llamada—. Estoy en el banco, espera un momento.

Pasó junto a la cola de gente que esperaba para la ventanilla, atravesó el vestíbulo y salió a la calle.

—¿Ha ido todo bien? —le preguntó Kate.

—He dejado a Sarah y a Gary lidiando con ello.

—¿Prefieres que te llame en otro momento?

—No, ahora me viene bien.

La mujer no pudo ocultar la emoción mientras le contaba su conversación telefónica con Bev Ellis.

—¿Podría tratarse de un caso archivado de notoriedad? —quiso saber Tristan.

—Sí, pero no parece que vaya a ser sencillo. La desaparición de Joanna Duncan se trató en *Misterios sin resolver* y, aunque han pasado doce años, la policía no tiene prácticamente nada de lo que tirar.

—¿Crees que esta mujer puede permitirse una investigación larga?

—No lo sé. He buscado en Google. La prensa le dio mucha importancia al hecho de que Bev fuese una madre soltera con pocos ingresos.

—Ya.

—Pero ya sabes lo que le gusta a la prensa distorsionarlo todo. Hace poco se mudó a Salcombe y vive con la pareja que tiene desde hace años. La dirección que me ha dado pertenece a un barrio residencial muy exclusivo. Si te viene bien, me gustaría ir a visitarlos mañana.

—Por supuesto.

Tristan sintió un arrebato de emoción cuando colgó el teléfono. Acto seguido, se dio la vuelta y vio a Sarah salir por la entrada principal del banco.

—Le debes una pinta a Gary —dijo a la vez que cruzaba los brazos sobre la camisa azul para protegerse del aire—. Ha conseguido que se apruebe la hipoteca, y con un interés

23

fijo mucho mejor para los próximos cinco años. Vas a ahorrar ochenta pavos al mes.

—¡Qué bien! —contestó él, y le dio un abrazo, aliviado—. Gracias, hermanita.

—¿Qué quería Kate?

—Puede que tengamos un nuevo caso sobre una persona desaparecida. Mañana iremos a conocer a la clienta.

Sarah asintió y le dedicó una sonrisa.

—Qué bien. Tris, ya sabes que no me gusta ser tan dura contigo. Lo único que quiero es que estés bien. Le prometí a mamá que siempre cuidaría de ti, y cuando compré aquel piso me convertí en la primera persona de la familia en tener una propiedad. Debes asegurarte de poder seguir pagando la hipoteca.

—Lo sé, y así será —respondió el chico.

—Algún día, cuando hayas terminado de pagarlo, esa propiedad será tuya y siempre tendrás un techo sobre tu cabeza.

—O puede que conozca a un millonario que esté buenísimo y caiga rendido a mis pies.

Sarah se detuvo a mirar hacia ambos lados de la calle para echar un vistazo al puñado de locales de aspecto lamentable.

—¿Tú has visto a algún millonario en Ashdean?

—Exeter está aquí al lado…

La mujer puso los ojos en blanco y soltó una carcajada.

—¿Dónde habéis quedado con esta nueva clienta?

—En Salcombe. Vive en una mansión con vistas a la bahía.

—Bueno, entonces aseguraos de no resolver el caso rápido si os va a pagar por horas.

3

Kate no durmió bien aquella noche. La reunión ocupaba cada rincón de su mente. ¿Bev Ellis habría contratado a más detectives privados? ¿Exactamente cuánta información había encontrado sobre ella en internet? Toda su vida era de dominio público. Solo tenía que hacer clic con el ratón y los resultados de Google hablarían por sí solos.

Dio vueltas y vueltas en la cama mientras hacía un recorrido por todos sus fracasos del pasado. Kate era una joven agente de la Policía Metropolitana de Londres cuando descubrió que su compañero, Peter Conway, jefe de policía, era el responsable de las violaciones y los asesinatos de cuatro jóvenes en la capital. Para colmo, había estado involucrada en una relación romántica con él, su superior, y estaba embarazada de su hijo cuando resolvió el caso. Las historias de la prensa amarilla fueron intrusivas y sensacionalistas, y aquel escándalo terminó con su carrera en el cuerpo. Después, tuvo que lidiar con una adicción al alcohol que resultó en la concesión de la custodia de Jake, su hijo, a sus padres, cuando este tenía seis años.

Se mudó a la costa sur para reconstruir su vida y, durante los últimos once años, había trabajado como profesora de Criminología en la Universidad de Ashdean.

Durante todo ese tiempo, Myra había sido su roca. Era una buena amiga, y su madrina de Alcohólicos Anónimos, por lo que ahora Kate sentía que tenía la responsabilidad, con ella misma y con Myra, de conseguir que la agencia de detectives funcionase bien.

A las cinco de la madrugada, se levantó de la cama y fue a darse un baño al mar, temprano, como todas las mañanas. Le relajaba nadar por el agua en calma, solo acompañada del sonido de los graznidos de las gaviotas a lo lejos y del romper de las olas, con el cielo ardiendo en turquesa, rosa y oro.

Estaba esperando fuera de casa cuando llegó Tristan en su Mini Cooper azul.

—Buenos días. Te he traído un café —la saludó.

En cuanto la mujer abrió la puerta del copiloto y entró en el coche, su socio le tendió un vaso de Starbucks.

—Muchas gracias. ¿Lo has pedido doble?

Notó el calor que emanaba del vaso en sus manos heladas.

—Triple. No he dormido muy bien.

Llevaba puesto un traje añil y una camisa blanca con el cuello desabrochado, y Kate no pudo evitar pensar en lo guapo que estaba. Ella había elegido con cuidado lo que se había puesto: unos vaqueros oscuros, una blusa blanca y una elegante chaqueta azul regio de lana fría. Disfrutó del chute de cafeína del primer sorbo.

—Mejor. Yo tampoco he descansado mucho.

—Estoy nervioso —dijo Tristan mientras dejaban atrás el *camping* de caravanas en el coche—. Sigo sintiéndome un novato.

—Pues no lo estés. Bev Ellis está desesperada por descubrir qué le ocurrió a su hija, y nosotros somos los que podemos encontrarla. ¿Vale?

El muchacho asintió.

—Vale.

—Si lo miras así, no te pondrás nervioso.

No había dejado de repetirse lo mismo mientras nadaba y se preparaba para la reunión, y casi se lo había creído.

—¿Has buscado a Joanna Duncan en internet? —quiso saber el chico—. Nadie tiene ni idea de lo que le pasó. Desapareció en un *parking* en la calle principal de Exeter durante una concurrida tarde de sábado. Hay algo en esto que me pone los vellos de punta. Lo de que desapareciese de repente.

—Cuando conseguí terminar de leer todos los artículos sobre su desaparición, encontré algunas cosas interesantes sobre su carrera como periodista de investigación. Publicó un artículo muy esclarecedor sobre el parlamentario local, Noah Huntley. El hombre estaba aceptando sobornos en efectivo para conceder contratos del ayuntamiento. Los periódicos sensacionalistas nacionales se hicieron con la historia y eso desencadenó unas elecciones extraordinarias que acabaron con la pérdida de su escaño.

—¿Cuándo pasó eso?

—En marzo de 2002, seis meses antes de que la chica desapareciera. No estaría mal preguntarle a Bev en qué otras historias estaba trabajando su hija por aquella época.

* * *

El día enseguida se tornó cálido y, por primera vez ese año, no tuvieron que poner la calefacción del coche. Condujeron por la costa durante varios kilómetros; la belleza de la Costa Jurásica era indescriptible. A Kate nunca dejaba de sorprenderla. Aquello casi era California en comparación con el resto del Reino Unido. Abandonaron la carretera del litoral y se incorporaron a la autopista durante los siguientes cuarenta minutos para después volver a la costa y desviarse en Salcombe. Las casas eran más lujosas a medida que la carretera se abría camino en dirección a la bahía. Los barcos pesqueros y los yates descansaban en el mar en calma, sobre el que se reflejaban el sol y el cielo azul, como si fuera una lámina de vidrio.

El GPS de Tristan les indicó que debían girar a la derecha y llegaron a un estrecho camino privado. Los árboles se fueron disipando hasta que llegaron a un muro blanco muy alto con una entrada. El chico bajó la ventanilla y pulsó un botón del portero automático.

—¿Cómo te dijo que se ganaba Bill la vida? —quiso saber el muchacho.

—Ni idea, pero diría que con algo lucrativo.

—Le gusta tener privacidad. Mira esos árboles tan grandes —comentó el joven, y señaló una hilera de abetos gigantescos más allá del muro.

De pronto, el portero zumbó.

—Hola. Os estoy viendo. Voy a abriros —dijo la voz de Bev al otro lado del interfono.

La puerta se deslizó hacia la derecha sin hacer el menor ruido. Kate alzó la vista y vio, sobre uno de los pilares de la entrada, una cámara de vigilancia dentro de una cúpula de cristal. Siguieron el sinuoso camino asfaltado de acceso, que subía una pendiente rodeada de un cuidado jardín de palmeras, higueras y otros tipos de árboles de hoja perenne. A ambos lados de la calzada había parterres de tulipanes uniformemente separados de color rojo, blanco, amarillo y púrpura que estaban a punto de eclosionar. El camino pasaba junto al lateral de la casa y después giraba bruscamente a la izquierda para abrirse a un aparcamiento asfaltado. Pegada a la parte trasera de la casa, había una enorme construcción blanca y cuadrada. En el muro posterior no había ventanas, solo una portezuela de roble.

Esta se abrió justo cuando los dos detectives salían del coche, y apareció Bev Ellis acompañada de un hombre altísimo. Kate reparó en que era una cabeza más alto que Tristan, y eso que él medía alrededor de un metro ochenta. La mujer apenas le llegaba por el hombro. Bev y su hija se parecían muchísimo. Era muy delgada, igual que Joanna, y también compartían la nariz grande, los labios carnosos, los pómulos prominentes y el color azul en la mirada, pero la piel de la mujer estaba pálida y arrugada y tenía unas enormes bolsas bajo los ojos. Llevaba un corte *pixie* rapado que le resaltaba las orejas de soplillo y se había teñido el pelo demasiado oscuro. Llevaba puestos unos Crocs rosas, unos vaqueros y un polar verde lleno de manchas; parecía que estaba totalmente fuera de lugar, como si fuese alguien que acababa de ganar la lotería o una familiar pobre de las afueras. Kate se deshizo de aquel pensamiento tan cruel.

Bill aparentaba ser más joven que ella: tenía una constitución delgada pero musculosa y un espeso cabello gris, rapado. Llevaba un colgante de oro que descansaba sobre una camiseta desteñida de los Rolling Stones, unos vaqueros desgastados, e iba descalzo. Tenía un rostro amable y rubicundo que realzaba unos preciosos ojos verdes.

—Hola —los saludó Bev, y le tendió una mano temblorosa a Kate—. Este es Bill. Me gusta decir que es mi novio, pero ya estamos un poco mayores para esas cosas, ja, ja. Llevamos juntos toda la vida.

—Encantado de conocerte, Kate, y a ti, Tristan —dijo el hombre, y les estrechó la mano.

En comparación con la mujer, él estaba tranquilo, y el nerviosismo que le provocaba a Kate el hecho de que la pudiesen juzgar se esfumó.

—Espero que hayáis encontrado bien la casa. —La detective estaba a punto de responder cuando Bev añadió—: Claro que sí. ¡Habéis llegado! Pasad.

La puerta de entrada conducía a una inmensa zona de estar de planta abierta. La fachada del edificio estaba formada por una hilera de cristaleras que ascendían desde el suelo hasta el techo y a través de las cuales se veía un patio y la bahía; el suelo era de mármol blanco con un delicado veteado de color negro y dorado, y el enorme espacio apenas estaba amueblado. A la izquierda se encontraba la sala de estar, donde había una gran chimenea de hormigón. Sobre ella había una televisión de pantalla plana y, enfrente, un sofá alargado de cuero blanco descansaba sobre una alfombra del mismo color.

A la derecha se hallaba una cocina espaciosa y minimalista, totalmente blanca y sin nada sobre las encimeras. Kate se preguntó cuánto tiempo llevaría Bev viviendo allí. Le parecía una persona inquieta y parlanchina y, por experiencia, sabía que a las personas inquietas y parlanchinas les gusta llenar el espacio con muebles y cachivaches como un reflejo de su necesidad de rellenar el vacío de los silencios.

—¡Joder, mira qué vistas! —exclamó Tristan cuando se acercaron a los ventanales.

La abrumadora vista panorámica, ininterrumpida por ninguna otra edificación, mostraba la bahía y el mar bajo la casa. A lo lejos, las rocas ondulantes de la Costa Jurásica se extendían entre una bruma azulada.

—Perdón por la palabrota —se excusó el chico.

—No pasa nada, cariño. Creo que lo que yo dije la primera vez que vi esto fue: «¡Me cago en la leche!» —le respondió Bev. Se hizo un silencio incómodo y la mujer se ruborizó—. Poneos cómodos. Voy a hacer un poco de té y de café —añadió, y les señaló el sofá.

Kate y Tristan se sentaron y observaron a Bill y a Bev prepararlo todo. Ella no podía abrir las puertas blancas de la alacena, que quedaban a ras del resto del mueble y no tenían tiradores, y en dos ocasiones se equivocó de puerta para abrir el frigorífico.

—¿Cuánto tiempo lleva viviendo aquí? —susurró el muchacho.

Su socia negó con la cabeza y cambió su foco de atención en sacar el cuaderno y un boli.

Unos minutos después, Bill y Bev se acercaban al sofá con una enorme cafetera de émbolo y un soporte para tartas con tres niveles lleno de pastelitos y galletas. El hombre se sentó en el suelo, con la espalda apoyada en la chimenea de piedra, y ella se acomodó en el filo del sillón que había junto a él.

—¿Os importa si tomo notas? —les preguntó la detective a la vez que les mostraba el cuaderno—. Solo es para que no se nos olvide nada.

—Claro, adelante —contestó Bill.

Bev bajó el émbolo de la cafetera y sirvió el café. De pronto, se produjo un silencio tan denso en la sala que podía cortarse con un cuchillo. A la mujer le temblaban tanto las manos que Bill tuvo que encargarse de darle a Kate y a Tristan sus tazas.

—No pasa nada —la consoló el hombre a la vez que se inclinaba para frotarle la pierna.

Ella le agarró la mano. Al lado de la de él, la suya era pequeña y delicada.

—Perdonadme, hace mucho tiempo que me aterroriza hablar de esto —se disculpó. Soltó la mano de su pareja y se la limpió en los pantalones—. No sé por dónde empezar.

—¿Por qué no nos hablas de Joanna? —le pidió la detective—. ¿Cómo era?

—Yo siempre la llamaba Jo. —Por su tono de voz, pareció sorprenderle una pregunta tan sencilla—. Fue un bebé maravilloso. Tuve un embarazo fácil y un parto rápido. Era tan tranquila y tan buena… Su padre era un chico mayor con el que salí un tiempo. Él tenía veintiséis cuando yo tenía diecisiete. Murió cuando Jo tenía dos años. Un infarto, algo poco común para un chico tan joven. Sufría un defecto cardiaco del que no tenía ni idea. Nunca nos casamos, y él nunca llegó a involucrarse del todo, así que crie a Jo yo sola. Estábamos muy unidas. De hecho, éramos más bien amigas, sobre todo cuando se hizo mayor.

—¿En qué trabajabas tú? —quiso saber Kate.

—Era limpiadora en Reed, la empresa de alquiler de oficinas. Contaban con dos grandes edificios en Exeter y Exmouth… Yo viví muchos años en un piso de protección oficial en la barriada de Moor Side. Después, alquilé un piso un poco más cerca de la ciudad. Solo hace dos meses que me mudé aquí. El casero me avisó de que iba a vender la propiedad. Todo lo que veis es de Bill.

El hombre alzó la vista y le dedicó una sonrisa.

—Cariño, ahora esta casa es tan tuya como mía.

Bev asintió y se sacó un trozo de pañuelo raído de la manga del jersey para secarse los ojos.

—¿Cuánto tiempo lleváis juntos? —preguntó Tristan.

—¡Dios mío! Dejándolo y volviendo, ¿cuánto? ¿Treinta años? Nunca hemos llegado a casarnos. Nos gustaba tener nuestro propio espacio.

Bill asintió y la mujer volvió a sonrojarse. A Kate aquello le sonó vacío, como si hubiese ensayado la frase.

—¿Jo siempre quiso ser periodista? —preguntó la detective.

—Sí. Cuando Joanna tenía once años, lanzaron unas máquinas de escribir para niños, las Petite 990, que funcionaban como las de verdad. ¿Os acordáis del anuncio? Salía una niña disfrazada de Dolly Parton tecleando mientras sonaba «9 to 5».

—Sí, me acuerdo —dijo Kate—. ¿En qué año fue eso?

—En 1985.

La detective hizo un breve cálculo mental. Si Joanna tenía once años en 1985, nació en 1974, lo que significa que, cuando desapareció en el 2002, tenía veintiocho.

—En 1985 todavía faltaban cuatro años para que yo naciese —comentó Tristan, y levantó las manos en señal de culpabilidad.

Todos se echaron a reír y la tensión que se respiraba en la habitación se disipó un poco.

—En cuanto Jo vio el anuncio, pidió la máquina de escribir a Papá Noel, pero en aquella época costaba un ojo de la cara: ¡treinta libras! Yo le dije: «¿Para qué quieres una máquina de escribir? Al final acabará en el armario cogiendo polvo el día después de Navidad», y Jo me respondió: «Para ser periodista». Rasqué de aquí y de allí para reunir las treinta libras, supliqué y pedí dinero prestado, sobre todo a Bill…

El hombre asintió y se le escapó una risita al recordarlo.

—Y le conseguí la máquina de escribir para Navidad. Y no faltó a su palabra. Todas las semanas escribía un boletín con tonterías sobre lo que nos pasaba o lo que hacía en el colegio. Nunca dejó de escribir ni de hacer preguntas… Era muy lista. Aprobó el examen de primaria y fue al instituto. Después se fue a la Universidad de Exeter a estudiar Periodismo y comenzó a trabajar como reportera en el *West Country News*. Por aquella época, el periódico vendía medio millón de copias al día… Se presentó a varios puestos de trabajo en uno de los periódicos de tirada nacional para ir al norte, a Londres, y hasta tuvo una entrevista… —La voz de Bev se apagó poco a poco—. Pero, entonces, desapareció.

—¿Notaste algún cambio en su comportamiento durante los meses o las semanas antes de su desaparición? ¿Estaba deprimida o preocupada por algo?

—No, nunca la había visto tan feliz.

—¿Os veíais mucho?

—Un par de veces a la semana. Casi todos los días hablábamos dos veces por teléfono. Acababa de comprarse una casa en Upton Pyne, un pueblecito a las afueras de Exeter, con su marido, Fred.

—¿Qué te parecía Fred?

—Fred era, es, un tipo encantador. Él no fue —contestó la mujer enseguida—. Estuvo todo el día en casa. Hubo muchos testigos. Estuvo subido a una escalera pintando la casa… Lo vio mucha gente del pueblo y respaldaron su coartada.

—¿Ocurrió algo extraño los días antes de su desaparición? —quiso saber Kate.

—No.

—¿En qué estaba trabajando? He leído que era periodista de investigación.

—Estaba persiguiendo muchas historias —respondió Bev a la vez que miraba a Bill.

—Pero nada como para acabar asesinada ni secuestrada —añadió él.

—Ese sábado, el 7 de septiembre, fue a trabajar y salió a las cinco y media. Su coche estaba a pocos pasos, pero se esfumó en algún punto del camino. Ese día, Bill y yo estuvimos de viaje en Killerton House, a una hora en coche. Volvimos a las doce del mediodía. Bill se detuvo en el bloque de oficinas que su empresa estaba reformando en Exeter y yo me fui a casa. Entonces, sobre las siete, Fred me llamó para decirme que Jo no había vuelto a casa. Llamamos a todo el mundo, pero nadie sabía dónde se había metido. Al final, Fred vino a recogerme en coche y nos pusimos a buscarla. No habían pasado veinticuatro horas, por lo que la policía no iba a tratarla como a una persona desaparecida, así que nos recorrimos en coche los hospitales de la zona y, cuando fuimos a echar un vistazo al *parking* de al lado de su despacho, su coche seguía allí. Encontramos su teléfono móvil tirado debajo, apagado. No tenía ninguna huella. Ni siquiera las suyas, lo que hizo que la policía pensara que quien se la llevó apagó el móvil y lo limpió para borrar su rastro.

—Fue en el *parking* de la calle Deansgate, el que demolieron unos meses después, en 2003, ¿no? —preguntó Tristan.

—Sí, ahora es un bloque de pisos —le respondió Bev.

—Joanna, Jo, fue la periodista de investigación que destapó el fraude del parlamentario Noah Huntley. Aquello ocurrió en marzo de 2002, seis meses antes de que desapareciera, ¿verdad? —continuó Kate.

—Sí, los periódicos nacionales se hicieron eco de la noticia de Jo. Eso provocó unas elecciones parciales y Noah Huntley perdió su escaño, pero eso fue en mayo, cuatro meses antes de que Joanna desapareciera.

—Y después de perder el escaño, consiguió un montón de trabajo en el sector privado, con el que obtuvo mucho más dinero de lo que habría ganado como parlamentario —añadió Bill a la vez que negaba con la cabeza en tono apesadumbrado.

—¿Sabéis si Joanna estaba trabajando en cualquier otra historia que pudiese ponerla en peligro?

—No, no creemos —contestó Bev, y volvió a mirar a su pareja. Él negó con la cabeza y, entonces, la mujer continuó—: Jo no hablaba mucho sobre las historias que investigaba, pero ni su jefe ni su editor estaban preocupados por nada… La policía también habló con Noah Huntley. Creo que estaban desesperándose porque no tenían más sospechosos, pero, después de que se publicara el artículo, no tenía motivos para hacerle nada a Jo y, además, tenía una coartada.

—¿Hubo muchos testigos que vieran a Jo antes de que desapareciera?

—Un par de personas se presentaron en comisaría para informar de que la vieron salir de las oficinas del periódico. Otra anciana recuerda que pasó por la parada del autobús en dirección a Deansgate. La policía consiguió una imagen de una cámara de videovigilancia de la calle principal por la que pasó sobre las cinco menos veinte de esa tarde, pero estaba mirando en la dirección contraria al *parking*. Nadie sabe qué pasó después. Es como si se hubiese esfumado.

Se hizo un largo silencio y fue entonces cuando Kate se dio cuenta de que había un reloj sonando a lo lejos. Bill dejó su taza sobre la mesa.

—Escuchad, Bev es toda mi vida —comenzó—. La he visto sufrir durante demasiado tiempo. No puedo hacer nada para reemplazar a Jo, pero, si la asesinaron, quiero ayudar a encontrarla para que su madre pueda enterrarla… —La mujer bajó la mirada hasta el pañuelo que retorcía en su regazo; las lágrimas resbalaban por las arrugas de sus mejillas—. Si os contrato, sé que la investigación no va a durar un par de horas. Estoy dispuesto a pagaros por vuestro tiempo, pero me niego a firmar un cheque en blanco, ¿está claro?

—Por supuesto —le respondió Kate—. Nunca hacemos falsas promesas, pero si aceptamos un caso, es para resolverlo.

El hombre asintió brevemente y se puso en pie.

—Si no os importa acompañarme, hay algo que me gustaría enseñaros.

4

Dejando atrás la austera cocina blanca, se llegaba a un amplio pasillo del que salían cinco puertas, todas cerradas. Una luz muy tenue iluminaba la galería.

Colgando de las paredes había enmarcadas seis o siete litografías de mujeres desnudas en blanco y negro. Tristan no se consideraba precisamente un mojigato, pero iba quedándose un poco más perplejo a medida que recorrían el pasillo. Bill iba a la cabeza, seguido de Bev, y el chico y Kate avanzaban a pocos pasos tras ellos. El artista había usado una forma muy ingeniosa de iluminar a las modelos, pero, aun así, las fotografías eran explícitas. Una de las litografías era un primer plano de la vagina de una mujer junto a la mano de un hombre sujetando un plátano sin pelar.

Tristan le lanzó una mirada a su socia por encima del hombro para ver qué opinaba y ella le respondió levantando una ceja. Cuando el muchacho se dio la vuelta, se dio cuenta de que Bev se había percatado de su intercambio de gestos y, como resultado, la mujer soltó una carcajada nerviosa.

—Bill es coleccionista de arte. Todas las litografías son ediciones limitadas. Valen mucho dinero. Son de un artista de renombre. ¿Me repites cómo se llamaba?

La mujer parecía ansiosa por convencerles de que aquellas fotografías eran arte y no porno. Tristan se preguntó si se habría quejado de que estuvieran exhibidas en la pared cuando se mudó.

—Arata Hayashi, un artista visual japonés muy creativo. Me invitaron a su exposición el año pasado, cuando estuve allí por negocios —contestó el hombre.

—¿A qué tipo de negocios te dedicas? —quiso saber el joven.

—A la construcción. Empecé con los edificios de oficinas, pero durante estos últimos años hemos cambiado a las carreteras. Soy el dueño de una empresa que suministra todos los materiales de construcción para los grandes proyectos de creación de autopistas.

—La empresa de Bill ha reasfaltado la M4 —añadió Bev, orgullosa.

En ese momento, a Tristan le vino a la mente lo larga que era la autopista M4: doscientos kilómetros, desde Londres hasta el sur de Gales. Eso era mucho cemento y alquitrán.

El hombre abrió la puerta al final del pasillo, que conducía a su despacho. Era un lugar oscuro comparado con el resto de la casa: estaba repleto de armarios de madera maciza, estanterías y, tras el cristal pulido de un armario pegado a la pared, descansaba una hilera de escopetas.

Colgada sobre el escritorio había una enorme cabeza de venado. Durante un segundo, una ola de pena invadió a Tristan al ver la boca abierta y los ojos tristes del animal. Estaba a punto de preguntarle a Bill si cazaba cuando se percató de que había una torre de cajas de cartón de pruebas de la policía amontonadas junto a una chimenea de mármol negro. En todas las etiquetas ponía ARCHIVOS DEL CASO DE JOANNA DUNCAN y estaban numeradas.

—¿Son los archivos oficiales de la policía? —preguntó Kate mientras se abría paso hasta la torre de cajas.

—Sí —contestó el hombre.

Tristan vio que su socia fruncía el ceño.

—Bill los consiguió para mí —añadió Bev, como si fuera algo que se pudiese comprar por internet.

—Sé que antes la policía dejaba que un miembro de la familia tuviese acceso a parte del archivo del caso, en comisaría y bajo supervisión... Pero nunca había escuchado de archivos que se diesen en, ¿qué? ¿En préstamo? —dijo la detective, y le levantó una ceja a Bill.

—Pues así es. Puedo tenerlos aquí durante tres meses —le respondió.

—¿Legalmente?

El hombre fue hasta el escritorio, cogió una hoja de papel y se la tendió a Kate. Tristan fue hasta ellos y vio que se trataba de una carta oficial del superintendente Allen Cowen, de la policía de Devon y Cornualles. En ella agradecía a Bill que le hubiese escrito y le expresaba su gratitud por las donaciones a la «Linterna de Oro», un fondo de beneficencia de la policía, y continuaba diciendo que, teniendo en cuenta el apoyo que había ofrecido a las familias de los agentes caídos, le concederían el acceso a los documentos archivados del caso de Joanna Duncan para que pudiese llevar a cabo una investigación civil.

—Ha archivado el caso, ya no está en activo. Esta carta confirma que tenemos el consentimiento de la policía para acceder a los documentos —contestó Bill.

Tristan se puso a revisar las cartas con atención y contó veinte.

—¿Les has echado un vistazo?

—Sí —contestó el hombre.

—¿La policía se llevó el portátil de Jo y los archivos de la oficina? —preguntó Kate.

—No. Creemos que Jo llevaba el portátil y sus cuadernos consigo cuando desapareció —intervino Bev—. No los encontraron nunca.

—La policía se llevó los documentos y papeles del trabajo que estaban sobre su escritorio. Los encontraréis en los archivos del caso, pero no son más que notas confusas sobre historias en las que estaba trabajando —añadió Bill.

Se hizo otro largo silencio. En el despacho hacía un calor sofocante, y el fuerte olor a caza que desprendía la cabeza del venado hizo que a Tristan le entrasen náuseas.

—He intentado revisarlo todo. Creí que podría ayudarme y que me daría respuestas, pero no hay mucho —dijo Bev—. Solo hay preguntas, demasiadas, y ninguna resuelta… Me ha demostrado que la policía no tenía ni puta idea. Necesito una copa… Perdonad —añadió mientras se acercaba a un minibar con forma de globo terráqueo y lo abría para descubrir el surtido de botellas que albergaba en su interior.

Se sirvió una buena cantidad de *whisky* en un vaso de vidrio tallado, le dio un sorbo y se secó los labios con las manos temblorosas.

—¿Puedo ofreceros algo de beber? —preguntó Bill, que se había unido a su pareja y estaba sirviéndose otro para intentar normalizar la situación.

Durante un segundo se hizo el silencio, pero Tristan le contestó enseguida que no. El vaso de vidrio tallado era tan grande que Bev tenía que sujetarlo con las dos manos.

—Mirad, negociar y dar rodeos no es lo mío —continuó ella—. Necesito saber si vais a coger el caso y ayudarme a averiguar qué le pasó a Jo. Hay muchísimas cosas en los archivos: declaraciones de testigos, una línea cronológica que la policía creó con las horas previas a la desaparición…

La mujer tiró de la silla que había tras el escritorio y se desplomó sobre ella. Parecía extenuada. Tristan miró a Kate. Llevaba queriendo coger el caso desde el momento en el que su socia lo llamó mientras estaba en el banco. Ella asintió.

—Vale, lo cogemos —dijo la detective—. Tengo contactos en la policía y con forenses. Además, contar con los archivos del caso nos da una ventaja tremenda.

—Ay, qué feliz me hacéis —exclamó Bev—. Gracias.

Tristan sintió que las emociones por la pérdida de su hija seguían a flor de piel.

—Empezaremos con seis meses —intervino Bill—. Llegados a ese punto, veremos qué habéis encontrado.

Entonces, le tendió primero la mano a Kate y después a Tristan, y ellos respondieron con un apretón. Bev se levantó para acercarse a ellos y les dio un abrazo. El chico notó el olor rancio del alcohol en su aliento.

—Gracias, muchas gracias —insistió.

—Haremos todo lo que esté en nuestras manos para encontrar a Jo —contestó Kate.

Bev asintió, rompió a llorar y fue hasta donde estaba su pareja, que la rodeó con el brazo en un gesto protector.

—¿Podemos llevarnos los archivos del caso? —preguntó Tristan.

—Os echo una mano para meterlos en el coche —respondió Bill.

—No soporto seguir teniendo todo esto en casa. Me pone los pelos de punta —comentó Bev—. Por favor, lleváoslo todo.

5

A la mañana siguiente, Kate y Tristan comenzaron a buscar entre los archivos del caso de Joanna Duncan. Además, decidieron escanear todos los documentos. Iba a llevar muchísimo tiempo, pero acceder a ellos desde cualquier dispositivo podía ser de gran ayuda y, además, la detective creyó que valdría la pena contar con una copia de seguridad. Le habían dado permiso para hacer uso de los archivos, pero la administración de la policía podía cambiar de opinión de un día para otro. Aunque les hubieran concedido el acceso, podían retirárselo en cualquier momento.

En la primera caja en la que buscaron, Tristan encontró una cinta de casete metida en el expediente de la declaración oficial de Fred Duncan, el marido de Joanna.

—Tiene fecha del 20 de septiembre de 2002 —dijo, al leer la etiqueta escrita a mano que se encontraba en el lateral de la cajita de plástico—. Eso es cinco días después de la desaparición.

—¿Alguna de las otras declaraciones que se tomaron al principio de la investigación incluyen casetes?

El muchacho echó un vistazo entre el resto de expedientes que había en la primera caja.

—Parecen declaraciones escritas de la familia, los amigos y los compañeros de trabajo de Joanna. No hay ninguna cinta —respondió el chico.

—Así que, cuando comenzó la investigación, solo llamaron a comisaría al marido de Joanna para hacerle un interrogatorio oficial. Los familiares más cercanos suelen ser los primeros sospechosos.

—¿Cuánto dura la grabación de una cinta? Nunca he llegado a toparme con ninguna —preguntó Tristan sin dejar de girar la cajita en las manos.

—¡Madre mía! Haces que me sienta una vieja —contestó ella con una sonrisa de oreja a oreja, y cogió el casete para echarle un vistazo—. Esta tiene treinta minutos por cada cara, lo que significa que es de una hora y que, por lo tanto, no fue un interrogatorio largo.

Kate se levantó y se acercó al armario archivador en el que guardaban la radio antigua que había heredado de Myra. Sacó la cinta de su cajita y la metió en el reproductor. Después, abrió la grabadora de su móvil, pulsó el *play* del aparato y pegó el micrófono de su teléfono al altavoz.

Se escuchaban dos voces en la grabación: la de Featherstone, el inspector jefe de la Policía, un hombre mayor de voz ronca, y la de Fred Duncan, que tenía un marcado acento de Cornualles.

«—Dice que estuvo todo el día del 7 de septiembre pintando la casa que compartía con Joanna en el pueblo de Upton Pyne. Su vecino, Arthur Malone, nos ha contado que una joven llegó a su casa pasadas las dos y que entró, pero que no la vio salir —afirmó el inspector jefe de la Policía Featherstone en la cinta—. ¿Quién es?

—Una vecina. Famke —contestó Fred.

—Famke… Suena extranjero. ¿Cuál es su apellido?

—Van Noort. —Se entretuvieron un poco cuando el hombre lo deletreó para que el inspector Featherstone lo escribiera—. Es holandés. La chica es una *au pair* que trabaja para una familia que vive a un par de casas calle abajo.

—¿La gente de su zona tiene *au pairs*? —preguntó el agente con un tono burlón.

—Sí, trabaja para un médico y su mujer. Se apellidan Paulson. Él es el doctor Trevor Paulson. No sé cómo se llama la mujer. Su casa es el palacete enorme que está a las afueras del pueblo. Famke se encarga de cuidar de sus hijos.

—¿Puede deletrear sus nombres?

—¿Los nombres de los niños?

—No, el del doctor —le espetó Featherstone, ahora con tono irritado. Volvieron a ponerse a dar vueltas sobre ese tema.

—¿Para qué lo visitó una *au pair*? —quiso saber el inspector. Se hizo una pausa casi interminable.

—¿Para qué cree? —dijo el hombre.

40

—Necesito que lo diga en voz alta, en pro de la grabación.

Fred lanzó un largo suspiro.

—Para mantener relaciones. Vino a mi casa para mantener relaciones sexuales. Estuvo un par de horas o así, y después se fue por el jardín trasero.

—¿Hay un sendero que pasa por el final de su jardín?

—Sí, se fue por ahí.

—¿Y Famke puede confirmarlo?

—Sí, pero, por favor, no sea muy duro con ella. No es más que una chica joven… Bueno, no tan joven —añadió.

—¿Cómo la conoció? —quiso saber Featherstone.

—Un día, en la tienda de la esquina… Me estaba mirando —explicó el hombre—. Desde que nos mudamos al pueblo no he encontrado trabajo. Me sentía como una mierda conmigo mismo.

—¿Por qué se sentía así?

—Jo y yo acabamos de pedir una hipoteca, pero no puedo contribuir a pagarla.

—Entonces, ¿Joanna tiene un buen sueldo en el *West Country News,* en Exeter?

—Sí.

—Seguro que eso provocó tensiones —comentó el agente.

Lo dijo en un tono provocativo.

—¿Qué quiere decir? —contraatacó Fred.

—Que tiene un motivo. Su mujer muere y usted cobra la indemnización de su seguro y paga la hipoteca.

—¿Creen que está muerta? ¿Han encontrado su cuerpo? —preguntó el hombre con la voz quebrada.

A continuación, el silencio lo llenó todo durante prácticamente los treinta segundos siguientes. Kate tuvo que comprobar si la cinta se había parado en el reproductor.

—¿Cuántos encuentros sexuales ha tenido con esa tal Famke? —quiso saber el agente.

—Tres o cuatro durante los últimos dos meses. No es un crimen tener una aventura.

—Por supuesto que no, señor Duncan. ¿Joanna sabía que usted invitaba a su cama a la *au pair* de al lado cuando salía a trabajar duro para pagar la hipoteca?

Otra pausa interminable.

—No —dijo Fred con un hilo de voz—. Pero ha sido una estupidez. He sido un imbécil. Solo quiero que llegue a casa sana y salva. Se lo contaré todo en cuanto vuelva.

—¿Se le ocurre alguien que quisiese hacerle daño? —preguntó Featherstone.

—No.

—Puede que ella también tenga una aventura. Usted le es infiel.

—¿Qué? No, no. Está obsesionada con su trabajo. Su tiempo lo pasa conmigo, con su madre o trabajando. Una vez me contó con desprecio que una compañera de trabajo tuvo una aventura con otro del periódico y que todo el mundo hablaba de ella.

—¿Quién era?

—Rita Hocking, otra periodista del *West Country News*.

—Puede que su esposa haya huido.

—¿Cómo se supone que debo responderle a eso? Ni siquiera es una pregunta. Ustedes son la policía, joder. Deberían estar haciendo algo más… Ella no se iría así porque sí. Nunca dejaría a su madre, están muy unidas. A veces, demasiado».

Se hizo otro largo silencio y, a continuación, el inspector jefe Featherstone comenzó a revisar la declaración oficial de Fred. Entonces, Kate paró la cinta y la grabadora del móvil.

—¿Por qué Bev no nos dijo que Fred tenía una aventura?

—A lo mejor ella sigue teniendo la idea de que los dos eran felices. No dijo nada de que hubiesen interrogado a Fred. La policía pensaría que tenía un motivo.

—El vecino y Famke le dieron una coartada. ¿Está ahí?

Tristan comenzó a ojear entre los expedientes y encontró una hoja de papel.

—Sí… Ella le dio a la policía una declaración por escrito… Llegó a casa de Fred poco después de las dos de la tarde y se quedó allí un par de horas, hasta las cuatro pasadas —dijo a la vez que examinaba la declaración firmada con la mirada—. Después, salió por la puerta de atrás, atravesó el sendero que pasa por detrás de la hilera de edificios y volvió a casa.

—¿A qué distancia está Upton Pyne de Exeter?

—No muy lejos, a unos cuatro kilómetros —respondió Tristan sin dejar de revisar el resto de archivos de la caja.

—Fred tuvo una coartada hasta las cuatro de la tarde del día en que Joanna desapareció, pero Bev nos comentó que aquel día Joanna no salió del trabajo hasta las cinco y media...

—Arthur Malone, el vecino de Fred, testificó que vio al hombre entrar y salir varias veces ese sábado 7 de septiembre, pero que el coche no se movió de fuera de la casa hasta bien entrada aquella tarde, sobre las siete y media...

—Que es cuando Fred se preocupó de que Joanna no hubiese vuelto a casa de trabajar y fue en coche hasta casa de Bev, en Exeter —terminó Kate.

Tristan estaba buscando en otro expediente cuando soltó un silbido y, a continuación, le mostró a la detective una hoja de contacto con cuatro fotografías tomadas por una cámara de videovigilancia.

—¿Qué es? —preguntó su socia.

—La policía tomó declaración a Noah Huntley, el concejal cuyo escándalo destapó Joanna en su artículo. Estas fotos son de un encuentro que tuvieron en una gasolinera.

Kate le quitó la hoja de contacto de las manos.

—Mira la marca de la hora. La fecha de la grabación es del 23 de agosto de 2002... —continuó ella.

—Dos semanas antes de la desaparición de Joanna.

—Y las imágenes de la cámara de videovigilancia se tomaron en la gasolinera Texaco de Upton Pyne. ¿Para qué iba Joanna a quedar con Noah Huntley dos semanas antes de su desaparición y tan cerca de casa?

—El parlamentario dijo en su declaración que Joanna le pidió que se encontrasen porque ella había enviado una solicitud para una vacante en el periódico *Daily Mail,* él formaba parte del consejo de la empresa y la mujer quería asegurarse de que no había resentimiento entre ellos. El hombre también tenía coartada para el momento de la desaparición. Estaba en el extranjero, en su casa de Francia.

Entonces, Tristan le pasó la declaración de Noah Huntley.

—Tenemos que hablar con Fred para conocer su versión de los hechos. Bev no nos mencionó nada de esto, lo que me lleva a preguntarme qué más no nos ha contado.

6

Fred Duncan accedió a hablar con Kate y Tristan el lunes de la semana siguiente por la tarde. Seguía viviendo en la casa que había compartido con Joanna en Upton Pyne, un pueblecito a las afueras de Exeter, a veinte minutos de Ashdean.

El edificio se encontraba en un camino sinuoso de cabañas de campo y casitas alejadas de la carretera, rodeadas de muros altos de ladrillo y setos cuyas hojas estaban volviendo a nacer. El hogar donde ahora vivía Fred se alejaba mucho de la mugrienta casucha de mala muerte que habían visto en las fotos del archivo del caso. Tanto el tejado de paja como las ventanas parecían nuevos, y habían pulido con arena el trabajo de albañilería para limpiar las manchas de polución que habían dejado los años y revelar el rojo intenso original de los ladrillos. Un muro alto de ladrillo con el borde redondeado rodeaba el enorme jardín de la entrada. Un árbol gigantesco dominaba el césped delantero; sus grandes ramas desnudas se extendían por el jardín de tal manera que creaban una especie de dosel. El sol primaveral calentaba el ambiente, pero, a la sombra de la copa, el aire helaba los huesos.

Kate tocó el timbre y escuchó su sonido metálico a lo lejos, dentro de la casa. Fred les abrió la puerta unos segundos más tarde. En las fotos del expediente del caso, era un hombre delgado y enjuto que utilizaba gorras y ropa informal y que tenía una oscura barba de tres días permanente. El hombre que les acababa de abrir la puerta parecía haber ganado peso, y su ligero bronceado le daba un aspecto sano. Estaba descalzo, perfectamente afeitado y llevaba el pelo, que empezaba a clarear, casi rapado. A la mujer le pareció un gurú de la nueva era. Vestía unos pantalones sueltos y blancos de lino y una camisa ancha de la misma tela, con los últimos botones sin abrochar, que dejaba ver un pecho peludo sobre el que colgaba un rosario con una crucecita de plata.

—Hola, bienvenidos —los saludó con una amplia sonrisa—. Si no os importa, quitaos los zapatos antes de entrar. ¿Queréis unas zapatillas? —Señaló una caja rústica de madera junto a la puerta llena de zapatillas de borrego idénticas.

Los dos detectives se quitaron los zapatos, pero rechazaron las zapatillas.

—Tengo el suelo con la calefacción a toda leche, así que no deberíais tener frío solo con los calcetines. Tameka, mi mujer, no quería estar aquí —continuó mientras los acompañaba hasta la cocina—. Se ha llevado a nuestra niña, Anika, a la ciudad.

En la pared bajo la que descansaba la mesa del comedor había un *collage* con fotos de boda. Arriba del todo se encontraba una gran foto de grupo del enlace. Fue un rito tradicional hindú, y parecía que los invitados llegaron al centenar, o más. Fred y sus ancianos y pálidos padres destacaban entre la familia y los amigos hindúes de Tameka. En dos de las fotos aparecían él y su mujer vestidos con el colorido atuendo tradicional. Ella era más alta que él, y tremendamente bella.

—¿Cuándo te casaste? —quiso saber Kate.

—Acabamos de celebrar nuestro tercer aniversario —contestó el hombre mientras seguía las miradas de los detectives por las fotografías—. Tameka tiene una gran familia; muchos de sus parientes vinieron de Mumbai. ¿Os apetece un café? Solo tengo leche de soja —añadió—. Somos veganos.

—Yo lo quiero solo —le respondió Tristan.

—Igual —agregó la mujer.

—Sentaos —les propuso, y señaló una mesa alargada de madera con bancos a ambos lados junto a una ventana con vistas al patio.

Los dos detectives se sentaron en el banco que miraba a la ventana. El jardín trasero era enorme y estaba salpicado de abedules que todavía estaban por crecer. Un camino difuso y sinuoso de grava blanca conducía a una enorme estructura de madera con paredes de cristal al final del espacio. Dentro no había nada y el suelo estaba cubierto de esterillas de color verde oscuro.

—Es el estudio de yoga de Tameka —explicó Fred.

Kate se dio cuenta de que al final del jardín había una puerta en el muro. Tristan también se percató, echó un vistazo a ambos lados y levantó una ceja. Aquella era la puerta que Famke usaba durante su aventura amorosa.

Fred volvió a la mesa con una bandejita en la que había colocado tres tazas humeantes de expreso.

—Tameka es profesora de yoga Ashtanga y da las clases en casa.

—¿Y tú ahora tienes trabajo? —La detective cogió dos tazas de la bandeja y le tendió una a su socio—. En los archivos del caso pone que estabas en paro cuando Joanna desapareció.

—Sí, ahora estoy trabajando —dijo con un ligero tono sarcástico—. Soy diseñador de páginas web. Los dos hemos conseguido trabajar desde casa y compartir la responsabilidad de Anika.

A continuación, se sacó un paquete de galletas del bolsillo de los pantalones anchos y lo abrió con los dientes: el envoltorio de plástico cayó en la mesa y las galletas acabaron desparramadas por el tablero de madera.

—Mierda, tendría que haberlo pensado mejor, ¿eh? —se disculpó.

Entonces, volvió a la cocina y comenzó a buscar por los armarios hasta que encontró un plato. En ese momento, Kate se dio cuenta de que, para él, preparar cualquier cosa de comida, y la cocina en general, era algo desconocido. El hombre volvió con el plato y volcó las galletas en él. Después se entretuvo un poco más en limpiar las migas y asegurarse de que todo había quedado limpio. Aquello hizo suponer a la detective que Tameka llevaba la casa con mano dura.

—Bueno —dijo a la vez que se sentaba frente a ellos—. Joanna…

—Sí, Bev dijo que se puso en contacto contigo —lo interrumpió Kate.

—Sí, me envió un mensaje. ¿Creéis que la encontraréis?

—Eso espero. ¿Apoyas a Bev en la decisión de contratar a un detective privado?

El hombre se frotó los ojos.

—No me opongo. Ya lloré a Joanna, y creo que tengo suerte de haber podido pasar página. Tenía que hacerlo, por mi salud mental. Pero creo que Bev continúa atrapada en el mismo punto en el que se quedó la tarde en que su hija desapareció. Es solo que volver a hablar de esto me pone los pelos de punta. Miradme las manos… Estoy temblando… —Y se las mostró.

Tenía los dedos largos, pero las puntas eran un poco rechonchas.

—¿Te resulta difícil seguir viviendo aquí, en la misma casa que compartiste con Joanna? —le preguntó Tristan.

—Solo hace tres años que volví. Un año después de que Joanna desapareciera puse en alquiler este sitio y me fui a un piso en Exeter.

—¿Por qué lo alquilaste? —quiso saber Kate.

—Yo solo no podía permitirme la hipoteca, así que no me quedó otra. No hay ninguna ley vigente que diga qué ocurre con los bienes inmuebles de una persona desaparecida. La hipoteca era de los dos, pero no podía cambiarla sin la firma de Joanna. No fue hasta ocho años más tarde cuando acudimos, bueno, acudí a los tribunales para que Joanna fuese declarada fallecida *in absentia.* Presuntamente fallecida.

El dolor se apoderó de su gesto al recordar aquello.

—Has dicho «acudimos» y después has corregido a «acudí», ¿por qué? —preguntó la detective.

—Bev estaba en contra. Me acusó de tirar la toalla con respecto a Joanna, pero, al final, entró en razón. Conseguimos un certificado de defunción y celebramos un funeral. Anulamos mi matrimonio. Compré la parte que Joanna pagó de esta casa y le di el dinero a Bev.

—¿Qué opinó Bill?

—Bill suele opinar lo que opine Bev. La venera… Cuidan el uno del otro. Ella lo pasó mal cuando estuvo con el padre de Joanna. Era violento, controlador. Bill es todo lo contrario a eso: es tranquilo, de fiar, pero después del padre de su hija, Bev se juró que no se casaría nunca ni abandonaría su independencia por un hombre. Suponía que, a estas alturas, después de tantos años, ya se habrían casado, aunque supongo que haberse ido a vivir juntos es un paso en la dirección correcta. Bill es buen tipo. Me prestó dinero después de la desaparición de Joanna. Y cuando finalmente declararon su muerte, compró un terreno en el cementerio junto a la tumba de la madre de Bev y pagó para que tuviese una lápida bonita... —Su voz fue apagándose poco a poco—. Allí enterramos un mechón de pelo.

Kate pensó en cuando conocieron a Bev y a Bill, en cómo la mujer habló de su hija como si existiese la posibilidad de que siguiese viva. No mencionó nada de esto. Fred le dio un sorbo al café y continuó:

—Conocí a Tameka seis meses después de que declararan la muerte *in absentia*. A los seis meses le pedí que se casara conmigo y se quedó embarazada. Queríamos vivir en algún sitio bonito, y esta se ha convertido en una zona buena con un buen colegio. Cambiamos la casa desde los cimientos. Pusimos el techo y el suelo nuevos; añadimos esta cocina y otras dos habitaciones con baño privado en la planta de arriba; arreglamos el jardín... No tiene nada que ver con lo que era antes. Extrañamente, también nos ayudó con los vecinos.

—¿En qué sentido?

El hombre levantó una ceja.

—Como seguramente ya sabréis, la policía me interrogó, pero no pasó de ahí. Como mi coartada era Famke, la chica con la que tenía una aventura, un montón de vecinos siguieron pensando que yo había matado a Joanna. Cuando pusimos en marcha la reforma, hicimos la casa pedazos. Levantamos los suelos, quitamos todo lo que había en las paredes hasta que solo quedó el ladrillo, excavamos en el jardín para instalar una bomba de calor geotérmica y, como el pueblo ya depende del sistema de alcantarillado central, quitamos la antigua fosa séptica. Alguien de por aquí llamó a la policía cuando vio que una grúa estaba sacándola del jardín. Los agentes se presentaron aquí y nos pidieron permiso para mirar en su interior antes de que se la llevasen. Ya habían buscado en ella tres veces a lo largo de los años anteriores. No estuvo mal librarme de aquello y poder empezar de nuevo. Creo que, gracias a Dios, los rumores de que yo asesiné a Joanna y la oculté debajo de la tarima del suelo o la enterré en el jardín ya han desaparecido.

—¿Sigues en contacto con Famke? —quiso saber Tristan.

Fred frunció el ceño.

—No, por supuesto que no.

—¿Sabes dónde vive?

—Lo último que supe, hace años, es que volvió a Holanda.

—¿Qué opinó Bev de vuestra aventura?

—¿Qué cojones crees que le pareció? Estuvo enfadada conmigo durante mucho tiempo, pero hicimos las paces… —Hizo una pausa larga—. Nos enviamos tarjetas navideñas.

—Mi banco también me envía una tarjeta todas las Navidades —comentó Kate.

—Vale, sí, nuestra relación ya no es no es tan íntima como antes —se explicó Fred—, pero era de esperar. Joanna era lo que nos mantenía unidos.

Entonces, dio un sorbo a su taza de café.

—El día que desapareció Joanna estuviste aquí todo el día. Tu vecino te vio trabajando en el jardín y, entretanto, estuviste… —La mujer dudó un momento—. ¿Aquí en casa con Famke?

—Eso es.

—¿No saliste de casa hasta justo antes de las ocho?

—Exacto. Cuando Joanna no volvió del trabajo, la llamé al móvil, pero estaba apagado. Entonces, sobre las siete, llamé a Bev, pero no tenía ni idea de dónde podía estar. Luego ella llamó a Marnie, una amiga de Joanna, y tampoco lo sabía. Mi mujer no tenía muchos amigos y no se relacionaba con sus compañeros de trabajo. Su único plan era volver directamente a casa, por eso nos preocupamos… Lo primero en lo que pensamos fue que había tenido un accidente con el coche. Bev se puso en contacto con la policía, pero no fueron de mucha ayuda y le dijeron que volviera a llamar cuando pasaran veinticuatro horas. En ese momento me pidió que la recogiera, así que fui en coche hasta su apartamento. Quería ir a preguntar a los dos hospitales que hay en la zona, pero primero fuimos al *parking* de Deansgate.

—¿Por qué?

—Porque es donde aparcaba Joanna. Iban a demolerlo poco después y casi nadie seguía aparcando allí porque atraía a muchos tíos chungos, drogadictos. Le dijimos que aparcara en el Corn Exchange, aunque fuese más caro y estuviese más lejos de la redacción, pero era tan cabezota que se negó y siguió aparcando en Deansgate. Cuando llegamos, subimos por las plantas buscándola y, entonces, encontramos su coche. El móvil estaba apagado y tirado debajo. En ese momento, las cosas se pusieron feas y la policía abrió un caso por desaparición.

—¿Sabes si Joanna tenía algún enemigo?

—No. No tenía muchos amigos y era muy reservada, pero no odiaba a nadie ni nadie la odiaba a ella.

—Seis meses antes de que desapareciera, Joanna escribió un artículo que desenmascaró al parlamentario de esta zona, Noah Huntley. Su artículo de investigación tuvo como consecuencia unas elecciones parciales que le quitaron el escaño —comentó Kate.

El hombre sonrió.

—Aquello me hizo sentir orgulloso. Cualquier momento es bueno para ver a un *tory* recibir una buena patada en el culo, pero saber que Joanna había sido la que había pillado a ese cabrón y que consiguió hacerlo responsable… En ese momento debería haber dado el salto e irse a trabajar a uno de los periódicos nacionales.

—¿Y por qué no dio el salto? —preguntó Tristan.

Fred hizo una pausa y se frotó la cara. Luego, se dejó caer hacia atrás y volvió a incorporarse.

—Esto de volver a darle vueltas a lo mismo me supera un poco. Fue por mí.

A continuación, bajó la mirada y se mordió el labio. La detective lanzó una mirada a su socio y, durante un momento, pensó que el hombre iba a echarse a llorar, pero, en lugar de eso, dejó escapar un largo suspiro.

—No estaba en un buen momento. No tenía trabajo y me sentía perdido. Joanna quería que nos mudáramos a Londres, poner en alquiler esta casa e intentar entrar en un periódico. Uno de los nacionales se había interesado por ella. Yo me negué y le dije que no quería ir, algo de lo que me arrepiento con toda mi alma. Si nos hubiésemos ido, seguramente seguiría viva.

Kate sacó una carpeta de su bolso.

—Te hemos preguntado si Joanna tenía algún enemigo. ¿Noah Huntley podría considerarse un enemigo? Su artículo acabó con su carrera política.

—Eso pasó meses antes de que desapareciese —contestó Fred.

—Nos han dado acceso al expediente policial original del caso. ¿Sabías que Noah Huntley asistió voluntariamente a un interrogatorio con la policía cuando tu mujer desapareció?

—No, no tenía ni idea. ¿Cuándo lo arrestaron? —quiso saber el hombre.

Aquel descubrimiento pareció sorprenderlo de verdad.

—No lo arrestaron. Ni siquiera era sospechoso. Hablaron con él nueve meses después de que Joanna desapareciera: el 14 de junio de 2003 —le explicó ella—. La policía solicitó hablar con él después de que salieran a la luz las imágenes de una cámara de videovigilancia en las que aparecían los dos juntos, dos semanas antes de que ella desapareciera.

Fred se apoyó en el respaldo del asiento, sorprendido.

—Joanna hablaba de escribir otro artículo sobre Noah Huntley, pero nunca me comentó que hubiese quedado con él.

—¿Qué tipo de artículo?

—Cuando estuvo investigando los contratos del ayuntamiento, escuchó algunos rumores sobre que le gustaba quedar con hombres después del anochecer y subirlos a su coche.

—¿Y por qué no escribió sobre eso en el artículo original?

—No tenía pruebas suficientes, y su editor no quería que se desviase de la historia del fraude.

—¿Hablaba de su trabajo contigo? —intervino Tristan.

—Solía decirme las cosas a toro pasado, pero si el artículo en el que estaba trabajando implicaba información sensible, no me contaba nada. Un momento, ¿cómo era el vídeo de la cámara de videovigilancia que salió a la luz después de su encuentro?

—Hay una gasolinera de Texaco cerca de aquí, en la carretera principal que va a Exeter —contestó la detective—. Nueve meses después de la desaparición de Joanna, un hombre armado con una carabina recortada la asaltó a punta de pistola, así que la policía les pidió las cintas de las cámaras de videovigilancia y, por alguna razón, entre el metraje de una de las cintas había imágenes de una tarde de hacía nueve meses. El agente que las estaba revisando reconoció la matrícula de Joanna. Al hombre se le había quedado grabada en la mente porque estuvo trabajando en el caso. Entonces, se dio cuenta de que la marca de tiempo del vídeo indicaba que eran las ocho pasadas de la tarde del 23 de agosto de 2002.

—Eso no tiene sentido —reflexionó Fred—. Después de que la historia saltase a los medios, Joanna solía bromear con que seguramente Noah Huntley no querría acercarse a ella ni para escupirle, así que mucho menos para hablar.

—Hemos echado un vistazo al mapa y hemos visto que la gasolinera está en la carretera principal, la A377, en dirección a Exeter. ¿Ese era el camino que tu mujer hacía desde Upton Pyne para ir a trabajar?

—Sí.

Kate abrió la carpeta y sacó cuatro imágenes captadas de la cinta de la cámara de videovigilancia y las colocó sobre la mesa. En la primera aparecía el coche de Joanna, un Ford Sierra azul, aparcado en una de las zonas de estacionamiento junto a la gasolinera. Había parado frente a la cámara, así que se la veía perfectamente a través del parabrisas, sola. La segunda foto mostraba a Noah Huntley, un hombre alto, de cabello moreno y con un pronunciado pico de viuda, entrando por la puerta del copiloto. En la tercera se veía una imagen congelada de los dos enfrascados en una conversación y, en la última, el parlamentario salía del coche de Joanna. Todo el encuentro duró quince minutos. Fred se quedó mirando las fotos sin saber qué decir.

—¿Qué le contó Noah Huntley a la policía sobre esta reunión?

—Dijo que estaba en el consejo del *Daily Mail,* donde también participaba como columnista de vez en cuando. El periódico le había propuesto a Joanna que se uniera a su equipo, así que quiso quedar con él para asegurarse de que no impediría su contratación —respondió la detective.

El hombre negó con la cabeza.

—Eso es una tontería. Nunca se arrastraría por alguien como él.

—Hemos revisado todos los archivos del caso y la policía confirmó que lo que declaró era verdad: Joanna había enviado una solicitud para un puesto en el *Daily Mail*. Les extrañó que la gasolinera hubiese guardado la cinta de videovigilancia. Lo normal es que grabasen un mes de material y que después borrasen la cinta para reutilizarla —añadió Kate—. Dijeron que fue un error, que las películas no estaban ordenadas. En cuanto la policía comprobó la historia de Noah, se dejó de lado. ¿Se te ocurre alguna otra razón para que Joanna quedase con él?

—No tengo ni idea —contestó Fred—. Creía que conocía a Joanna, pero a medida que pasa el tiempo me doy cuenta de que no tenía ni idea de quién era.

7

—Esta es la gasolinera —comentó Tristan, y señaló el letrero de Texaco que tenían delante.

Después de la reunión con Fred, Kate quiso hacer en coche la ruta que hacía Joanna para ir a trabajar a Exeter. Había menos de kilómetro y medio desde Upton Pyne hasta la circunvalación y, desde allí, la gasolinera solo estaba a ochocientos metros por la carretera. La detective redujo la velocidad cuando pasaron al lado. Era un lugar poco concurrido que estaba rodeado de árboles y campos abiertos. En ese momento, había una mujer echando gasolina bajo el enorme dosel de ramas que bailaba al viento.

—No doy un duro porque la razón por la que Joanna quedase con Noah Huntley en la gasolinera fuese charlar sobre un posible conflicto de intereses en el trabajo —dijo la mujer—. Tenía un teléfono móvil, y probablemente el parlamentario tuviese otro. ¿Por qué iban a quedar en persona, fuera del horario laboral, para algo así?

La gasolinera se alejó en el espejo retrovisor y la carretera se abrió camino entre el apartado campo lleno de colinas.

—Y, posiblemente, él tuviese que salir de su rutina para quedar con ella —añadió el muchacho—. Noah Huntley se mudó a Londres cuando perdió su escaño en el Parlamento.

Los dos continuaron el camino en silencio. Kate estaba dándole vueltas a lo que sabía, imaginándose a Joanna la mañana del 7 de septiembre yendo a trabajar en coche. ¿Fue solo un día más?

Cinco minutos después, abandonaron la carretera y se dirigieron al centro de Exeter. Cuando se incorporaron a la sinuosa calle principal, la mujer redujo la velocidad para poder pasar pegada al autobús, donde una fila de jubilados de aspecto deprimido esperaban para subir a él.

Un par de mensajeros en bicicleta pasaron volando entre el tráfico. Kate frenó en un semáforo en rojo.

—Vale, estas eran las oficinas del *West Country News.* —Tristan señaló a la izquierda, a un edificio de cinco plantas que ahora era un centro comercial de John Lewis.

—Cuando Joanna salió de trabajar a las cinco y media, esta calle tenía que seguir estando concurrida. Era sábado por la tarde. Las tiendas estarían cerrando, pero los bares y los *pubs* debían de estar llenándose de gente —comentó Kate mientras miraba al tráfico, las hileras de tiendas y los cuatro *pubs* que se encontraban a lo largo de la calle principal.

El semáforo se puso en verde y retomó el camino, para lo que tuvo que adelantar a dos autobuses. Había unas cuantas calles que salían de la principal, pero, en comparación, eran tranquilas. Las tiendas que se encontraban en algunas de ellas tenían zona de carga y descarga.

—Sí, seguro que había muchísima gente por aquí, pero nadie vio lo que le pasó —dijo Tristan con la mirada puesta en el mismo punto que ella.

Aceleraron y llegaron a otro semáforo. A la derecha vieron un enorme bloque de pisos con el rótulo «Bloque de apartamentos Anchor» escrito en cursiva en la fachada.

—Y aquí es donde se encontraba el *parking* de Deansgate —le explicó la detective, que, en ese momento, no veía nada por un borrón de gente que estaba cruzando la calle delante de ellos—. Madre mía, las oficinas del periódico estaban prácticamente al lado.

Tristan cogió la carpeta que asomaba del bolso de su socia y sacó una de las fotos del expediente del caso. La habían obtenido gracias a una cámara de videovigilancia que estaba un poco más allá del paso de peatones en el que se encontraban parados. Hasta lo que se sabía, era la última foto que se había tomado de Joanna. Llevaba un abrigo largo negro y unas botas de *cowboy* de piel marrón. Tenía una melena rubia ondulada y se había peinado con la raya en medio. No había nadie en la acera, solo una pareja a pocos pasos detrás de ella que le daba la espalda a la cámara y que caminaba abrazada debajo de un paraguas.

—Parece estresada —comentó el muchacho a la vez que levantaba la foto.

La mujer aparecía con el ceño fruncido y agarrando el asa del bolso que llevaba colgado al hombro con las dos manos. Daba la sensación de que iba sumida en sus pensamientos.

—Tuvo que cruzar por aquí —añadió Kate, con un ojo puesto en la última pareja de peatones que se apresuraba a cruzar la carretera—. ¿Cómo era el aparcamiento? ¿Tenía alguna puerta por la que se pudiese acceder a pie desde la calle?

—Sí, había una entrada para los coches ahí en medio, un poco más adelante —explicó Tristan, y le señaló lo que ahora era el centro del bloque de apartamentos—, y a la derecha, una puertecita para los peatones.

El semáforo se puso en verde y la detective dejó atrás el bloque de apartamentos Anchor. El chico continuó:

—Ese *parking* era un lugar desagradable, de hormigón, y siempre estaba húmedo. No hubo ni una sola vez de las pocas que mi madre aparcó aquí que no me asustase muchísimo. Había yonquis merodeando por las escaleras, y si tenías que volver a tu coche de noche, se te ponían los pelos de punta. En lugar de ventanas, tenía huecos hechos a intervalos en los muros de hormigón. A lo largo de los años, como constaba de seis plantas, varias personas se suicidaron tirándose a la calle por ahí. Para cuando lo iban a demoler, casi todo el mundo usaba el garaje de la National Car Park al otro lado de esa calle de sentido único, vamos a pasar por ahí en un segundo, o bien aparcaban en el centro comercial Guildhall, al otro lado de la calle principal.

—Si Joanna llegó a cruzar la carretera que se ve en la foto, lo lógico es pensar que pudieron cogerla o atacarla al abrigo del *parking*. El ruido del tráfico es ensordecedor en la calle principal, pudo haber ahogado cualquier grito que diese cuando estaba ahí dentro —dijo Kate y volvió a mirar la foto de la cámara de videovigilancia que descansaba en el regazo de Tristan.

Sintió escalofríos al pensar que en esa foto Joanna estaba a pocos segundos de encontrarse con su destino.

Llegaron a un parquecito al final de la calle principal. La catedral parecía brotar del suelo mientras la calle de sentido único dibujaba una curva a la derecha en dirección a Market Street, dejando atrás el *parking* de la NCP y el teatro Corn Exchange.

—Es que me parece un lugar arriesgado para que la secuestraran. Joanna vivía en Upton Pyne, un sitio tan pequeño y apartado… Tenía que atravesar todo el campo para ir a trabajar. Si yo quisiera hacer desaparecer a alguien, no lo haría en mitad de Exeter, con sus concurridas calles de un solo sentido y la vía principal semipeatonal. La habría pillado en el campo. La obligaría a sacar su coche de la carretera. Casi no hemos visto vehículos cuando veníamos desde Upton Pyne, y seguro que en 2002 pasaba incluso menos gente por esa carretera.

—No había cámaras de videovigilancia apuntando a la salida o a la rampa de entrada al *parking*, ¿no? —quiso saber el muchacho.

—No, solo la cámara que captó la última imagen de Joanna. La siguiente está más adelante, doblando la esquina del Corn Exchange.

—Hay un montón de bocacalles por las que puedes desviarte antes de llegar al teatro.

Ya estaban dejando atrás el centro de la ciudad para volver a Ashdean. Había muchísimos documentos en el expediente del caso y Kate quería volver a echarles un vistazo. Absorber todos los detalles le estaba llevando su tiempo.

—Quiero localizar a sus compañeros del *West Country News*. Y también a su editor. No creo que el inspector jefe Featherstone lo presionase mucho para que le contase en qué estaba trabajando Joanna cuando desapareció. Por lo que he visto de los interrogatorios que hay en el expediente, no volvieron a hablar con… ¿Cómo se llamaba?

—Ashley Harris —contestó Tristan.

—Eso. Y tenemos que hablar con Marnie, la amiga de Jo. Y con Famke. Podría darnos una visión más completa de la situación en la que se encontraba el matrimonio de Fred y Joanna. La coartada de él no es muy sólida.

En ese momento, el chico le lanzó una mirada a su socia.

—¿De verdad crees que Fred pudo hacer algo así?

—En este momento, no quiero cerrarnos ninguna puerta.

—La mujer señaló la foto, que seguía en el regazo de Tristan—. Los archivos del caso dicen que Joanna cerró la sesión en su ordenador de trabajo a las cinco y media. La marca horaria de la foto indica las cinco cuarenta y uno. ¿Y si Fred fue a recogerla en su coche? Ella entró por voluntad propia… Se las apañó para tirar su teléfono sin que se diese cuenta… Vale, esa parte sigo sin tenerla clara, pero si se metió en el coche con él por su propio pie, hay nueve kilómetros y medio de campo totalmente aislado; podría haberse deshecho del cuerpo y volver a casa. De Upton Pyne a Exeter no hay mucha distancia.

—El vecino dijo que el coche de Fred no se movió de donde estaba hasta las siete y media de aquella tarde, que es cuando fue a buscar a Joanna —apuntó el joven.

—Mierda, sí, es verdad. Vayamos a comer algo y luego volvemos a repasar los archivos del caso.

8

Tristan llegó a casa a las siete de esa tarde. Había estado trabajando con Kate para crear una línea temporal del último día de Joanna desde el mediodía. No encontraron los datos de contacto de Famke, pero consiguieron localizar al doctor para el que la muchacha trabajó de *au pair*. En ese momento, tenía una cirugía en Surrey, así que le enviaron un correo electrónico.

El apartamento de Tristan estaba en una planta baja junto al paseo marítimo de Ashdean. Le encantaba la zona y que solo tuviese que cruzar la calle para poder dar un paseo por la playa, pero todavía estaba intentando adaptarse a tener un compañero de piso.

Cuando entró, Glenn ya estaba en la cocina removiendo un salteado que echaba humo en un wok al fuego. Era un tipo alto y musculoso con cara de Míster Increíble, y tenía las cejas gruesas y pobladas y la sombra de la barba constante. Cuando estaba serio tenía una cara amenazadora, pero al ver a Tristan le dedicó tal sonrisa que, de pronto, se convirtió en un gigantesco osito de peluche.

—¿Qué tal, tío? Yo casi he terminado.

—¿Qué estás preparando? —le preguntó Tristan.

El aroma de las especias y la carne hizo que se le hiciera la boca agua.

—Un plato de Delia Smith.

—Pues has conseguido cortarla en trozos muy pequeños.

—No, es su cerdo *hung shao* con verduras salteadas —le contestó, sin captar la broma—. Creo que podría sacar un plato para ti.

—No, gracias. Voy a salir otra vez, he quedado con un amigo para tomar algo.

Hacía un mes que Glenn se había mudado allí, pero entre sus horarios de trabajo como alcaide de la prisión y los malabares que tenía que hacer Tristan para compaginar su trabajo en la universidad con la agencia, no habían tenido tiempo para llegar a conocerse.

Tristan fue a darse una ducha y, cuando bajó diez minutos después, no había nadie en la cocina, el lavavajillas estaba puesto y las encimeras, limpias. No había visto a nadie comer tan rápido como su compañero. Prácticamente engullía la comida sin masticar.

El chico se aseguró de que llevaba el móvil y la cartera, gritó un «adiós» por las escaleras y salió sin obtener respuesta.

Ashdean era una ciudad universitaria y, aunque era la época de los exámenes de final de curso, el paseo marítimo estaba a rebosar de gente. Todavía quedaban un par de horas antes de que se hiciese de noche, pero en la playa ya había un grupo de estudiantes montando una hoguera con la madera que la marea había arrastrado hasta allí.

Los bares y los *pubs* se extendían por todo el paseo marítimo, apretujados entre los apartamentos y las casas adosadas y, de vez en cuando, entre los hoteles que mantenían el aura de esas pensiones de los años cincuenta. Tristan vivía en el extremo más alto del paseo, cerca del edificio de la universidad, donde el camino dibujaba una curva cerrada que se alejaba de la playa y volvía a girar sobre sí misma para convertirse en la calle principal.

Esta vez tomó el camino en la dirección contraria, hacia el final del paseo, y cruzó las terrazas de un par de *pubs* en las que cenaban algunos grupos de gente.

El Boar's Head estaba al final y daba a la empinada colina que llevaba hasta los acantilados.

Era un local pequeño con una tarima junto a la cabina del pinchadiscos donde Pete, el DJ, había puesto una versión en español de «The Tide is High», de las Atomic Kitten. Cuando Tristan entró todavía era temprano, así que, apoyada en la barra, había una mezcla de chicos, chicas, gente joven y mayor.

Entonces, vio a su amigo Ade jugando en una antigua tragaperras de «¿Quién quiere ser millonario?». Era un hombre grande, de cincuenta y pocos años, que ese día llevaba unos vaqueros anchos, una camiseta blanca y un chaleco acolchado naranja. Tenía una melena larga, negra y con un brillo que denostaba su cuidado que le caía sobre los hombros, y una barba espesa y oscura.

—Vaya, hola, *Miss* Marple —lo saludó su amigo a la vez que levantaba la vista de la máquina.

A continuación, el hombre se inclinó para darle un abrazo. «*Miss* Marple» era el apodo que Ade le había puesto al enterarse de que trabajaba como detective privado.

—Hacía unos días que no te veía. ¿Habéis estado liados por Saint Mary Mead?

—Acabamos de empezar a trabajar en un caso de desaparición. Es muy complicado. ¿Qué estás tomando?

—¡Alcohol, *Miss* Marple! —Ade levantó su vaso de pinta vacío—. Tráeme una clara de *lager*.

Tristan pidió una pinta de Guinness y otra *lager* para su amigo, y los dos fueron a sentarse a uno de los reservados que había junto a la barra.

Su amistad no incluía complicaciones. Ade iba casi todas las noches al Boar's Head a tomar algo, así que nunca tenían que quedar, pero se había convertido en costumbre verse allí un par de veces por semana.

Hace veinticinco años, el hombre era agente de policía, pero un día sufrió un ataque mientras estaba de servicio y sufrió estrés postraumático. Ade pidió la jubilación anticipada con cincuenta años y ahora estaba intentando escribir una novela de ciencia ficción. Fue él quien había tomado a Tristan bajo su ala cuando el chico había salido del armario hacía ya casi tres años.

—¿Llegaste a trabajar en el caso de la desaparición de Joanna Duncan? —le preguntó el muchacho.

El expolicía dio un largo sorbo de cerveza.

—No, ¿quién es?

Ya había supuesto que la probabilidad de que su amigo hubiese estado involucrado en ese caso sería prácticamente nula.

—Era una periodista del *West Country News* que desapareció en septiembre de 2002.

—Ah, sí, ya me acuerdo. Por aquel entonces yo estaba en la brigada antivicio de Devon y Cornualles. Sé que desde mi punto de vista puede sonar contradictorio, pero te lo juro, esto es exactamente igual que el resto del país, un hervidero de sexo y escándalos.

—Me gustaría saber si alguna vez oíste algún cotilleo sobre un tipo llamado Noah Huntley. Era el miembro del Parlamento por esta zona. Ganó su escaño en las elecciones del 92 y las perdió por un escándalo sobre sobornos…

Ade levantó una ceja y dio otro sorbo a la cerveza.

—Sé que lleva veinte años «felizmente casado», pero que prefiere pasar las noches con jovencitos atractivos. ¿Por qué, *Miss* Marple? ¿Te ha dado su número?

—No, nada que ver.

Entonces, Tristan comenzó a explicarle que Joanna Duncan también había estado investigando la costumbre de Noah Huntley de contratar prostitutos, pero que esa parte de la historia nunca llegó a ver la luz.

—Hace años, lo pillé haciendo *cruising* —le comentó el hombre—. Fue en agosto de 1997, unas semanas antes de que muriera la princesa Diana. Esa noche hacía calor, estábamos haciendo una ronda bastante extensa por dos urbanizaciones y otras zonas residenciales más agradables y pasamos por el Peppermintz, un *pub* gay a las afueras de Exeter. Fue un poco sobre la marcha. En realidad, era mi local y un exnovio solía hacer algunos bolos allí. Imitaba a Lorna Luft…

—¿Quién es Lorna Luft? —preguntó Tristan, que se arrepintió en cuanto las palabras salieron de su boca.

—Ay, por Dios, ¿y tú dices que eres gay? ¿O prefieres «maricón»?

—No, no digo «maricón».

—Vale. ¿Por qué la gente joven usa «maricón»? «Maricón» es el insulto que me soltaron durante la mayor parte de mi juventud. Los homófobos y los matones que me molían a palos me llamaban «maricón».

—Pero, para algunas personas, esa es la palabra que los describe.

—Y eso está muy bien, les envío toda mi fuerza; pero que no me llamen maricón a mí. Yo quiero que se refieran a mí como gay, y estoy en mi derecho de pedirlo.

Entonces, Tristan se dio cuenta de que Ade empezaba a perder los papeles.

—Vale, pero me estabas hablando de Noah Huntley.

—No, te estaba hablando de que Lorna Luft es la hija de Judy Garland. Por favor, dime que sabes quién es Judy Garland.

—Sí, claro.

—No sé por qué escogió a Lorna Luft para imitarla. Yo le dije: «Sé un poco ambicioso, haz de Liza». El día de Halloween del año pasado tuve una discusión parecida con una reinona que vino disfrazada de Tamar Braxton.

—Bueno —dijo Tristan, impaciente—. ¿Viste a Noah Huntley en ese *pub* gay, Peppermintz, en agosto de 1997? —le preguntó para intentar que volviese al tema de conversación.

—No, él no estaba dentro de la discoteca. Yo era un agente que estaba haciendo la ronda y la ronda nos llevó más allá de la disco, a una antigua zona de matorrales junto a un paso subterráneo de la autopista. Aquella anoche, en esa zona completamente inhóspita, con maleza abriéndose paso entre el asfalto y solo unas cuantas farolas parpadeantes, había un coche bastante elegante aparcado sobre el bordillo. Esa misma tarde nos habían informado de que uno de los otros equipos iba a vigilar el local de una banda dedicada a la droga. Al principio pensé que el coche podía ser de uno de ellos. Era un BMW. Así que no nos acercamos, y la agente con la que estaba de servicio, no recuerdo cómo se llamaba, preguntó a control por el número de la matrícula y respondieron que el coche estaba registrado a nombre de Noah Huntley. Entonces decidimos acercarnos para echar un vistazo más de cerca y descubrimos que nuestro parlamentario conservador estaba en el asiento trasero con George, uno de los chavales que trabajaban en el Peppermintz.

—¿Practicando sexo?

Ade puso los ojos en blanco.

—Sí, Tristan, «practicando sexo». Eso o le estaba haciendo la maniobra de Heimlich desnudo y con mucho entusiasmo.

Al chico le dio la risa.

—¿Y qué hicisteis?

—Di unos toques en la ventanilla y, después, nos apartamos para darles un momento para que se pusieran presentables. Unos minutos después, Noah abrió la puerta. No ayudó que George, el camarero, dijese: «Holi, Ade» mientras seguía abrochándose el cinturón. Les dije que se fuesen, que tuviesen cuidado, y les recordé que lo que estaban haciendo se consideraba un delito de desorden público.

—¿Por qué no los arrestaste?

—El partido laborista acababa de ganar las elecciones y todo el tema de cómo la policía trataba los derechos de los homosexuales cambió radicalmente. Estaban en un lugar desierto, solitario, por la noche. Además, Noah pareció afectado y arrepentido. Si hubiese sido un gilipollas o hubiese intentado usar su influencia como parlamentario, lo habríamos arrestado y nos lo habríamos llevado a comisaría.

—¿Sigues teniendo relación con el camarero? George.

—Nunca tuve relación con él; solía verlo por ahí, pero desapareció un par de años después.

—¿Qué quieres decir con que desapareció?

—Se esfumó sin dejar rastro.

—¿La policía estuvo implicada en eso?

—Ah, no, nada que ver. Algunos pensaron que había conocido a un tío con un poco de dinero y que se escapó por la puerta de atrás. George debía dinero del alquiler. Otro rumor apuntaba a que el chico hacía la calle por su cuenta, ya sabes, que lamía los chupachups de otros, pero que nunca aceptó dinero de Noah Huntley, o por lo menos eso dijo.

—¿Te acuerdas del apellido de George?

El hombre dio un sorbo a la cerveza y se quedó pensativo un momento.

—No, solo era George. Era español y llevaba unos años viviendo aquí, pero no recuerdo su apellido. Puede que tenga alguna foto de él en alguna fiesta de disfraces. Eso fue antes de las redes sociales, y no creo ni que tuviese móvil. En el bar cobraba en negro, y me enteré de que varios chicos como él se escaparon para evitar pagar el alquiler.

—¿Y recuerdas cuándo desapareció?

—Joder, sé que fue un poco más tarde, después de cambiar de milenio, porque no se perdía una fiesta… Mmm, puede que un año o dos después, por el verano de 2002.

—¿Sabes si Noah Huntley estuvo arrestado alguna vez o si tenía antecedentes penales?

Ade se llevó los últimos posos de la pinta a los labios y se los bebió.

—No cuando lo pillamos en 1997. Lo consulté justo después para ver si lo habían descubierto antes haciendo *cruising*. ¿Crees que tiene algo que ver con Joanna Dobson…?

—Joanna Duncan —le corrigió Tristan.

—¿Crees que tiene algo que ver con su desaparición?

—No lo sé. ¿Y si ella sabía que estaba en el armario? ¿Y si sabía que estaba contratando a prostitutos?

El hombre negó con la cabeza.

—Cuando Joanna Duncan desapareció, ser gay dentro del gobierno no era un delito por el que te pudiesen echar, y Noah Huntley había dejado la política. Seguramente ganaba el triple como un asesor bien pagado que viaja por el mundo y que puede elegir todos los camareros españoles que quiera. No tenía que preocuparse porque todo saliera a la luz y después tuviera que sacar a la mujer, sus dos hijos y su labrador en una sesión de fotos de la feliz familia en el jardín delantero de su casa.

—Sí, es verdad. Habría sido más creíble si hubiese hecho que se esfumara para enterrar la historia.

—¿Y si esa no es la historia real?

9

Mientras Tristan salía de su casa, Kate estaba cerrando el despacho. De pronto, recordó que a la mañana siguiente llegaría un pedido de ropa de cama limpia y que los archivos del caso estaban por toda la oficina.

—¡Mierda!

Estaba deseando sentarse con una taza de té y una tostada con huevos. Se sacó la llave del bolsillo y abrió la puerta.

No tardó mucho en pegar las cajas a una pared. Como tenían que llegar las sábanas de las ocho caravanas para tres meses, las colocó frente al tabique derecho y tuvo que apilarlas de tres en tres. Estaba deseando ver a Jake dentro de dos semanas, cuando terminara la universidad. Iba a pasar todo el verano en casa, volvería para ayudar a llevar el *camping* de caravanas y se ocuparía de cosas como la ropa de cama.

La última caja que movió era una azul que había pertenecido a Joanna y que contenía los documentos y los diarios del trabajo. Era de una tienda de material de oficina y estaba fabricada con cartón azul brillante. Tenía unos soportes de acero en cada esquina para evitar que se rompiera. Kate cogió la tapa para volver a cerrarla cuando la resplandeciente luz del fluorescente del techo se reflejó en la superficie brillante de la cartulina que recubría el interior de la tapa y vio que tenía la marca de algo escrito a mano.

La miró con más atención, inclinándola debajo de la luz, y se percató de las señales de algo escrito en tres líneas. Alguien había usado la tapa como soporte para escribir, para apoyar un folio o un papel. La mujer le dio la vuelta y vio que la parte superior estaba un poco maltratada y arañada, pero no encontró ningún resto de escritura. En el frontal de la caja había una etiquetita en un marco metálico con «Notas 06/2001-06/2002» escrito en una tinta descolorida azul.

La detective llevó la tapa hasta el mueble archivador que se encontraba junto a una ventana alargada y sobre el que descansaba una lámpara que derramaba una luz cegadora. La encendió, puso la tapa bajo la deslumbrante luz y la movió de un lado a otro hasta que dilucidó unas letras; no consiguió descifrar qué ponía. Se había comprado un iPhone hace poco y Jake le había enseñado lo buena que era la cámara para realzar la luz de las fotos. Así que soltó la tapa en el escritorio e hizo un par de fotos al texto de su interior.

Intentó mejorar la calidad de la imagen en el móvil, pero no consiguió ninguna diferencia apreciable. En ese momento, abrió el MacBook, transfirió la foto desde su móvil, abrió la aplicación de iPhoto y comenzó a jugar con todos los ajustes de retoque que aparecían en ella: aumentó el contraste, mejoró la definición, redujo el ruido. No estaba muy segura de para qué servían las dos últimas herramientas, pero a medida que deslizaba la barra de intensidad a un lado y a otro, el tono y las sombras de la foto cambiaban, de manera que empezó a ver mejor la marca del texto del interior de la tapa.

—Joder —dijo con un hormigueo de emoción.

¿Recoger a las 10 am o más tarde? Comprobar
David Lamb
Gabe Kemp
Quedar en la food truck 07980746029

A continuación, guardó la imagen, la imprimió y buscó en Google los dos nombres. Había un montón de resultados en redes sociales y en LinkedIn de los dos.

Ya eran las siete y media pasadas, así que, aunque Kate probó a llamar al número de teléfono, un móvil británico, estaba fuera de servicio.

Dudó un momento, pero luego llamó a Bev. Cuando la mujer descolgó el teléfono, su voz sonaba embriagada por el alcohol. En ese momento supo que estaba siendo impaciente y que debería haber esperado a la mañana siguiente para llamar.

—Ay, hola, Kate, ¿va todo bien?

Por el sonido, le pareció que estaba en una habitación pequeña y con mucho eco.

—Siento molestarte cuando estás en casa —se disculpó la detective—. Solo quería preguntarte por un par de nombres que han salido a la luz: David Lamb y Gave Kemp. ¿Te suenan?

Hubo una pausa y, luego, escuchó agua correr. Se preguntó si habría pillado a Bev en el baño. Por el ruido se imaginó un aseo diminuto en el sótano, pero la casa de Salcombe era un palacio, con todo aquel mármol y esos techos altos.

—No, cariño, lo siento. No recuerdo que Jo tuviese amigos ni compañeros que se llamaran así...

—No, están escritos en el interior de una caja azul de las que nos diste con las pruebas. Era la que utilizaba para guardar el papeleo. Parece que es la misma letra de la etiqueta del frontal.

—Ya —dijo la mujer, que todavía sonaba confusa.

—Creo que Jo podría haber usado la caja como apoyo para escribir en un trozo de papel. Aunque... Lo más seguro es que la caja haya estado años en comisaría. Si te envío la foto que acabo de hacer, ¿puedes decirme si es la letra de Joanna?

—Sí, de acuerdo.

Kate se apartó el móvil de la oreja y le envió la foto. Unos segundos más tarde, oyó un «ping» al otro lado del teléfono.

—Un momento, cariño...

Se escuchó un crujido y luego un repiqueteo cuando Bev soltó el teléfono. Un segundo después, ya estaba otra vez al auricular.

—Sí, es la letra de Jo... —afirmó con la voz temblorosa—. ¿Es una prueba?

—Podría ser.

—Ah, ¿crees que esos tíos tuvieron algo que ver con su desaparición?

—No lo sé, acabo de toparme con sus nombres... —La voz de la detective fue apagándose poco a poco mientras intentaba encontrar algo reconfortante que decirle a Bev—. Esto va a ser largo, pero te prometo que cada día nos dejaremos la piel.

«Puaj, qué corporativo ha sonado eso», pensó.

Bev suspiró.

—Acabo de discutir con Bill. Se ha ido hecho un basilisco. Ha cogido el coche, y he querido ir tras él, pero me había tomado más de la mitad de una botella de Jacob's Creek...

—Vaya, lo siento mucho —dijo Kate.

—Sí, bueno. Tenemos nuestros altibajos. Es el estrés. Es la primera vez que vivimos juntos, después de tantos años... Me avisarás cuando descubras lo que sea sobre esos nombres, ¿no?

—Sí.

—Vale. Te he ingresado el primer pago. Lo he hecho *online*.

—Gracias.

—Esta noche voy a quedarme en casa. —Y soltó una carcajada amarga—. Escucha, me quedo en casa todas las noches. Voy a abrir otra botella de vino, dejarla seca y ver la tele. Aquí no hay ni una puta cortina. Sé que no debería quejarme, pero echo de menos mis cortinas. Estoy rodeada de enormes ventanas con vistas al mar. Ya sé que estamos muy altos, pero no puedo sacarme de la cabeza la idea de que hay alguien observándome.

—¿Crees que hay alguien fuera?

—Claro que no, no. El resto de las casas están muy lejos de aquí y, si algún pescador quisiera mirarme por un telescopio, no vería mucho, solo a mí poniéndome como una cuba mientras veo *Coronation Street*... Es lo que mejor se me da. Pero me gusta cerrar las cortinas. Me gusta tener una habitación acogedora... Bill no volverá hasta que no se haya tranquilizado. ¿Qué te has hecho para cenar?

—Todavía nada. Seguramente una tostada con huevo.

—Qué rico, con un poco de salsa *brown*. Bueno, no te entretengo. Puedes llamarme en cualquier momento. Que descanses, cariño.

—Igualmente.

Cuando Kate colgó el teléfono, pensó en lo sola que había sonado Bev. Sus palabras no dejaban de repetirse en su cerebro:

«Botella de vino. Botella de vino y el sonido de descorchar una buena botella de vino. Un vino tinto intenso y con cuerpo. Ese maravilloso sonido cuando las primeras gotas salen de la botella».

Myra era la madrina de Kate en Alcohólicos Anónimos y, después de su muerte, no había intentado buscar a otro, aunque seguía asistiendo a las reuniones.

La mujer se deshizo de la imagen de una buena copa de vino, volvió a sentarse frente al ordenador y se dispuso a buscar a David Lamb y a Gave Kemp entre los resultados de Google.

10

El Brewer's Arms era un pequeño bar gay situado en un tramo del canal de Torquay, a treinta y dos kilómetros de Ashdean por la costa. En su vida anterior había sido una cervecería, y la entrada se acurrucaba bajo una larga fila de arcos de ladrillo. Aquella tranquila tarde de lunes, el sol comenzaba a ponerse en la orilla del canal y se reflejaba naranja en las aguas en calma.

Hayden Oakley se acercó a la entrada principal y sonrió al segurata que estaba en la puerta. Este, un hombre rechoncho con nariz de boxeador, le devolvió la sonrisa y se hizo a un lado para dejarlo pasar.

Cuando el muchacho pasó al oscuro interior, sintió el calor y el latido de la música en la piel y el olor de los cientos de *aftershaves* que desentonaban con el ambiente por su fuerte y dulzona esencia química. Aquello era un mercado de carne en toda regla. Sentados en la barra, había un grupo de hombres más mayores con sus botellas de champán metidas en hielo. Observaban con una intensidad estudiada, como pescadores que esperan a que algo pique el anzuelo, a un grupo de atractivos jovencitos que bailaban en la pista de baile, pequeña y bañada en los rayitos de luz que se dispersaban en el ambiente desde una bola de discoteca.

Todas las cabezas se giraron para mirar a Hayden. Era un chico alto y esbelto, de físico atlético y con una piel lisa y joven. Suponía que entre la mayoría de los viejos del bar no reunirían más de un puñado de libras, pero les merecía la pena ponerse los vaqueros y la camiseta buena y dejarse la pasta en un par de copas ante la posibilidad de pasar una noche con un veinteañero de cintura de avispa.

El joven esperaba ver a un hombre en particular en el bar, y sonrió cuando lo encontró sentado al final de la sala. Se llamaba Tom. Llevaba unos vaqueros, una camiseta ceñida y una gorra que cubría una espesa melena oscura que caía hasta rozarle los hombros. No era el tío más guapo, pero tenía un toque de hetero hecho polvo y, lo que era más importante, dinero. Era el único que contaba con una botella de champán bueno en la cubitera. Se habían conocido allí mismo, la semana anterior. Tom compró una botella de champán reserva y los dos se pasaron un par de horas charlando y tonteando, así que Hayden le dio a entender que podían llegar a más. Según el chico, ahí era donde estaba la clave: en jugar un poco fuerte para conseguir lo que quería. Tom se dedicaba a las finanzas, los negocios o algo así. Fuese lo que fuese, le reportaba muchísimo dinero.

—Hola, *sexy* —lo saludó el hombre mientras se acercaba.

Era tímido y tenía una voz muy suave.

—¿Tienes sed? —Y le tendió una copa de champán.

—Siempre —le contestó Hayden.

El muchacho se inclinó para besarlo. Tom tiró de él para que se acercase un poco más y lo agarró con fuerza de la cintura. El joven también le puso la mano en la cintura, gruesa y dura al tacto, y la bajó hasta su firme trasero. Notó un cuadradito abultado en el bolsillo de los vaqueros. «Dinero». La última vez que se habían visto, el hombre sacó un fajo de billetes de cincuenta para pagar sus copas, y parecía que aquel día había traído incluso más.

Hayden dio un paso atrás y sonrió a su acompañante. Los ojos marrones del hombre brillaban con picardía a la luz multicolor de la pista de baile. Comenzó a sonar una lenta, y algunos de los muchachos que estaban bailando abandonaron la pista y empezaron a dar vueltas alrededor de la hilera de taburetes. Tres de ellos ya habían conseguido una ronda de los hombres más mayores y charlaban y ligaban con ellos mientras les rellenaban las copas.

—¿Has tenido una buena semana? —le preguntó Tom.

—Sí, me he comprado estos pantalones —le respondió el chico a la vez que se levantaba la estrecha camiseta para dejar que viese sus abdominales de acero y la parte de arriba de sus Levi's nuevos.

Al hombre se le encendió la mirada.

—Qué bien —dijo mientras volvía a meter la pajita en el champán y bebía.

«Esto va a estar chupado», pensó el joven.

Un chaval con cara de pocos amigos y el pelo teñido de un color demasiado oscuro para su tono de piel se acercó bailando. Se llamaba Carl, y sus ojos se prendieron en cuanto vio la botella de Moët.

—Chicos, ¿queréis compañía? —gritó en el mismo tono dejado en el que pediría una ración de patatas.

El muchacho tenía un herpes en el labio inferior y las pupilas tan dilatadas que parecían dos enormes tinteros.

Hayden negó con la cabeza.

—Vamos —insistió Carl, y se acercó un poco más—. El champán hace que me ponga muy perra.

Hayden se giró para darle la espalda a Tom, se inclinó un poco y dijo:

—Carl, ni se te ocurra acercarte a él. Si lo haces, le diré al portero que eres un chapero que no para de molestar a los clientes.

—Vale, ¡solo me apetecía echarme unas risas! —contestó el chaval con los ojos fuera de sus órbitas del susto.

El muchacho alargó el brazo para sacarse el móvil de los pantalones, se tambaleó en el sitio y fue en busca de otro de los hombres más mayores. Hayden se había enterado de que al chico le habían dado la patada en el estudio en el que vivía y necesitaba encontrar un sitio donde dormir.

En ese momento, se giró hacia su acompañante.

—¿Qué le has dicho? —le preguntó Tom.

—Que se relajase. Ha vuelto a tener una recaída. ¿Te apetece que nos sentemos? —le propuso, y señaló un alargado banco de cuero que se extendía por una de las paredes laterales.

—Claro —respondió el hombre con una sonrisa.

La siguiente media hora la pasaron allí sentados, charlando y bebiéndose otra botella. Hayden no paró de hablar. Le habló a Tom de la loca de su compañera de piso, Amy, que antes era rubia, pero que hacía poco se había teñido el pelo de rojo con una henna que había comprado en una herboristería en Torquay, después de lo cual se había ido a nadar al club.

—Fue como una escena de Tiburón —terminó el chico.

Tom se rio y, a continuación, sirvió lo que quedaba de la botella en sus copas.

—¿Me disculpas un segundo? —dijo el joven, y se levantó para ir al baño.

El aseo de caballeros del Brewer's Arms siempre le resultaba un cambio de ambiente un poco desagradable. En el bar hacía calor y tenía una iluminación tenue y, en comparación, en los lavabos había una luz muy clara y hacía un frío que pelaba. El muchacho tuvo que pestañear para acostumbrarse a la claridad mientras se dirigía al urinario para hacer pis. No había nadie. Cuando terminó, se lavó las manos y estudió su reflejo en el espejo. Era guapo incluso bajo aquella brillante luz fluorescente. Respiró hondo y se secó las manos con una toalla. Luego se metió una mano en el bolsillo y sacó una bolsita de plástico con cierre hermético. Ahí dentro estaba el resultado de haber machacado meticulosamente cuatro tabletas de Flunitrazepam.

En ese momento, la puerta se abrió de golpe y Carl entró a trompicones. El muchacho se guardó la bolsa en el bolsillo a toda prisa. Carl ya tenía mal aspecto en el bar, pero la luz del baño lo hacía parecer un cadáver. El chaval fue hasta el retrete, se bajó la cremallera de los pantalones y se puso a mear mientras se balanceaba sobre los pies. Hayden se dio cuenta de que la camiseta y los vaqueros que llevaba puestos estaban sucísimos.

—Sé lo que estás intentando —dijo el muchacho mientras se la sacudía y se subía la cremallera.

—¿Y qué intento?

—Vas a echar algo en la copa de ese tío para robarle después —farfulló mientras se retocaba el pelo de pincho en el espejo.

Hayden no movió ni un músculo de la cara.

—Carl, tienes que dejar de meterte cristal —le recomendó.

El chaval levantó las cejas.

—Ah, ¿sí? La otra noche estuve hablando con un tío en el Feather's y me contó que se llevó a casa a un tipo rubio, alto, del norte, con los ojos azules y una barra de metal entre las piernas... Cuando se despertó a la mañana siguiente, había desaparecido todo lo que tenía en efectivo y sus tarjetas de crédito. Cree que alguien le echó algo en la bebida. Y he meado a tu lado lo suficiente como para saber que ese eras tú.

Hayden dudó un segundo y, a continuación, agarró a Carl por el cuello y lo estrelló contra los azulejos de la pared.

—Si me entero de que hablas por ahí de mí, te mato. Lo digo en serio —amenazó y apretó la nuez del chico con el pulgar—. Te cortaré en pedazos y te destrozaré el cráneo. Esas cosas les pasan a los putitos granujas como tú.

Al chaval se le iban a salir los ojos, ya dilatados, de las órbitas, y empezaba a tener arcadas. Hayden esperó unos segundos más y, después, lo soltó de golpe. El chico comenzó a toser y se deslizó por la pared hasta que cayó en los charcos de agua que se habían formado en las sucias baldosas. El otro pasó por encima de él y salió de los baños.

Tom levantó la vista y sonrió cuando vio al joven volver a entrar en el bar.

—¿Puedo pedirnos otra botella?

El muchacho se dio cuenta de que tenía un grueso anillo de oro en el dedo.

—¿Por qué no me llevas a tu casa? —propuso, y deslizó la mano por el muslo de su acompañante.

Entonces, una sonrisita vergonzosa apareció en la cara del hombre.

—Vale, tengo el coche aparcado junto al canal.

Ya era de noche cuando salieron del bar. A Hayden se le pusieron los ojos como platos cuando vio el carísimo Land Rover que los esperaba entre las sombras del aparcamiento que descansaba a la orilla del agua. Los faros se encendieron sugerentes cuando Tom abrió el coche.

—Es precioso —dijo mientras acariciaba los asientos de cuero marrón y se subía al vehículo.

—Gracias, es nuevo.

—Huele a nuevo. Me encanta el olor del cuero. Adoro el cuero, ¡sí, lo digo!

—Me alegro, porque tengo más cuero en mi casa. Abróchate —le pidió Tom con una sonrisa mientras ponía el motor en marcha.

Arrancaron y subieron la colina en dirección a la calle principal.

—¿Dónde vives?

—En los apartamentos del embarcadero, al otro lado del pueblo.

A Hayden se le dibujó una sonrisa en la cara. Le había tocado el gordo. No tenían cambio de menos de un millón de libras en los apartamentos del embarcadero.

—¿Te apetece una copa? —ofreció Tom.

—¿En tu casa?

—No, ahora. —Le señaló con la cabeza un cubo forrado en cuero entre los dos asientos delanteros—. Ábrelo.

El chico levantó la tapa y, acurrucada en el interior, encontró una neverita cuadrada en la que había botellas en miniatura de Moët y Coca-Cola.

—Tienes un bar en el coche. Eso es de ser un poquito travieso.

—No me gusta que mis amigos pasen sed.

Por primera vez, Hayden tuvo una sensación súbita de culpabilidad. Tom parecía un tío majo. Apartó aquel pensamiento de su mente y cogió una de las botellitas de Moët. Ya habían quitado el papel de aluminio que recubría la boca de la botella, así que el chico solo tuvo que desenroscar la cápsula de metal que rodeaba el corcho, que salió disparado con un pequeño «pop».

—Hay pajitas al fondo de la nevera —añadió Tom.

Acababan de llegar a un cruce que descendía por la desierta autopista.

El muchacho cogió una pajita de papel y la metió en la botella. En ese momento, el hombre se inclinó un poco sin quitar la vista de la carretera.

—Dame un sorbito.

Hayden le tendió la botella y observó al hombre llevarse la pajita a los labios y sorber.

—Genial.

El joven dio un sorbo de la pajita. Tenía un riquísimo amargor helado. Volvió la sensación de culpabilidad. ¿Y si Tom resultaba ser alguien bueno en su vida? Un novio que le quisiera y cuidara de él. Pasaron los siguientes cinco minutos charlando y riéndose. El único vehículo que adelantaron fue una pequeña furgoneta blanca que parecía ir dando un paseo por el carril lento.

Hayden se terminó la botella enseguida y, en cuanto la soltó en el portavasos, una ola de letargo se apoderó de su cuerpo y comenzó a marearse. En el horizonte, las luces de la ciudad se convertían en manchas y destellos cada vez que movía la cabeza. Tenía la lengua gorda.

—¿Te gusta el champán? ¿Quieres otro? —le preguntó Tom, y le dedicó una mirada fugaz.

En su subconsciente no paraba de sonar una alarma, pero en ese momento todo le resultaba algo lejano. Se removió un poco en su asiento, pero le pesaban las piernas.

—¿Qué era el champán que me he bebido? —masculló.

Bajó la mirada y vio un hilo de baba colgando de su labio inferior.

—Champán con un pelín de extra añadido —respondió el hombre con una carcajada.

El chico descansó la nuca en el reposacabezas de cuero, pero sintió como si su cráneo se estuviese derritiendo sobre la suave piel y se apartó de ahí. Ahora, las luces de fuera dejaban un largo rastro en su visión.

—Hayden, ¿sabías que puedes atravesar el corcho de la botella de champán con una jeringuilla?

De pronto, Tom le pareció otra persona. En el bar le había recordado a un tímido osito de peluche gigante, pero ahora sus ojos marrones lo miraban con hambre y dureza.

—El corcho es más o menos blando, pero tienes que luchar mucho contra la presión del dióxido de carbono que contiene la botella para conseguir meter la aguja ahí. Lo notas intentando forzar la parte del émbolo para volver a sacarla… Pero el corcho se vuelve a sellar solo; es una verdadera maravilla.

Se rio, y sus carcajadas resonaron y reverberaron por todo el interior del coche. El muchacho cayó en la cuenta de que no había farolas. ¿Qué hacían en la autopista? Habían salido del pueblo, aunque Tom había dicho que vivía allí.

Al chico le pesaba demasiado la cabeza como para mantenerla erguida. Esta se deslizó hacia un lado y el joven notó el frío de la ventanilla en su moflete. Volvió a tener la misma sensación de fundición, como si fuese a atravesar el cristal. En ese momento, el hombre alargó el brazo y le revolvió el pelo suavemente. Luego lo agarró del cabello, tiró de él para ponerlo recto y le empujó la nuca contra el reposacabezas.

—Siéntate recto.

Tom echó un vistazo al espejo, puso el intermitente y cogió una salida de la autopista. La señal no era más que un montón de letras emborronadas. Una vez dejaron atrás las brillantes luces de la autopista, fue como si el tenebroso camino rural se tragase el coche; Hayden vio el borde de los campos y los árboles a la luz de los rayos de los faros. Entonces, escuchó una voz lejana que provenía de su subconsciente y que le gritaba: «Abre la puerta. ¡Salta del coche!», pero no podía moverse.

El hombre salió del camino rural y aparcó en una zona de descanso. A continuación, apagó los faros y el interior del vehículo quedó sumido en las tinieblas. Solo se veía el leve resplandor en el horizonte que provenía de la autopista. Luego se desabrochó el cinturón, se sacó un par de guantes del bolsillo y se los puso. Se inclinó sobre el chico para buscar por los bolsillos de sus pantalones, hasta que encontró el teléfono móvil y lo sacó. Al hacerlo, el salvapantallas se encendió e iluminó el interior del coche. Después, soltó el móvil en la tapa del congelador de cuero. Encontró una carterita de plástico en la que Hayden guardaba su tarjeta de crédito y un billete de diez libras y, finalmente, dio con la bolsita de plástico con el polvo blanco.

El joven abrió la boca para explicárselo, pero tenía la lengua demasiado gorda y lo único que pudo expresar fue un quejido.

—Qué cabroncete más malvado. Así que los rumores que me han llegado sobre ti eran ciertos —dijo el hombre, con la bolsa de droga en la mano.

El salvapantallas se apagó; Hayden escuchó un crujido y su vista se acostumbró al tenue resplandor de la autovía. Tom abrió el cierre adhesivo de la bolsita y agarró al chico por las mejillas para abrirle la boca y vaciar el contenido sobre su lengua. El joven notó el fuerte amargor cuando le cerró la boca.

—Traga —le ordenó—. ¡Trágatelo!

Hayden notó la mano del hombre apretándole la garganta. Se lo tragó sin querer y se le arrugó el gesto por el sabor tan amargo.

En ese momento, Tom se inclinó sobre el mando de controles del asiento del conductor y el muchacho notó que su respaldo comenzaba a inclinarse hacia atrás. Poco a poco, la vista del resplandeciente horizonte desapareció y se encontró tumbado. Escuchó otro zumbido cuando el hombre volvió a usar los controles para reclinar el asiento del conductor. Luego se deslizó hasta el asiento trasero, detrás de Hayden, pasó las manos bajo el cuerpo flácido del chico y lo arrastró hasta el fondo del coche. Aquella parte parecía enorme, y, entonces, el joven se dio cuenta de por qué: Tom había reclinado los asientos traseros para poder tirar de él hasta el maletero.

El hombre hizo rodar al muchacho para ponerlo sobre el costado izquierdo y el chico notó una presión en sus muñecas cuando se las ató a la espalda con cinta adhesiva. Después hizo lo mismo con los tobillos, para lo que le subió los bajos del pantalón. Notó el frío de la cinta en la piel.

A continuación, volvió a hacerlo rodar para dejarlo bocarriba y Hayden se hizo daño al descansar todo su peso sobre sus muñecas maniatadas. Escuchó un crujido y, alumbrado por una tenue luz, apareció Tom sobre él con algo largo y curvo en la mano. El joven se alarmó al pensar que era un juguete sexual, pero luego se dio cuenta de que era un pequeño tubo de plástico que terminaba en una forma redonda. Era una cánula orofaríngea; los paramédicos las usaban para que no se cerraran las vías respiratorias de sus pacientes.

—No quiero que te me mueras asfixiado —dijo Tom mientras empujaba la parte curva del plástico entre los labios del chico.

A Hayden le dieron arcadas cuando la cánula se abrió paso por su lengua y se paró al principio de la garganta. Sobresalía de su boca y sus labios como si fuese un chupete. El hombre le puso un trozo de cinta adhesiva en la boca y después, cuando tiró de él para meterlo más en el maletero, sintió un fuerte mareo. Luego lo tapó con una manta y todo se volvió oscuro.

Tom ignoró los quejidos amortiguados de Hayden mientras se arrastraba de vuelta al asiento del conductor. Una vez hubo llegado, enderezó todos los respaldos. En la parte trasera ya no había nadie. Había arrastrado al joven hasta el maletero sin tener que salir del coche y en la oscuridad más absoluta.

En un momento se ocupó del móvil del chico: lo apagó, le quitó la tarjeta SIM y la partió en dos. Colocó el teléfono, la SIM y la cartera en una bolsa de plástico transparente y la cerró herméticamente.

A continuación, se quitó la camiseta blanca que llevaba puesta y se puso una camisa azul marino, aunque sin abrocharse el cuello. Hizo lo mismo con la gorra y, entonces, tiró de seis horquillas y, despacio, se quitó la peluca negra que estaban sujetando. Después se metió la mano en la boca y se desenganchó la dentadura postiza, más grande y más blanca que sus dientes, y la metió en una bolsa. Para terminar, cogió un estuchito para lentillas de la guantera, se quitó con cuidado las lentes marrones que llevaba puestas en los ojos y las dejó en su solución. Le habían bastado un par de sutiles cambios para modificar toda su apariencia. En realidad, no se llamaba Tom, y aquel disfraz, el del pelo largo y la gorra, era su favorito. Le daba pena tener que dejar de usarlo. Le otorgaba un aire muy estadounidense, como si fuese un leñador. Volvió a encender los faros, salió de la zona de descanso y se dispuso a atravesar el país por las carreteras secundarias. Inmediatamente, el coche desapareció en la oscuridad.

11

Kate miraba absorta las dos fotografías que había en la pantalla de su ordenador. Gabe Kemp y David Lamb eran dos jóvenes atractivos, o, por lo menos, lo fueron algún día.

En internet había un número increíble de hombres que se llamaban Gabe Kemp, entre ellos muchísimos perfiles de Facebook, y de David Lamb encontró incluso más. La mujer acababa de empezar a hacer una lista cuando cayó en que primero debería buscar en la Unidad de Personas Desaparecidas del Reino Unido. Cuando era agente de policía, primero acudía al registro de antecedentes penales y, después, al de personas en paradero desconocido. Ya no podía acceder al primero, pero la Unidad de Personas Desaparecidas de Reino Unido era un buscador *online* público y gratuito en el que podías encontrar los datos de cualquier persona del país de la que se hubiese denunciado su desaparición. Lo único que tenía la detective eran sus nombres y que eran varones, pero solo tardó un segundo en encontrar una denuncia de desaparición para David Lamb y otra para Gabe Kemp.

La imagen que usaron para el primero era una foto de carnet hecha en un fotomatón. Tenía el pelo corto, castaño y peinado de pincho, los ojos marrones, la piel aceituna y una mirada entre confiada y de corderito degollado. Llevaba una camiseta blanca con cuello en V y una cadena de oro. Su desaparición se denunció en junio de 1999 en Exeter, pero en el registro de la dirección solo aparecía: «Ninguna residencia fija». Su fecha de nacimiento era el 14 de junio de 1980.

—Solo tenía diecinueve años —dijo Kate sin apartar la vista de la pantalla.

En su perfil aparecían dos fotos, así que hizo clic en la flecha para ver la siguiente. Parecía que se la había tomado el mismo día y en el mismo fotomatón, pero en esta, David aparecía sonriendo. Tenía unos dientes preciosos, se le marcaban los hoyuelos y estaba mirando a un lado. La mujer se quedó mirando la foto mientras se preguntaba si, al otro lado de la cortina del fotomatón, habría un amigo intentando hacerle reír.

La desaparición de Gabe Kemp se denunció en Plymouth, a poco menos de setenta kilómetros de Exeter, en abril de 2002. En el registro también aparecía que no tenía «Ninguna residencia fija». Igual que David, tenía el pelo oscuro y medía más de un metro ochenta. En su foto, aparecía sentado en unas escaleras con un cigarrillo en la mano. Era como si lo hubieran recortado de una fotografía más grande, porque uno de los lados de la imagen era recto, pero el borde del otro se curvaba para delinear la cabeza y el hombro del muchacho. Tenía una belleza cegadora. Sus rasgos parecían esculpidos y llevaba la cabeza afeitada. Ponía que tenía los ojos marrones, pero la foto debía de haberse hecho por la noche, porque el *flash* le había dejado las pupilas rojas.

Kate guardó las dos imágenes y volvió a Google para introducir los datos de los chicos. Ninguno de los dos estaba registrado en ninguna red social, y tampoco encontró ningún artículo sobre su desaparición.

La detective se recostó en su asiento y se frotó los ojos. Estaba cansada y tenía hambre. El gusanillo de la necesidad de beber le estaba picando al final de la garganta; el ansia de alcohol ya era como un amigo de toda la vida. Entonces, alzó la vista para mirar el calendario y realizar un cálculo. Hacía ocho días que no iba a ninguna reunión. Miró la hora en su muñeca. Eran las nueve menos cuarto; si salía ya, podría ir a Ashdean y llegar a la reunión de Alcohólicos Anónimos de las nueve en punto.

En ese momento, la mujer cogió el bolso y las llaves del coche, se puso un polar grueso y salió del despacho.

* * *

Eran las diez pasadas cuando Tristan salió del Boar's Head con Ade. Habían pedido algo para cenar y dejado de hablar de

Noah Huntley y George, pero aquel tema seguía rondándole en la cabeza cuando sus caminos se separaron al final del paseo marítimo y se dirigió a su casa.

Todavía se apreciaba un leve resplandor del atardecer en el horizonte, y ahora los bares y las colas para entrar en las discotecas estaban llenos de estudiantes. Justo cuando iba a llegar a su piso, se encontró con Kate.

—¡Ey! —exclamó, sorprendido de verla.

—Buenas noches —le contestó con una sonrisa—. El único aparcamiento que he encontrado ha sido en la puerta de tu piso. Acabo de salir de una reunión.

El joven no tenía la necesidad de hacer ningún comentario sobre eso. Que Kate fuese a sus reuniones se había convertido en algo totalmente normal.

—Iba a llamarte. Acabo de tener una conversación muy interesante sobre Noah Huntley con mi amigo Ade —dijo el chico.

—Ah, ¿sí? Yo también tengo noticias.

La mujer miró hacia la acera de enfrente. Una furgoneta de hamburguesas se había colocado en el paseo para captar a los estudiantes a los que les entrara el bajón y necesitaran comer algo cuando los *pubs* cerrasen. El olor le hizo rugir el estómago.

—No he cenado todavía, ¿te apetece una hamburguesa?

Tristan ya había comido, pero se le hacía la boca agua con el olor de la carne a la parrilla. Sonrió y asintió. Se pusieron al final de la pequeña cola que había en el puesto de hamburguesas, pidieron unas con queso y bajaron las escaleras que conducían a la playa.

No hacía nada de aire y la marea estaba bajísima. Un grupo de estudiantes había encendido un fuego cerca del rompeolas y un par de jóvenes rastafaris tiraban troncos a las brillantes llamas. Las chispas ascendían al cielo mientras se escuchaban vítores y risas. Cuando encontraron un lugar tranquilo y se sentaron en la arena seca, la mujer le dio un mordisco a su hamburguesa gigantesca recién hecha.

—Dios mío, está buenísima —opinó, y añadió con la boca llena—: El pan de sésamo es la mejor parte.

Tristan dio un buen bocado a la suya y asintió. La carne estaba tierna y jugosa, y el queso se le derretía en la boca. Se comió la hamburguesa en un santiamén, así que ya había terminado cuando su socia todavía iba por la mitad de la suya. Entonces, le contó lo que había descubierto sobre Noah Huntley.

—¿Y quién es ese amigo? Ade —le preguntó mientras se comía el último trozo de su hamburguesa.

—Era policía, pero ya está jubilado. Una jubilación anticipada. Creo que tiene cincuenta años.

—¿Cuánto hace que os conocéis?

Había algo en el tono en el que se lo preguntó que dio a entender que intentaba averiguar con toda la delicadeza del mundo si él y Ade tenían algo.

—Ah, no tiene nada que ver con eso —le explicó el chico—. Lo conocí el día del bingo gay del Boar's Head.

Kate sonrió.

—Suena mucho más divertido que el bingo hetero, y no es que yo juegue a eso.

—Ade es el que canta los números… Es de esas personas que conocen a todo el mundo. Me ha dicho que Noah Huntley era muy conocido en la escena gay por acostarse con chavales a espaldas de su esposa. Eso encaja con lo que Joanna descubrió mientras investigaba para su artículo sobre él. Todo eso de George, el camarero, podría ser algo, pero también podría no ser nada. Él cree que es más probable que el chico se escapase en mitad de la noche para ahorrarse el alquiler.

—¿Tu amigo sabe cómo se apellidaba?

—No, pero me ha dicho que preguntará por ahí.

Entonces, la detective le contó a su socio que había descubierto los nombres de David Lamb y Gabe Kemp en el interior de la caja y, luego, se sacó el móvil del bolsillo para enseñarle las fotos.

—¿Y Bev está segura de que la letra del interior de la caja es de Joanna?

—Parecía que estaba un poco borracha cuando la he llamado, pero también me ha asegurado que la letra de la etiqueta de la caja era de su hija, y las dos coinciden…

—¿Crees que David Lamb y Gabe Kemp hablaron con Joanna sobre Noah Huntley?

—La desaparición de David Lamb se denunció en junio de 1999 y la de Gabe Kemp, en abril de 2002. Joanna no publicó la exclusiva sobre Noah Huntley hasta marzo de 2002, pero cabe la posibilidad de que llevase mucho tiempo trabajando en ella —le contestó la mujer.

A Tristan le llegó una notificación al teléfono, que tenía en su bolsillo.

—Es de Ade —anunció con la mirada puesta en el mensaje.

Miss Marple, me lo he pasado muy bien contigo, como siempre.
Espero que hayas llegado bien a tu casa en St. Mary Mead.
Acabo de hablar con mi amigo Neil. Tenía esta foto del *halloween* del 96. Dice que el chico se llamaba George «tomassini». Aquí está disfrazado de Freddy Mercury junto a Neal, que iba de su *alter ego,* Monsterfat Cowbelly* :) x

Cuando terminó de leer, se lo enseñó a Kate. Ade le había hecho una foto a una instantánea que guardaba en un álbum. Se había tomado detrás de la barra de un *pub*. George era alto y esbelto y lucía un esmoquin azul con las solapas negras y una pajarita del mismo color. Se había pintado un tosco bigote en la cara y llevaba el largo cabello castaño en una coleta. Junto a él estaba una altísima *drag queen* vestida con una túnica celeste llena de brillantes cristalitos y con el pelo, negro azabache, peinado hacia atrás para despejar su cara supermaquillada.

Ella sonrió.

—Ah, Freddie Mercury y Monsterfat Cowbelly…

—No lo pillo —le confesó Tristan.

—Freddy Mercury cantó a dúo «Barcelona» con la cantante de ópera Montserrat Caballé. No se parecía mucho a… A Neil de *drag…* Un momento, voy a buscar el apellido de George.

La mujer le devolvió el teléfono y cogió el suyo. Introdujo «George Tomassini» en la base de datos de personas desaparecidas del gobierno, pero no salió ningún resultado. Lanzó un suspiro y dijo:

---

* Mote que se le dio en Reino Unido a Montserrat Caballé haciendo un juego de palabras con la pronunciación de su nombre en inglés (Monserrat Cab-ay-yay). *(N. de la T.)*

—Habría sido demasiado fácil.

La luz ya había abandonado el horizonte y los estudiantes estaban echando más troncos a la hoguera, que ardía con rabia. Se escucharon gritos de emoción cuando una ola enorme rompió y alcanzó el fuego para extinguir las llamas con un ruidoso «shhh».

—Qué mal huele el agua salada hervida —comentó Tristan.

A continuación, miró la hora en su móvil. Ya eran casi las once.

—¿Quieres que continuemos con esto mañana? Me estoy quedando helada y debería dormir un poco —le propuso Kate—. Buen trabajo, Tris.

—Gracias, pero creo que tú eres la que ha dado en el clavo al encontrar esos nombres en la caja.

—Ya veremos —concluyó la mujer.

Parecía que quería ser cautelosa.

Se levantaron de la arena y comenzaron a caminar en dirección al paseo. A esa hora, la calle estaba llena de ruidosos estudiantes que iban de bar en bar.

—¿Saint Mary Mead? —preguntó la detective cuando llegaron a su coche.

—Es el pueblo donde vive *Miss* Marple —le respondió Tristan, e intentó que no se le notara la vergüenza que le daba aquello.

—Ah, es verdad. ¿Mañana trabajas?

—Sí, por desgracia —dijo el joven, desanimado—. Puedo pasarme cuando acabe.

—Sí, quedamos entonces —se despidió la detective mientras se metía en el coche.

Entonces, el chico lanzó una mirada al otro lado del paseo marítimo, al edificio de la universidad, que se erigía como un castillo medieval. Ojalá no tuviese que ir allí a trabajar y tener que dejar a un lado la agencia de detectives, especialmente después de un día tan emocionante, lleno de pequeños, aunque importantes, avances.

12

Kate volvió a casa en coche, completamente absorta en el tema de los chicos desaparecidos. Los últimos kilómetros del viaje los hizo por campos desiertos y en la más absoluta oscuridad. Un banco de nubes había llegado desde el mar para eclipsar la luz de la luna.

En ese momento, se puso a recordar cuando la jefa de la organización benéfica para personas desaparecidas fue a darles una charla durante sus primeros días en la Policía Metropolitana. Les comentó que en el Reino Unido se denunciaba una desaparición cada noventa segundos, lo que hacía un total de mil ochocientas personas al año. El noventa y ocho por ciento de ellas aparecían a los pocos días, pero eso todavía dejaba a trescientas sesenta todos los años. Eso fue en 1994, hace veintiún años... La detective puso su cansado cerebro a trabajar: 75 600 personas.

Joanna estaba interesada en David Lamb y en Gabe Kemp, pero ¿por qué? ¿Por qué escribió sus nombres? ¿Y por qué terminó uniéndose al millar de gente que engrosaba la lista de personas desaparecidas?

Kate giró en su calle. El resto de las casas que se encontraban a lo largo de la cima del acantilado tenían las luces apagadas. Tres de ellas eran residencias vacacionales y otras dos estaban en venta. Sin importar la estación del año, la casa de Myra siempre tenía una acogedora luz brillando tras las cortinas. Echaba de menos aquello. El *camping* de caravanas tenía iluminación, pero como nadie iba a hospedarse allí hasta la semana siguiente, no la había programado para que se encendiera.

Dejó atrás las oscuras ventanas del despacho y la tienda y aparcó en el camino asfaltado que quedaba detrás de su casa.

Apagó el motor y los faros, y quedó sumida en la oscuridad. Hasta que no salió del coche y se acercó a la puerta trasera, no se encendió la luz del sistema de seguridad.

Estaba a punto de meter la llave en la cerradura cuando escuchó un crujido que venía de detrás del edificio, del borde del acantilado. Era el sonido de unos pasos en la pequeña terraza cubierta de arena. Entonces, se metió las llaves entre los dedos, cerró el puño y se quedó helada. Solo quería pasar a su casa, entrar en calor, encender las luces y cerrar las puertas. Las luces del sistema de seguridad se apagaron y volvió a escuchar el ruido sordo de unos pies sobre la arena. A este le siguieron más pasos. Se estaban acercando.

Kate ya había sido atacada dos veces en su propia casa por parte de intrusos. La primera fue Peter Conway y, quince años después, un acosador. Hacía años que sufría trastorno de estrés postraumático, así que escuchar al intruso hizo que pareciera que se le iba a salir el corazón del pecho. Decidió volver al coche y, al caminar, se volvió a activar la luz del sistema de seguridad. Se metió en su vehículo y bloqueó las puertas.

Una figura alta apareció acercándose a grandes pasos por el desfiladero hasta su ventana.

—¡Mamá! ¡Mamá, soy yo! —escuchó decir a una voz.

Tardó un segundo en reconocer la cara que se cernía sobre el cristal. Era Jake. A la mujer le invadió una sensación de alivio y abrió la puerta.

—¡Me has dado un susto de muerte! —exclamó, sin dejar de notar los latidos del corazón en su pecho.

Jake ya tenía diecinueve años y medía más de un metro ochenta. La melena le cubría los hombros y le había salido barba. Llevaba unos vaqueros, una chaqueta polar gruesa y una enorme mochila de montaña colgada a la espalda. Madre e hijo compartían la misma anomalía genética, una heterocromía parcial que hacía que alrededor de la pupila de uno de los ojos azules hubiese una explosión de naranja.

—Dame un segundo.

Entonces, la mujer comenzó a respirar hondo lentamente mientras Jake la observaba sin saber muy bien qué hacer. El chico se puso en cuclillas junto a ella y le tomó la mano.

—Lo siento, mamá, pensé que te daría una sorpresa.

—Y lo has hecho —le respondió ella con una sonrisa en la cara a la vez que se concentraba en su respiración para no dejar que el pánico se apoderase de ella.

El muchacho la ayudó a salir del coche y los dos fueron hasta la entrada de la casa. Para ese momento, Kate ya había conseguido respirar casi con normalidad. Jake cogió las llaves de su madre para abrir la puerta y, una vez dentro, encendió la luz del recibidor.

—¿Te apetece un té?

—Sí, me sentará bien —contestó la mujer, aliviada por haber podido mantener su *shock* bajo control y evitar un ataque de pánico en toda regla—. ¡Has crecido mucho desde Pascua! ¡Y esa barba! Te queda bien.

El muchacho le dio un abrazo.

—Acabo de hacer una videollamada por FaceTime con la abuela y me ha dicho que parezco un *hippie*... Le he preguntado si sabía dónde guardabas la llave de repuesto. Me ha dicho que probase a mirar debajo de un macetero.

Entretanto, la mujer fue hasta la alarma de seguridad que descansaba en la pared y tecleó el código.

—No sé en qué planeta vive tu abuela si cree que guardo la llave de repuesto debajo de un macetero.

Jake pareció sentirse culpable cuando vio la alarma.

—Lo siento, la próxima vez te llamo antes —se disculpó.

Acto seguido, se quitó la mochila y la apoyó en el radiador.

—Me alegro mucho de verte —le respondió su madre mientras lo agarraba para darle otro abrazo. Cuando se separó de él, le dijo—: Creía que ibas a quedarte en la uni un par de semanas más.

—A cuatro de mis compañeros los han contratado como coordinadores en empresas de viajes durante la temporada de vacaciones y les han preguntado si podían empezar mañana, y a Marie y Verity las han vuelto a llamar del Apple Store de Londres y tenían que ir a la formación. No me apetecía quedarme allí solo.

Los dos se quitaron los zapatos y fueron hasta el salón. En un principio, aquella casa venía incluida con el trabajo de profesora en la Universidad de Ashdean, pero entre sus ahorros y la herencia que le había dejado Myra, pudo comprársela a la universidad. El salón estaba decorado con los muebles *kitsch* que había dejado el anterior inquilino y un piano que descansaba apoyado en una de las paredes. Aquella era la parte favorita de Kate, con la hilera de ventanales con las vistas al mar de las que disfrutaba gracias a vivir en la cima del acantilado. La cocina era un poco más moderna que el resto de la casa por la enorme isla, las encimeras de madera clara y los armarios pintados de blanco.

Madre e hijo fueron hasta la cocina. Ella se sentó en uno de los taburetes que daban la espalda a la ventana mientras él llenaba una tetera.

—¿Sigues yendo a las reuniones de Alcohólicos Anónimos con regularidad? —le preguntó el chico.

—Sí, acabo de salir de una.

—¿A estas horas?

—Después me he encontrado con Tristan… —le explicó y luego pasó a hablarle a grandes rasgos del nuevo caso.

Jake la escuchó con atención mientras hacía el té y una tostada para él.

—¿Ya has encontrado a otro padrino?

—Acabo de hablarte del primer caso de verdad de la agencia, ¡y eso es lo primero que me preguntas! —dijo la mujer.

—Me alegro mucho por la agencia, es solo que quiero saber si has encontrado a otro padrino después de lo de Myra.

—No, no todo el mundo tiene padrino —contestó con un tono defensivo en la voz.

Jake se quedó en silencio y comenzó a comerse la tostada. Masticó el pan y luego se lo tragó.

—Solo pregunto porque te quiero —dijo.

Después se levantó y metió su plato y su taza en el lavavajillas.

—Estoy hecho polvo, me voy a la cama. Te quiero.

El chico le dio un beso en la coronilla y se fue por la puerta.

Kate llevaba trece años sobria, pero había perdido la confianza de la gente mucho antes. Era difícil desprenderse de la culpa y de la sensación de que todo el mundo dudaba de ella, especialmente cuando se la provocaba Jake. La forma en que le había besado la coronilla le hizo sentir que se habían intercambiado los roles. Él era el adulto responsable, mientras que ella siempre tendría que estar intentando recuperar su confianza. Todo aquello solo hacía que se obstinase más si cabe en mantenerse sobria y no volver a beber nunca jamás.

13

Fue un largo viaje de vuelta a casa con Hayden en el maletero. Tom tomó las carreteras secundarias para evitar las cámaras de tráfico de la autopista. Llevaba haciéndose pis desde que habían salido del bar; todavía le quedaba la mitad del camino cuando ya no aguantó más. El hombre se desvió en la siguiente zona de descanso para orinar. Observó los árboles sumido en la más absoluta oscuridad mientras las ramas crujían y se mecían al son de la suave brisa.

Se sentía fatal por lo que había hecho. Siempre había un momento en el que podía parar y no seguir adelante, pero ya no había vuelta atrás. Hacía años, hubo algunas veces en las que echó el freno, en las que paró y dejó que se fuesen sin que se diesen cuenta de nada. Pero a Hayden ya no lo dejaría en libertad. Tendría que llegar hasta el final. Y pensar en eso siempre le hacía sentir un arrebato de emoción.

Se subió la cremallera y fue hasta el maletero. Cuando abrió la puerta y destapó al chico vio que estaba muy quieto, pero que no se había soltado y que su pecho subía y bajaba. Eso era bueno: seguía vivo. Tom puso un dedo sobre la garganta de Hayden y lo deslizó hacia abajo hasta que notó el pulso del muchacho. Dejó el dedo ahí un momento para sentir las cortas e impetuosas sacudidas de la carótida, que le recordaron al tictac de un relojito. Cada latido era un segundo menos para su muerte.

Había llegado el momento de cambiar la matrícula del coche. El hombre empujó al joven para que rodase sobre un costado y abrió el hueco donde guardaba la rueda de repuesto. Sacó un montón de matrículas diferentes y un destornillador. Luego cerró el maletero y se puso a cambiar rápidamente la placa, realizando una serie de movimientos ya aprendidos. Volvió a abrir el maletero y a empujar a Hayden sobre el costado. Al muchacho se le subió unos centímetros la pierna izquierda del pantalón y dejó a la vista el jugoso músculo de la pantorrilla. El chico era atlético y llevaba unos calcetines de fútbol de rayas blancas y verdes.

Tom alargó la mano y acarició el fino vello del torneado gemelo del joven. Luego cogió con mucho cuidado dos o tres pelos entre el dedo índice y el pulgar y dio un tirón. Hayden se quejó, pero el gemido quedó amortiguado por la cinta americana. El hombre volvió a tirar y vio los músculos de la cara del chico contraerse.

El sonido de un coche aproximándose sacudió a Tom y lo obligó a dejar su diversión, volver a cubrir rápidamente al muchacho con la manta, cerrar la puerta del maletero y rodear el coche para volver al asiento del conductor. Se subió al vehículo justo cuando el coche apareció detrás de él por la carretera y lo iluminó todo con sus faros.

Era tarde cuando Tom aparcó en el garaje de su casa. Hayden estaba inconsciente mientras el hombre lo cogía en brazos para sacarlo del maletero, lo subía por las escaleras hasta la habitación y lo soltaba cuidadosamente en la cama. Cortó la cinta que mantenía unidas sus muñecas y sus tobillos y comenzó a masajear la zona para reactivar la circulación y devolverles la sensibilidad.

Colocó al joven en la cama de manera que estuviese tumbado bocarriba con los brazos a ambos lados de su cuerpo, y encendió unas velas. La habitación parecía latir y resplandecer ante la luz suave e indulgente. Ese era el único momento en el que se sentía cómodo quitándose la ropa y quedándose desnudo. En la mesilla había preparado unas tijeras de punta redonda, como las que se utilizan para cortar la ropa de los pacientes en las urgencias de un hospital.

Trabajó con mucho cuidado: le desató los cordones y tiró ligeramente de cada zapatilla para quitárselas. Tiró de la punta de cada uno de los largos calcetines deportivos hasta que la tela se estiró como un chicle y se deslizó por la pierna y el pie con una especie de chasquido. Los dejó en el suelo, junto a los pies de la cama. Entonces, pasó una uña por la suave y limpia planta de cada pie y el chico soltó un quejido. Tom siguió manos a la obra y cortó lentamente los vaqueros y la camiseta. Tuvo mucho cuidado con las tijeras al cortar a ambos lados de la cinturilla de los calzoncillos blancos. Cuando terminó, se echó un momento hacia atrás para admirar la forma desnuda del muchacho. Lo puso bocabajo y luego bocarriba otra vez. Era tan musculoso y esbelto… Su cuerpo estaba en esa etapa fugaz de los primeros años de la veintena en la que está firme y jugoso a la vez.

Poco a poco, se subió encima del muchacho y se tumbó sobre él para dejar que sus cuerpos desnudos se tocasen. Su carne vieja, blanda y arrugada se moldeaba en torno a los músculos esculpidos del chico. Se quedó así un momento y ralentizó su respiración hasta que consiguió ponerla al mismo ritmo que la del muchacho y sintió el cálido golpeteo de su corazón contra su pecho.

—¿Estás despierto? —susurró el hombre con la boca pegada a la oreja derecha de Hayden.

El joven emitió un gemidito y agitó los párpados. En ese momento, Tom se incorporó, tiró de los dos bordes de la cinta americana para despegársela de la boca y luego le sacó la vía respiratoria. El chico tragó saliva con un gesto de dolor.

Entonces, el hombre le dio una bofetada con todas sus fuerzas y volvió a sentarse para disfrutar de la excitación que sentía al hacerle daño a aquel atleta fuerte y alto. Volvió a darle otra bofetada, esta con más fuerza. Ahí fue cuando Hayden abrió los ojos.

—¿Dónde estoy? —preguntó con un graznido mientras se esforzaba en enfocar la vista.

—Estás en el cielo o en el infierno. Depende de cuánto quieras cumplir mis deseos.

14

Kate se levantó temprano para ir a nadar y, cuando volvió, desayunó con Jake. No dijeron ni una palabra de lo que había pasado la noche anterior. El muchacho estaba entusiasmado por ponerse manos a la obra para limpiar la tienda y clasificar los productos que se alquilaban para bucear y hacer surf.

El pedido de la ropa de cama llegó a las diez. Cuando el chico terminó de ayudar a apilarlo todo en el despacho, bajó a ocuparse de la tienda, así que Kate pudo volver a dedicar toda su atención a Joanna Duncan.

Le había enviado un correo electrónico al doctor Trevor Paulson para preguntarle por Famke van Noort, a quien él y su mujer emplearon como *au pair*. Abrió la bandeja de entrada y vio una respuesta corta y directa. En ella el doctor Paulson decía que había perdido el contacto con Famke cuando esta volvió a Holanda en 2004. Además, adjuntaba la última dirección conocida de la chica en Utrecht, le comentó que estaba jubilado y que ya le había contado a la policía todo lo que sabía, que no era mucho, y que, por favor, no volviese a ponerse en contacto con él.

La mujer buscó en Google «Famke van Noort, Utrecht». Como resultado aparecieron las cuentas de LinkedIn de Frank van Noort y de Annemieke van Noort. Annemieke también tenía Facebook, pero su cuenta era privada y no podía acceder a ella. Solo había una Famke van Noort, pero cuando indagó un poco más descubrió que estaba registrada como «Famke van Noort (van den Boogaard)», lo que quería decir que Van Noort era el apellido de su marido. Además, tenía veintidós años, lo que significaba que solo tendría nueve o diez cuando Joanna desapareció.

Kate probó a buscar a través de Google Holanda, y lo que obtuvo fueron muchísimas cuentas de distintas Famkes en LinkedIn, pero ninguna coincidía con el apellido ni con la edad. Justo cuando iba a teclear la dirección de Utrecht, la llamó Tristan.

—¿Cómo va todo?

La mujer le contó lo del correo electrónico del doctor Paulson y le comentó cómo iba su búsqueda.

—Me voy a quedar bizca de leer tanto apellido con «Van»: Van Spaendonck, Van Duinen, Van den Berg. Hay hasta una Famke van Dam, como Jean-Claude.

—Ah, el bueno de Jean-Claude Van Damme. Recuerdo ver *Soldado universal* cuando tenía trece años y darme cuenta de que cabía la posibilidad de que fuera gay. ¿Sabías que Van en neerlandés significa «hijo de»?

—No tenía ni idea —dijo Kate, sin dejar de mirar los resultados de la búsqueda de la dirección de Utrecht.

—El apellido del actor James van der Beek se traduce como 'James del arroyo que crece', lo que es una tremenda coincidencia, porque él era Dawson en la serie *Dawson crece...*

—No encuentro nada sobre Famke. Lo único que tengo es un correo electrónico de una empresa de contabilidad que se encuentra en el edificio en el que residía. —Cogió un boli y apuntó la dirección.

—Oye, te he llamado para decirte que no podré pasarme después de trabajar. Dos de los conserjes están de baja por enfermedad y tengo que echar una mano para mover las sillas y los escritorios para los exámenes de mañana.

La mujer escuchó la decepción en la voz del muchacho.

—Es un incordio. —Hizo clic en otro enlace y se puso a leer—. ¿Sabías que el primer holandés en viajar alrededor del mundo en barco fue Oliver van Noort, que además también era de Utrecht?

—¿Qué tiene eso que ver con Famke?

—Puede que Van Noort sea un apellido relacionado con Utrecht.

—Y puede que Utrecht esté llena de Van Noorts —concluyó el muchacho.

—Ese es el problema de buscar en internet. Hay demasiada información, y la mayoría es inútil. Necesitamos dar con ella con todas nuestras fuerzas, porque esa mujer es la coartada de Fred para el día en el que desapareció Joanna.

—Pero, si mintió entonces, ¿crees que ahora nos dirá la verdad?

—No lo sé. Solo quiero hablar con ella. A veces son los pequeños detalles, los ínfimos pedacitos de información que la gente considera que no son relevantes ni importantes, los que te conducen a algo mayor —le explicó Kate.

—Vale, pues buena suerte. Y perdona otra vez por no poder ir a ayudar —se disculpó Tristan.

—Buena suerte a ti también preparando las clases para los exámenes. Nos vemos mañana.

En cuanto colgó, la mujer escribió un breve correo a la empresa de contabilidad que tenía sus oficinas en el mismo edificio que la última residencia conocida de Famke. Sabía que obtener algún resultado era poco probable, pero les explicó quién era y por qué quería ponerse en contacto con aquella mujer. También le habían dado la dirección de *email* de Marnie, una antigua amiga del colegio de Joanna, y le envió un correo electrónico para preguntarle si podían quedar.

Después de almorzar, Kate comenzó a indagar sobre David Lamb y Gabe Kemp y, durante un par de horas, le pareció que estaba caminando en círculos. Pero, entonces, encontró algo enterrado en las profundidades de la vigésima página de los resultados de la búsqueda de Google de David Lamb. Era una página para recaudar fondos de JustGiving con fecha de 2006. Una mujer de Exeter había creado una página de *crowdfunding* para conseguir dinero y construir un jardincito comunitario en el pueblo que se llamaría «Jardín de los Recuerdos de Park Street». Lo que llamó la atención de la detective fue una de las donaciones.

Shelley Morden ha donado 25 £
en recuerdo de su querido amigo David Lamb.
No sabemos dónde estás, pero no te olvidamos.

La página de JustGiving había conseguido reunir 2750 £, pero se quedaron a 900 £ de conseguir su objetivo. Kate buscó en

Google «Park Street» y descubrió que era una calle a las afueras de Exeter. Entonces, introdujo en el buscador: «Shelley Morden, Park Street».

—Vale, esto ya está mejor —dijo la mujer en voz baja cuando apareció el censo electoral como primer resultado.

Shelley Morden vivía en el número 11 de Park Street con Kevin James Morden, quien supuso que sería su marido. La detective se recostó en su silla. Le dolían los ojos de haber estado mirando la pantalla del ordenador durante tanto tiempo. Había una vieja guía telefónica de Myra en una de las estanterías de la parte del despacho dedicada al *camping* de caravanas. La mujer la cogió y le quitó el polvo de un soplido.

—Vamos a probar a la vieja usanza…

Kate llevaba años sin utilizar un listín telefónico. Fue pasando páginas hasta que llegó a la sección de la «M» y encontró a un Kevin James Morden que aparecía en la lista con la misma dirección que había encontrado en internet. A continuación, marcó el teléfono.

Después de haber llegado a aquel descubrimiento, le decepcionó un poco que le respondiese el típico contestador automático. La detective dejó un mensaje explicando quién era y que quería averiguar qué le había ocurrido a David Lamb. Fue hasta la pequeña cocina que se encontraba en la parte trasera del despacho para hacerse una taza de café. Estaba a punto de salir a tomar un poco de aire fresco cuando sonó el teléfono.

Al responder a la llamada, escuchó el ruido de niños gritando de fondo.

—Hola, soy Shelley Morden —se presentó una mujer con tono estresado—. Siento no haber podido coger el teléfono.

—Gracias por devolverme la llamada —le agradeció Kate.

—Yo conocía a David. Fui la única que denunció su desaparición, pero no pareció interesarle a nadie… Mañana a las dos de la tarde estoy libre, por si quieres pasarte por aquí y que hablemos —le explicó—. Puedo contártelo todo sobre él.

15

Hayden tenía las manos esposadas al cabecero de madera y las piernas atadas con un cordel de soga a los postes de la cama. Su cuerpo estaba rígido y no paraba de tirar de las extremidades en un intento de resistirse.

Tom se había puesto a horcajadas, encima del chico, y sus manos rodeaban el cuello del joven con fuerza. Lo estaba apretando y estrujando.

—Eso, eso, lucha contra mí —susurró, y se inclinó para acercarse a la oreja del muchacho—. No puedes, ¿a que no? Eso es porque el que está al mando soy yo. Yo soy el abusón y el que va a ganar.

Apretó más y hundió los pulgares en la nuez de Hayden. El hombre sentía que aquel era el botón mágico que tenía que pulsar si quería que mantuviesen los ojos abiertos, y necesitaba que el muchacho no los cerrase. Ya estaba a punto. Qué poderoso momento justo el segundo antes de morir, cuando la oscuridad caía sobre sus ojos.

A Tom le gustaba estrangular a sus víctimas mientras las violaba. Al empezar no los asfixiaba de verdad, solo lo suficiente para infundirles miedo y privar sus cuerpos de oxígeno, pero a medida que avanzaban los minutos, los iba apretando con más fuerza para dejarlos al borde de la inconsciencia y revivirlos después.

La noche había pasado volando, y el sol acabó acercándose sigilosamente hasta él. Solo se dio cuenta cuando la luz se coló resplandeciente por una abertura de las cortinas y un rayo iluminó la cara hinchada y llena de moretones de Hayden. El blanco de los ojos era un tapiz de vasos sanguíneos reventados.

El hombre estaba temblando del esfuerzo y de su barbilla caían gotas de sudor que también se deslizaban por su espalda.

El cuerpo del joven comenzó a sacudirse y a temblar a la vez. Tom se inclinó hacia adelante para dejar caer todo su peso sobre el muchacho. La cama crujió, pero él continuó apretando y estrujando. Ya le dolían los dedos y las muñecas del esfuerzo.

El momento estaba a punto de llegar.

Los ojos inyectados en sangre de Hayden estaban abiertos como platos, se le iban a salir de las cuencas. Tenía las pupilas dilatadas. Emitió un gemido estertor, un sonido pasivo que desentonaba con el miedo que sentía y la violencia de aquel acto. El hombre se inclinó todavía más. Puso la cara a pocos centímetros de la del chico hasta tocar con su nariz la punta de la del muchacho. La luz del sol parecía bailar en sus ojos. Estos reflejaron un último arrebato desafiante, un deseo de vivir, pero, después, llegó el momento en el que se dio cuenta de que había llegado su hora. Toda la tensión y la resistencia que había opuesto el cuerpo del joven se desvaneció. La luz abandonó poco a poco sus ojos y la oscuridad ocupó su lugar. El sol se reflejó en ellos para mostrar el vacío que ahora albergaban.

No se había escuchado ni un sonido en la casa desde que el hombre había llevado a Hayden hasta allí. No puso música ni encendió la televisión, pero cuando se sentó en cuclillas y miró el cuerpo sin vida, el silencio se le hizo pesado, como si de pronto se hubiese cernido sobre la habitación.

Tom comenzó a flexionar los dedos para deshacerse de la rigidez que se había apoderado de sus articulaciones. Estaba sin aliento, pero el aire apestaba a muerte, y cada vez que llenaba sus pulmones de él notaba un vuelco en el estómago, así que tuvo que salir corriendo al baño para vomitar.

No podía parar de temblar, arrodillado sobre las frías baldosas del aseo. Siempre entraba en *shock* cuando terminaba, cuando la oscuridad caía sobre los ojos de sus víctimas. El miedo, la euforia y la tensión liberada lo ponían enfermo. Siguió agachado en el suelo unos minutos más, dando arcadas y tosiendo, y cuando sintió que no le quedaba nada en el estómago, se levantó y fue hasta el lavabo para echarse agua en la cara. Evitó mirarse al espejo del baño cuando volvió a la habitación.

Hayden permanecía inmóvil. El color había abandonado su suave piel crema para adquirir un tono amarillento, y parecía como si los músculos se le hubiesen desinflado. El hombre fue hasta la ventana y la abrió de golpe. Tenía que dejar que el alma del chico saliese del interior del dormitorio.

Se quedó unos minutos en la ventana para admirar la luz cegadora de la mañana y sentir la brisa fría en su cuerpo desnudo.

Entonces, volvió al baño, puso el tapón de la bañera y abrió los grifos. Ajustó la temperatura del agua para que estuviese muy caliente. El vapor se elevó, empañó el ambiente y comenzó a condensarse sobre los azulejos blancos. En ese momento, le vino un recuerdo que permanecía vívido y doloroso en su mente después de tantos años.

***

Tiene trece años y está en el instituto, desnudo, haciendo la cola para las duchas comunes. Lo acompañan el resto de jugadores del partido de fútbol. El triunfo y la camaradería de los deportistas se respira en el ambiente, pero él está en el equipo perdedor. No se había movido de la banda en todo el partido y se había pasado el tiempo esquivando la pelota mientras deseaba que su equipo fuese el ganador. Era más fácil estar en el lado vencedor, ahí podía pasar desapercibido; pero hoy forma parte de los perdedores, y sus compañeros de equipo necesitan a alguien a quien culpar.

Los vítores y los gritos resuenan al otro lado de las mugrientas paredes alicatadas de las duchas mientras el muchacho nota que la ira aumenta entre los compañeros que esperan tras él. Los perdedores necesitan culpar al mayor perdedor de todos.

Tom tiembla entre el resto de cuerpos desnudos. Entre el olor a pies y sudor, a carne y a barro. Desea con todas sus fuerzas que el señor Pike, el profesor de educación física, se apresure a dar el agua para poder ducharse a toda prisa y taparse con una toalla. Intenta tapar su desnudez con los brazos. Siente que su cuerpo poco desarrollado es vulnerable en comparación con el de los chicos atléticos que ya son casi hombres…

Además de todo eso, se avergüenza de la lujuria que siente al observar sus tonificados cuerpos. Se odia a sí mismo por desearlos y temerlos en igual medida. Quiere que las frías baldosas del suelo se abran y que se lo trague la tierra.

Al fin, el señor Pike aparece al otro lado del largo pasillo que atraviesa las duchas y gira el gigantesco disco metálico de la pared. Se escucha un susurro y el agua salpicando, y, un segundo después, las duchas están encendidas y el vapor asciende en el aire.

—¡Vamos, a lavarse! Entrad —grita el profesor.

El vapor se abre paso entre el frío ambiente. Tom está detrás de Edwin Johnson, el capitán del equipo perdedor. El muchacho tiene una espalda ancha y musculosa y un trasero firme. El volumen de los abucheos aumenta entre el vapor. Entonces, nota que lo empujan desde atrás, escucha un susurro, una fuerte risa de burla, y siente que una mano helada se planta en el centro de su espalda y lo empuja hacia delante. Su incompetente cuerpo entra en contacto con las nalgas firmes y jugosas de Edwin. Piel con piel... Se separa de un salto. El capitán se gira con la cara roja de ira.

—¿Qué coño estás haciendo? —le pregunta.

Tom tiembla, nota cómo el frío se apodera lentamente de sus nervios y tendones y se le revuelve el estómago. Es el miedo.

—Perdona —se disculpa.

Da un paso atrás, pero las risas se alzan de nuevo y otra mano vuelve a empujarlo con más fuerza. El chico tropieza y se choca con Edwin. Cara con cara. Desnudos.

—¡Echa para allá, marica de mierda! —aúlla el capitán.

Está muy cabreado, pero Tom es capaz de ver en sus ojos el enfado mezclado con el miedo.

—Ed, creo que le gustas... —dice una voz.

—No deberías dejar que te tocase de esa manera —añade otra.

—¡Sí, la gente se pensará cosas de los dos!

El vapor asciende formando tirabuzones a su alrededor. No ve venir el puño de Edwin contra su barbilla. Le lanza la cabeza hacia atrás, que se estrella contra los azulejos de la pared. Nota un dolor intenso y se desliza por la pared hasta caer sobre el suelo de hormigón. Un revulsivo ruido sordo anuncia el golpe en el coxis. Hay una fina línea de sangre en los azulejos contra los que se ha estrellado.

El chico levanta la vista y ve la mezcla de odio y terror de la cara de Edwin. Intenta levantarse, pero le duele mucho; está entumecido.

—¡Levanta, puto maricón! —grita alguien.

Debería ponerse en pie. Así restauraría el orden. Ponerse en pie es lo que haría un hombre, y Tom sabe que quedarse en el suelo hace que se enfaden más.

Hormonas enrabietadas buscando pelea. Un segundo antes de la paliza, escucha la voz de su padre diciéndole: «Pase lo que pase en una pelea, tienes que mantenerte en pie, aunque te muelan a palos. No dejes que te peguen estando en el suelo, o estarás perdido».

Un puñetazo fortísimo le lanza la cabeza contra el hormigón y le destroza los dientes de delante. Un pie le golpea la barriga. Edwin se agacha y lo agarra de los tobillos para arrastrar su cuerpo desnudo por el hormigón. El agua caliente y una lluvia de puños y pies cae sobre él.

Recuerda el papel que jugó el señor Pike en todo aquello. Entrevé su cara roja al final de la ducha, los ojos desorbitados de la emoción por lo que está sucediendo. Se limita a mirar a través del vapor mientras los chicos le dan patadas, puñetazos y pisotones en manada.

* * *

Tom no sabía cuánto tiempo había pasado sumido en ese recuerdo. Cuando bajó la vista, se dio cuenta de que estaba en la ducha que había junto a la bañera. Se estaba lavando y restregando la piel. Acarició con los dedos las costillas de su costado izquierdo. Los moretones y los huesos rotos se habían curado, pero la cicatriz en la parte de las costillas, donde Edwin había pisoteado hasta partirle los huesos, haciendo que le atravesaran la piel, no desaparecería jamás.

El hombre se secó y salió de la ducha. Cogió un traje de protección para entrar en contacto con materiales peligrosos, unos largos calcetines blancos, unos guantes de látex, una botella de jabón antibacteriano de manos y un estropajo con un largo mango de madera de debajo del lavabo.

Después, apiló todo aquello cuidadosamente en la silla que había junto a la bañera y se dispuso a ponerse primero los calcetines, para, a continuación, enfundarse en el traje de protección. Se tapó la cabeza con la capucha y la cara con la mascarilla de tal manera que solo se le veían los ojos. Por último, se puso los guantes.

Dos tercios de la enorme bañera ya estaban llenos de agua. Tom agradeció que el espejo estuviese empañado. Todavía no podía enfrentarse a su reflejo. Volvió al dormitorio y, con mucho cuidado, desató las piernas del chico y abrió las esposas que aprisionaban sus muñecas. Lo cogió en brazos y lo llevó hasta el baño, donde lo sumergió poco a poco en la bañera.

Un conjunto de ropa limpia estaba esperando a Hayden para cuando terminase su baño. Cuando la policía encontrase su cuerpo, si es que eso llegaba a pasar, sería imposible reunir ninguna prueba de ADN.

Tom planeaba ocultarlo perfectamente.

16

A las dos de la tarde del día siguiente, Kate y Tristan llegaron a la casa de Shelley Morden. El número 11 de Park Street era una casa adosada con guijarros sobre una empinada colina con vistas a todo Exeter. La calle parecía tranquila y el camino hasta la entrada estaba cubierto de dibujos hechos con tiza y cuadrículas para jugar a la rayuela.

Una mujer bajita y rechoncha que aparentaba rondar los treinta y cinco, con una melena rubia y unas enormes gafas de pasta rojas, les abrió la puerta. Tenía una expresión franca y risueña y unos dulces ojos marrones. Al darles la bienvenida, se le notó un leve acento de Birmingham. La música de una canción sobre contar hasta diez de un programa infantil flotaba tras ella. Kate vio que tenía un símbolo chino tatuado en la muñeca y que unos anillos de plata adornaban sus dedos, en dos de los cuales había dos ámbares enormes.

—Estaba a punto de poner la tetera a hervir, ¿os apetece una taza de té?

—Gracias —le contestó la mujer.

—Sería un detalle —añadió su compañero.

En la entrada había un enorme aparador antiguo con un espejo manchado por el tiempo. Las estanterías estaban llenas de libros de segunda mano, y una fila de Barbies desnudas se apoyaban en ellos. Todas se encontraban en distintas etapas de desnudez y tenían el cabello hecho una maraña, excepto una, a la que habían rapado la cabeza.

—Estos son Megan y Anwar —anunció Shelley a medida que se acercaban a la entrada del salón, cuyo suelo estaba cubierto de juguetes tirados. Un niño y una niña, que debían de rondar los siete u ocho años, estaban viendo CBeebies, el canal infantil de la BBC. Ambos miraron a Kate con ojos cautelosos.

—Hola —los saludó la mujer.

Le gustaban los niños, pero nunca sabía cómo hablar con ellos. Siempre sentía que estaba siendo demasiado formal o distante.

—¿Vuestros juguetes están disfrutando del programa? —les preguntó Tristan, y les señaló la estación de bomberos de LEGO, en la que había una mezcla de muñecos, Barbies y peluches formando una fila en el tejado y de cara a la televisión.

Anwar sonrió avergonzado y asintió.

—Cuando termine, vamos a hacer una fiesta del té —dijo Megan, y cogió una tetera.

—¡Con tarta! —añadió Anwar con una sonrisa.

Los dos niños se giraron para mirar a Shelley.

—Sí, acabo de meterla en el horno. Estará lista en un ratito. ¿Podéis quedaros aquí tranquilos viendo la tele mientras nosotros vamos a la cocina?

Los dos asintieron y la mujer los llevó por el pasillo hasta la cocina.

—Soy madre de acogida —les comentó—. Cuando hablamos ayer estaba en medio de una caótica sesión de juegos. Muy divertido, pero implica muchísimo trabajo.

La cocina estaba tan desordenada y era tan acogedora como el resto de la casa. Tenía una larga mesa de madera y un horno AGA de color azul del que emanaba un olor a tarta horneándose que hizo que a Kate se le hiciera la boca agua. Había macetas de especias a lo largo de todo el alféizar de la ventana, que daba a un enorme jardín con unos columpios unidos a una estructura de escalada.

—Sentaos, por favor.

Los dos detectives desarrimaron las sillas que se encontraban en el otro extremo de la mesa.

—Hacía mucho tiempo que no sabía de alguien que estuviese buscando a David. A casi nadie le preocupó que desapareciera —continuó Shelley mientras se ponía a hacer el té.

—¿Cómo os conocisteis? —quiso saber Kate.

—Crecimos juntos en Wolverhampton. Vivíamos en Kelsal Road, el uno al lado del otro. Sabes que vives en una zona chunga cuando los de por allí ponen «el» o «la» antes de un nombre. Era una de las pocas casas adosadas que quedaron en pie después de la limpieza de los suburbios en los años sesenta, tan pequeñas que abajo solo había dos habitaciones y arriba, otras dos. Podías escalar hasta la buhardilla del chalé y colarte en la casa de al lado. Algunos de los vecinos levantaron tabiques para separar sus altillos, pero entre el mío y el de David no había ninguno, así que tenía como costumbre subir allí para quedar con él por las noches. Nada de *ñaca-ñaca,* obviamente: él era gay. Era un muy buen amigo...

—¿Cómo acabaste en Exeter? —preguntó Tristan.

La mujer dudó un momento y, entonces, Kate notó que era algo de lo que no le resultaba fácil hablar.

—Nos escapamos juntos. Siendo suave, ninguno venía de una familia llena de amor... Juntamos el dinero que teníamos entre los dos. Yo tenía algo de los cumpleaños y de repartir periódicos. Fue lo mejor que he hecho en mi vida, puede que ahora no estuviese viva si no me hubiese ido de allí, y no podría haberlo conseguido sin David.

—¿Qué edad teníais cuando os escapasteis? —inquirió la detective.

—Los dos teníamos dieciséis. Íbamos a irnos a Londres, pero, entonces, vimos el anuncio de una comuna en Exeter en la contraportada de la revista *Time Out.*

—¿En qué año fue aquello?

—En 1996.

—¿Qué tipo de anuncio visteis? —quiso saber el chico.

—Se llamaba a jóvenes de entre dieciocho y veinticinco años con moral laxa a unirse a una comuna socialista. —Shelley se rio—. Decía explícitamente: «Moral laxa». Éramos muy inocentes y pensamos que tendría algo que ver con la política. La comuna estaba en la ciudad, en la calle Walpole. Cuando llegamos y llamamos a la puerta, descubrimos que prácticamente todos eran hombres gays. No había ni una mujer. Yo podía encargarme de hacer el pan, con lo que me contenté bastante, porque la cocinera acababa de irse de viaje a la India.

—¿Alguien os preguntó la edad? —quiso saber Kate.

—No. Mentimos y dijimos que teníamos dieciocho, pero a nadie pareció importarle. Me lo pasé bien durante un tiempo, pero desde que llegamos tuve una experiencia muy distinta a la de David. Yo era la chica solitaria y él, carne fresca. Era tan guapo… No le ocurrió nada malo. Los hombres que vivían allí no eran depredadores. David era un poco el rompecorazones. Yo encontré un trabajo casi en cuanto llegamos y me fui de la comuna después de un año, cuando conocí a Kev, mi marido…

La mujer les señaló un *collage* de fotos que estaba colgado junto al frigorífico, en el que aparecía ella a lo largo de los años junto a un pelirrojo bajito y fornido.

—Murió hace siete años de cáncer.

—Lo siento mucho —dijo la detective.

El silencio ocupó la sala cuando Shelley se dirigió al horno y abrió la puerta para echar un vistazo a la tarta, que se estaba dorando en una de las bandejas. A continuación, sirvió una taza de té para cada uno y las llevó hasta la larga mesa.

—¿Quién os ha contratado para buscar a David? —les preguntó Shelley, y se sentó frente a ellos.

Por primera vez, parecía menos dispuesta a sincerarse y más cauta.

—Su nombre apareció en relación a otra persona desaparecida —le comentó Kate—. Joanna Duncan, una periodista. No se sabe nada de ella desde septiembre de 2002.

La mujer se recostó en su asiento y frunció el ceño; los dos detectives notaron que le daba vueltas a algo, como si aquel nombre le resultase familiar.

—Trabajaba en el *West Country News*.

—Sí. Se esfumó el sábado 7 de septiembre de 2002 —añadió la expolicía.

—Qué raro… ¿Qué tiene que ver esa periodista con la desaparición de David?

—Nada —explicó Kate—. Creemos que es muy posible que Joanna estuviese investigando la desaparición de tu amigo y la de otro chico llamado Gabe Kemp. ¿Ese nombre te suena de algo?

—No, de nada —contestó Shelley.

Volvió a fruncir el ceño, se puso en pie y fue hasta la ventana que daba al jardín. Acababa de empezar a llover, y los dos investigadores escucharon las gotas de lluvia contra el cristal en el silencio de la mujer sumida en sus pensamientos. Tristan estuvo a punto de abrir el pico, pero su socia le hizo una señal negativa con la cabeza. Era mejor esperar a que estuviese lista para hablar. Shelley volvió a sentarse a la mesa.

—Vale, esto es muy extraño. Allá por 2002, Kev y yo nos fuimos de vacaciones a las Seychelles. Siempre íbamos en temporada baja para evitar las vacaciones escolares, así que volvimos la segunda semana de septiembre. Cuando llegamos, nos encontramos con un mensaje en el contestador automático de Joanna Duncan del *West Country News*.

Kate y Tristan compartieron una mirada.

—Siento preguntarte esto, pero ¿estás segura de que era Joanna Duncan? —inquirió la detective.

—Totalmente.

—¿Para qué te dejó un mensaje?

—Fue hace mucho tiempo. Dijo que era periodista y que quería hablar conmigo de manera extraoficial. Me pidió perdón por no poder ser más clara, pero que me daría más explicaciones cuando le devolviese, si podía, la llamada, y me dejó su número —le respondió la mujer.

—¿Cómo te acuerdas de todo eso después de tanto tiempo? —quiso saber el muchacho.

—El mensaje que dejó en el contestador era de hacía una semana o así cuando volvimos de las vacaciones y, para entonces, la desaparición de una periodista llamada Joanna Duncan estaba en todas las noticias. Llamé al número de teléfono que me había dado y dejé un mensaje a alguien del periódico, pero nunca volvieron a ponerse en contacto conmigo.

—¿Recuerdas con quién hablaste?

—No.

—¿Se lo contaste a la policía? —le preguntó Kate.

—No. No sabía por qué me había llamado. En aquel momento, pensé que podía tener que ver con el bloque de oficinas Marco Polo. Lo compraron entre varios empresarios de la zona e intentaron encubrir el hecho de que las paredes estaban repletas de amianto. Lo reformaron y ahora está junto a uno de los colegios más grandes de la zona. Yo participé en una campaña para que lo demoliesen, y conseguimos un montón de firmas. Escribimos a un montón de periódicos y al programa de investigación de la BBC, *Watchdog*. Di por hecho que me llamaba por eso. Entonces, ¿estaba escribiendo un artículo sobre David?

—No estamos seguros —contestó Kate—. Encontré el nombre de David escrito entre los archivos del caso con la letra de Joanna. Solo he dado contigo porque hiciste una donación en nombre de David en el *crowdfunding* del jardín.

Shelley le dio un sorbo a su té.

—¿Tenéis una foto de Gabe Kemp? Solo por si cabe la posibilidad de que lo reconozca.

Tristan sacó su teléfono y buscó la foto que habían encontrado en la página web del gobierno de personas desaparecidas. La mujer le echó un vistazo, suspiró y negó con la cabeza.

—No, lo siento. No sé quién es.

—¿Te importa si te enseñamos otra foto? —le preguntó el chico.

Volvió a buscar entre las imágenes de la galería hasta que dio con la de George Tomassini.

—Aquí va disfrazado. Es el chico de la izquierda, el que va vestido de Freddie Mercury.

—Recuerdo a Monsterfat Cowbelly —dijo con una sonrisa.

—¿Sí?

—Solía hacer la ronda por los *pubs* de Exeter. Aunque no reconozco al muchacho que está con ella.

—¿Seguro? —insistió Kate, que deseaba con todas sus fuerzas tener una foto normal de George.

La mujer volvió a mirar la imagen y negó con la cabeza.

—Creemos que George Tomassini desapareció a mediados de 2002. No tenemos una fecha exacta, pero sabemos que nadie denunció oficialmente su desaparición, igual que con David y Gabe —continuó la detective—. ¿Qué ocurrió cuando denunciaste la desaparición de David en junio de 1999?

—Nada —contestó Shelley—. No creo que la policía se lo tomase en serio. Fui a comisaría un par de veces después, pero nunca volvieron a contactar conmigo.

—Sigue en la lista de la base de datos de personas desaparecidas del gobierno —le comentó Kate.

—Lo sé. Les di una copia de las fotos del pasaporte que tenía de David, aunque no es que él tuviese pasaporte... Pasó por una época turbulenta poco antes de desaparecer... Supongo que sabéis que lo arrestaron por homicidio imprudente.

—No, no teníamos ni idea —dijo la detective, que inmediatamente intercambió una mirada con su socio.

—David estaba muy metido en las drogas y siempre acababa en situaciones peligrosas. Todo aquello de que de pronto esos hombres mayores de la escena gay lo adorasen fue muy tóxico para él. Algunos le hacían regalos mientras él saltaba de una relación a otra, se mudaba con ellos, salía fatal y acababa llamando a mi puerta o volviendo a la comuna. Total, que había un señor mayor, Sidney Newett.

—¿Cómo de mayor? —quiso saber Kate.

—Debía de tener cincuenta y pocos. Una de las noches que David volvió a casa de Sidney Newett, montaron una fiesta porque su mujer se había ido de vacaciones con el Instituto de la Mujer. A la mañana siguiente, David encontró su cadáver en el jardín trasero, entró en pánico y huyó, pero se dejó la cartera allí y un vecino lo vio. Al final, cuando la policía descubrió que había muerto de un infarto, retiró los cargos. Aquello sumió al pobre en una profunda depresión. Por otro lado, la comuna era una fiesta constante, así que no era el mejor sitio en el que estar.

—¿Sigues en contacto con alguien que viviese en la comuna? —inquirió la detective.

—¡Vaya! Qué buena pregunta. Eso fue hace dieciocho años. La mayoría de los chicos se hacían llamar por sus apodos. Elsie, Vera, Liza... —Shelley soltó una carcajada—. Formaban un grupo muy simpático. Digamos que a mi padre y mi tío les gustaba toquetearme, así que fue agradable entrar en un ambiente en el que nadie se interesaba en mí de esa manera. Todo aquello lo llevaba un hombre mayor; bueno, digo mayor, pero seguramente solo tuviese treinta cuando nosotros teníamos dieciséis. Max Jesper. Era el que llevaba más tiempo viviendo allí y el que se encargaba de todo. La comuna estaba en una casa de estilo georgiano que había estado vacía durante años y que él okupó a principios de los ochenta.

—¿Teníais que pagar algo para poder quedaros allí? —intervino Tristan.

—Había un bote, un bol enorme con el que todo el mundo tenía que contribuir. Si estabas trabajando, tenías que aportar la mitad de tu sueldo. Si no, Max te animaba a apuntarte al paro y tenías que darle la mitad de lo que ganabas. Nadie estaba nunca sobrado de dinero. Y, claro está, los chicos tenían que pasar una noche con Max para que no les quitasen su habitación.

—Parece muy sórdido —dijo el muchacho.

—Oh, esa es la definición perfecta de Max. Por suerte, todo lo que yo tenía que hacer era preparar el pan un par de veces por semana. Yo era la que ganaba y contribuía más. Max no era un tío feo, pero solía invitar a sus amigos cuando un chico nuevo quería mudarse allí…

Entonces, Shelley se dio cuenta de la mirada que cruzaron los dos detectives.

—Lo sé, suena terrible, y lo era, pero muchos chavales venían de lugares muchísimo peores. Y para mí fue algo parecido a la libertad.

—¿Qué pasó con la comuna? —quiso saber el joven.

—Max fue a los tribunales para reclamar sus derechos como okupa sobre el edificio y ganó. Se convirtió en el propietario legal de aquella gigantesca casa. Salió en el periódico local.

—¿Recuerdas cuándo ocurrió eso? —preguntó Kate.

—No sé, hará cuatro o cinco años. Está en la otra punta de Exeter, cerca del nuevo polígono industrial que están construyendo.

—¿Cuándo te diste cuenta de que David había desaparecido? —continuó Tristan.

—Cumplíamos años el mismo día, el 14 de junio. Yo ya estaba viviendo con Kev. Montamos una fiesta e invité a David, pero no apareció. No me preocupé mucho. Normalmente no se perdía una, pero cuando estuve una semana sin saber nada de él fue cuando me inquieté. Me pasé a ver al tío con el que estaba viviendo por aquel entonces, Pierre. Me dijo que él y David habían roto hacía diez días y que mi amigo se había mudado. Entonces pregunté por los *pubs* de la zona y fui a la comuna, pero nadie sabía dónde se había metido.

—¿Cuánto tiempo estuvo viviendo con Pierre?

—Exactamente no me acuerdo… Un par de semanas, o así.

—¿Tienes la información de contacto del hombre?

—No, murió dos años después de una sobredosis —les explicó Shelley.

—¿David te comentó alguna vez si estaba relacionado con alguien importante? ¿Con algún político?

La mujer pensó bien su respuesta.

—No, y era bastante bocazas: seguro que se habría pavoneado de algo así.

—¿Podrías darnos los nombres de algunos de los *pubs* gays que David solía frecuentar?

—Sí, pero no sé cuántos seguirán abiertos.

Shelley sacó un trozo de papel, hizo memoria y se puso a escribir. Aquello conllevó un largo silencio. Kate y Tristan intercambiaron una mirada: no tenían más preguntas.

—Vale, estos son los cuatro de los que me acuerdo. Estoy segura de que los nombres de los dos primeros son correctos, porque íbamos mucho por allí, pero de los dos últimos no lo estoy tanto.

—Muchas gracias —dijo la detective—. Has sido de gran ayuda.

La mujer los acompañó hasta la salida. Antes de llegar, los tres pasaron por la sala donde se encontraban los chicos, que alzaron la vista para sonreírles y despedirse de ellos.

—Tuve el mensaje de Joanna Duncan guardado en mi contestador hasta un par de semanas después de su desaparición —comentó Shelley cuando llegaron a la puerta de entrada—. Al final tuve que borrarlo. No me gustaba oírlo y preguntarme qué le habría pasado. Es escalofriante que hayáis contactado conmigo después de todos estos años para mencionarme a Joanna Duncan y a David en la misma frase.

17

Cuando Kate y Tristan salieron de la casa de Shelley, ya había dejado de llover y el sol brillaba en el cielo. Los detectives se apresuraron a montarse en el coche.

—El *pub* Spread-Eagle cerró hace tiempo —dijo el chico una vez estuvo acomodado en el interior del automóvil—. Y creo que el Brewer's también —añadió, mientras leía la lista que les había dado la mujer.

—Me interesa más ir a la calle Walpole para echar un vistazo a esa comuna, por si Max Jesper sigue viviendo allí —le contestó ella.

Tardaron media hora en cruzar la ciudad. La calle Walpole se encontraba junto al río; Kate recordaba que formaba parte de una zona bastante decadente. Una vez había acompañado a Myra hasta allí, cuando su amiga llevó su desvencijado coche para que pasase una revisión, y en su memoria había una hilera de edificios tapiados junto al viejo mecánico. Aquella imagen le vino a la mente con un sabor agridulce. Myra odiaba deshacerse de algo que no estuviese verdaderamente roto. Solo se quitó el viejo Morris Marina de encima cuando el motor estuvo hecho pedazos. En la ocasión en la que estaba pensando Kate, el vehículo sobrevivió para pasar otra revisión.

La mujer se sorprendió al ver que el taller mecánico ahora era una moderna barbería con una tienda de tatuajes. Al igual que el resto de la rivera, se había sometido a una tremenda transformación. Había una hilera de tiendecitas locales, un precioso parque ajardinado, un Starbucks y una antigua sala de cine, que recordaba haber visto tapiada, donde ahora se proyectaba cine de autor.

La fila de tiendas dibujaba una curva cerrada hacia la derecha que llevaba hasta la calle Walpole, una zona más residencial conformada por casas adosadas. Al final de la calle había un enorme edificio de cuatro plantas pintado de color blanco impoluto con un tejado renovado azul de pizarra. Las preciosas ventanas de guillotina brillaban a la luz del sol, y un cartel encima de la puerta rezaba en números plateados un «11» y «JESPER'S DESDE 2009». Había cinco estrellas bajo el cartel, lo que indicaba que era un hotel.

En la acera se encontraba una elegante terraza con todas las mesas ocupadas. Unas estufas de cristal ayudaban a los comensales a entrar en calor con el titilar de sus enormes llamas. Tristan encontró un hueco más adelante en esa misma calle y aparcó el coche.

—¿Cómo un okupa termina poniendo su nombre a un hotel de cinco estrellas? —se preguntó.

Kate sacó su teléfono del bolsillo y buscó en Google «Hotel Jesper's comuna».

—Vamos allá, cinco resultados: «Un okupa de Exeter gana el derecho sobre una propiedad de lujo» —leyó Kate, mientras le mostraba el artículo en el móvil—. «Un okupa de la zona se ha convertido en el propietario legal de una casa señorial del siglo XVIII en la calle Walpole, Exeter, en la que ha residido durante más de doce años. Max Jesper, de cuarenta y cinco años, ha recibido las escrituras del edificio solariego, que se considera que tiene un valor de un millón de libras en el mercado, después de que las constructoras intentasen desalojarlo. "El señor Jesper ha salido victorioso de su demanda basada en el derecho de okupación", ha declarado la portavoz del Registro de la Propiedad. El edificio perteneció anteriormente a una persona que le dio el uso de casa de huéspedes. Tras su muerte en 1974, lo heredó su descendiente, que vivía en Australia, y la propiedad cayó en el abandono. En 2009, se vendió a unas constructoras que intentaron desalojar al señor Jesper, pero este fue capaz de probar que había sido el único habitante en la propiedad durante los últimos doce años y salió victorioso de la demanda que interpuso, amparándose en lo que se denomina el "derecho de okupación"».

Tristan se acercó para ver mejor la foto.

—Parece un *hippie* de verdad —opinó.

La foto de Max Jesper frente al edificio se había tomado en un día nublado y gris. Salía con los pulgares hacia arriba y sujetaba un cigarrillo con una de las manos. Por su aspecto parecía un antisistema, con el pelo negro de punta y los vaqueros rotos. El edificio que aparecía en la imagen no tenía nada que ver con su esplendor actual. Estaba medio en ruinas, tenía las ventanas rotas, unos enormes agujeros en el enlucido y un arbolito creciendo por un agujero en el tejado.

—¿Te apetece que entremos a tomar un café? —propuso Kate—. Me intriga ver qué pinta tiene, y quiero saber si Max Jesper está dentro.

El chico asintió.

En cuanto salieron del coche, en el cielo, que se estaba oscureciendo, se escuchó el retumbar de un trueno y se puso a llover. La lluvia se convirtió, en un instante, en un chaparrón, y los dos detectives tuvieron que correr hasta el hotel. La mujer se tapó la cabeza con el cuello de su chaqueta, pero eso no evitó que el aguacero la pusiese como una sopa en pocos segundos.

Los comensales que estaban cenando alegremente en la terraza se apresuraron a la puerta de la fachada con sus bolsos y abrigos; algunos también llevaban sus platos de comida y sus copas mientras un grupo de seis atractivos camareros los ayudaban a pasar al interior del hotel.

La entrada principal se abría a una pequeña zona de recepción en la que se encontraba una escalera. Sobre el mostrador había una vidriera de vitral que reflejaba colores en la moqueta azul pálido. Tristan se quedó inmóvil un momento mientras las gotas de lluvia caían de su cuerpo, conmocionado por el repentino aguacero. Después, agitó la cabeza y se secó la cara con la camiseta, y Kate hizo lo mismo con un pañuelo que encontró en su bolso. A continuación, se quedó mirando a la gran cantidad de mujeres maquilladísimas que atravesaban la recepción a toda prisa para ir al baño a retocarse el pelo y el maquillaje, y se alegró de llevar un *look* que requería tan poco mantenimiento.

Una puerta conducía hasta un enorme restaurante y un bar. La multitud de personas que había entrado corriendo apenas ocupaba un cuarto de las mesas. Pasaron junto a una larga barra de cristal tras la que se acumulaban filas y filas de botellas iluminadas con diferentes colores. Allí, bajo el sol, parecían acumularse todos los tipos de alcoholes entre los que se encontraban botellas de champán y vino reserva. Durante un segundo, aquella imagen abrumó a Kate; tuvo que hacer un esfuerzo para no pararse en la barra. Siguió a Tristan entre las mesas y se sentaron en una zona con asientos junto a una chimenea, donde una hilera de ventanas mostraba un jardín amurallado y, más allá, el río. Se sentaron en un par de cómodos sillones que quedaban cerca del enorme fuego que ardía en el hogar de piedra.

En cuanto se acomodaron, un camarero de pelo negro se acercó a ellos. Era exageradamente guapo, parecía salido de un anuncio de colonia.

—Vaya, está lloviendo a cántaros ahí fuera —dijo en un sibilante acento de Cornualles. Su voz no encajaba con la impresión que daba su aspecto—. ¿Qué te pongo, cariño?

—Dos capuchinos, por favor —le contestó Kate.

—Vuelvo en un segundito.

El muchacho sonrió, se tomó un momento para examinar a Tristan de arriba abajo y volvió a la barra.

—Este sitio es muy pijo —dijo el detective mientras miraba a su alrededor—. Es la primera vez que estoy en un hotel de cinco estrellas.

—¿Hay alguno en Ashdean? —preguntó la mujer, sin dejar de inspeccionar la lujosa barra, mientras intentaba imaginárselo.

—No. Solo hay uno de cuatro estrellas, el Branningan's, y perdió una el año pasado cuando encontraron ratas en el asador… ¿Cómo funciona el derecho de okupación?

—Si una persona entra en un edificio vacío o inhabitado sin forzar la entrada y vive ininterrumpidamente allí, sin una objeción legal, durante doce años, el okupa puede solicitar el derecho de propiedad del edificio —le explicó Kate.

—Así que, cuando Max Jesper se convirtió en el propietario legal de este sitio, ¿pudo hipotecarlo?

—Sí, pero convertir una propiedad en ruinas en esto tuvo que implicar una inversión tremenda —le aclaró su socia, y alzó la vista para admirar las molduras del techo—. Y lo consiguió rapidísimo, en solo dos años.

Tristan se levantó y fue a mirar unas fotografías expuestas en la pared, junto a la barra. Kate fue tras él. En las imágenes aparecían personas famosas que habían visitado el restaurante, desde gente del mundo del deporte, pasando por actores y participantes de *reality shows,* hasta algunos políticos.

—¿Quién diría que todos estos famosos han venido a Exeter? —se preguntó el muchacho.

Max Jesper estaba en todas ellas. Seguía siendo reconocible, pero ahora estaba mucho más acicalado, con el pelo teñido de marrón y un traje de color tostado hecho a medida. Aparentaba cincuenta y tantos y tenía un aire de vieja estrella del *rock.*

—El hombre se ha hecho un buen lavado de cara —opinó Kate.

—Y se ha puesto dientes nuevos —añadió el chico—. No tenían ese color blanco nacarado en la otra foto.

El camarero volvió con una bandeja de plata sobre la que descansaban sus cafés, y los dos detectives se dirigieron de nuevo a sus asientos.

—¿El que sale en las fotos con todos esos famosos es el dueño? —preguntó la mujer, y señaló la pared.

—Sí, es el propietario, Maximilian Jesper —dijo en tono solemne mientras cogía los dos capuchinos de la bandeja.

La espuma de los cafés sobresalía diez centímetros por encima del borde.

—Joanne Collins estuvo aquí la semana pasada.

—¿Te refieres a «Joan» Collins? —le corrigió ella.

—Sí. Fue simpática. A toda esa gente le encanta que les hagan la foto si vienen a hospedarse o a algún acto.

—¿Qué tipo de actos realizáis aquí?

—De todo tipo: bodas, fiestas, conferencias…

—¿Has conocido a muchos famosos?

—A un montón. Llevo tres años aquí mientras lo compagino con los estudios —le contestó a la vez que dejaba sus capuchinos sobre la mesa.

La torre de espuma de sus cafés se desbordó.

—¿Está el dueño? Me gustaría hablar con él —le comentó Kate.

—¿Hay algún problema? La lanza de vapor de la nueva cafetera es un poco impredecible.

Ella le sonrió.

—No, es que estoy intentando dar con alguien que a lo mejor él conoce.

—Puedo preguntarle, aunque creo que hoy tiene muchas reuniones —le respondió el camarero—. ¿Cómo se llama esa persona?

—Sería maravilloso que pudiese hablar con él —le contestó la detective, que no quería darle la oportunidad a Jesper de decir que no conocía a David Lamb sin poder verle la cara.

El chico pareció ponerse nervioso.

—Vale, voy a preguntar —concluyó, y volvió a marcharse a la barra.

Kate y Tristan se levantaron y continuaron observando el mural de fotos.

Apartados en una esquina, junto a un interruptor de la luz, había un par de marcos más grandes. Uno contenía una foto de grupo de los empleados vestidos de uniforme con Max, todos de pie delante de la barra. La segunda se había tomado en la fachada del edificio. Obviamente, junto al dueño del hotel se encontraba el alcalde con una reluciente cadena de oro. Kate la miró más de cerca al reconocer un rostro entre la multitud: el de un hombre, de pie, a la derecha, con una sonrisa de oreja a oreja y la tez ligeramente colorada, seguramente por culpa del alcohol.

—Ese es Noah Huntley.

A continuación, sacó su móvil e hizo una foto de esa imagen y otra de la de Max con todos sus camareros.

—¿Qué hace ahí Noah Huntley? Si el hotel abrió en 2009, fue siete años después de que lo echasen a patadas del Parlamento —comentó el chico.

Se escuchó el carraspeo de alguien aclarándose la voz. Los dos se llevaron un sobresalto y se dieron la vuelta. Max Jesper estaba detrás de ellos junto con el joven camarero. Era más alto de lo que parecía en las fotos. Llevaba unos vaqueros pitillo negros, una camisa blanca con el cuello abierto y unas deportivas de colores chillones. De su cuello colgaban de unos cordeles un par de gafas y un móvil.

—Hola —los saludó en un tono dulce y refinado, aunque al final se escuchaba una ronquera producto del tabaco—. Bishop me ha dicho que estáis buscando a alguien.

Sonrió y los cegó con sus relucientes y blancas carillas. No se preocupó de disimular cuando los miró de arriba abajo, casi como si estuviera escaneando un código de barras con los ojos.

—¿Quiénes sois?

—Yo soy Kate Marshall y él es Tristan Harper. Somos detectives privados.

—¿Ah, sí? —preguntó.

Sus ojos azules les dedicaron una mirada vacía. Después levantó las cejas, esperando ansioso su respuesta.

—Estamos intentando encontrar a un muchacho llamado David Lamb. Vivió aquí entre 1996 y alrededor de junio de 1999, cuando esto era una comuna.

Tristan ya había preparado la foto de David en el móvil, y se la mostró. Max se puso las gafas, cogió el móvil del joven y observó la pantalla.

—¡Vaya! Esto es de hace muchos años. Mmm, un chico guapo, pero no me suena.

—Su amiga, Shelley Morden, también vivió aquí con él entre 1996 y 1997. Era de Wolverhampton —continuó la mujer.

—Shelley nos ha contado que ella hacía el pan —añadió Tristan.

—Ahora me estáis llevando incluso más atrás en el tiempo. Aquí hacía pan mucha gente, queridos. ¡Éramos muy pobres! —les contestó Max—. Y, en aquella época, la gente llegaba y se iba constantemente. Ya os podréis imaginar que tenía un aspecto muy diferente, y yo solía darle a la maría por entonces, así que gran parte de aquella vida es un borrón en mi memoria —concluyó, y le devolvió el teléfono al chico con una sonrisa.

—¿Alguna vez llegó a venir la policía para preguntarte sobre alguien desaparecido?

—No —respondió el hombre.

No había borrado la sonrisa de la cara, pero ahora el tono de su voz era muy frío.

—En todos los años que he estado aquí, la policía nunca ha sentido la necesidad de aparecer en mi puerta. Todos respetábamos las normas. Y lo seguimos haciendo, ¿no, Bishop?

—Sí —contestó el camarero, repitiendo como un loro lo que había dicho su jefe.

—¿Contando la maría? —le preguntó Kate.

Finalmente, Max dejó de sonreír. A continuación, se pasó la lengua por el interior del cachete y se hizo un silencio incómodo.

—¿Qué le pasó a ese chaval? A David Lamb —se interesó.

—Que desapareció en junio de 1999 —contestó la mujer.

—¿Y dices que vivía aquí?

—En ese momento no, se había mudado unas semanas antes —repitió Kate, a quien le frustraba que no estuviese prestando atención.

—Ah, bueno, entonces ya está. Si hubiese sido un residente, sabría lo que pasó. Solo soy capaz de cuidar a los que se hospedan bajo mi techo.

—¿Es posible que conozcas a alguien que nos pueda ayudar? ¿Sigues en contacto con cualquier otra persona que también viviese aquí en aquella época?

Max se quitó las gafas.

—No, querida. Cuando salí del lado oscuro y descubrí los placeres del capitalismo, todos mis amigos socialistas y practicantes del amor libre se evaporaron. En un principio, solo reclamé mi derecho de okupación para poder asegurar el sitio y arreglar algunas cosas.

—¿Cómo la encontraste? —quiso saber Tristan.

—¿Cómo encontré «qué»? Sé más específico —le pidió el dueño del hotel.

A Kate le pareció que aquel hombre miraba a su socio con una mezcla entre lujuria y aversión.

—¿Cómo encontraste la comuna?

—Allá por finales de los setenta, yo era un sintecho y este sitio se caía a pedazos. Solo tenías que atravesar el patio de atrás para entrar en el edificio —le explicó, y se lo señaló con las gafas—. Me uní a otros tantos que se metieron aquí para refugiarse. Yo fui el único lo bastante inteligente como para poner el pago de las facturas a mi nombre. También puse unas puertas nuevas para hacer del edificio un lugar más seguro.

—¿Y esto no fue una casa de huéspedes? —le preguntó la mujer.

—Sí, hace muchos años. Algunas de las habitaciones seguían teniendo orinales cogiendo polvo debajo de las camas. Puede que fuese un okupa, pero nunca contemplé cagar en un orinal.

Bishop se rio un poco más fuerte de la cuenta.

—No fue tan divertido —le espetó el hombre—. Lárgate a limpiar alguna mesa.

El muchacho se puso colorado y se esfumó en dirección a la barra. Max se giró hacia ellos.

—Siento mucho que ese chaval, David, desapareciera, pero en aquella época los tiempos eran muy diferentes. Pasaron cientos de jóvenes por la comuna.

—Shelley nos ha contado que la mayoría eran hombres jóvenes —comentó la detective.

—Bueno, claro. Pareces lo bastante mayor como para recordar cómo eran las cosas antes —dijo intencionadamente—. Por aquel entonces no todo eran tartitas del puto arcoíris. Este era un hogar seguro para mucha gente, incluidos los chicos gays a los que sus padres habían dado la patada... En fin, tengo cosas que hacer. ¿Tenéis tarjeta, por si recuerdo algo?

Kate sacó una de sus tarjetas de visita y se la tendió.

—Agencia de Detectives Kate Marshall —leyó con los ojos clavados en el cartón—. ¿Y tú tienes una? —preguntó, y levantó la vista para mirar a Tristan.

—Sí —dijo, y le tendió una de sus tarjetas.

—Tristan, te prometo que te daré un toque si me acuerdo de algo. Ahora, si me perdonáis...

El hombre sonrió, inclinó la cabeza a modo de despedida y se fue antes de que pudieran preguntarle nada más. A Kate, aquella mirada fría e indiferente le dieron escalofríos.

18

Todavía estaba lloviendo cuando salieron del hotel Jesper's. Los dos detectives corrieron hasta el coche y se metieron dentro. Tristan había pagado el café, así que le pasó a Kate la cuenta que se había llevado del sitio. Enseguida, la mujer se percató de que había algo escrito en la parte de atrás.

—El camarero te ha escrito su número de teléfono con una carita sonriente —le dijo ella, y se lo mostró.

—Oh —exclamó el chico—. No se lo he pedido.

—Dudo que vaya dirigido a mí —comentó la detective.

—El punto de la «i» de «Bishop» es un círculo —añadió Tristan, y levantó una ceja.

—Una vez trabajé con un grafólogo. Esto puede significar que la persona tiene cualidades infantiles y juguetonas —le explicó su socia.

—No es mi tipo.

Por un segundo, Kate se preguntó cuál sería el tipo de su compañero, ya que nunca le había oído mencionar a ningún novio.

—Podría ser interesante quedar con él para tomar un café. Por el caso. Ha dicho que lleva tres años trabajando en el hotel. ¿Te incomodaría mucho hacer eso? —le preguntó la mujer.

—No, podría hacerlo.

La detective volvió a mirar la cuenta.

—¿Eso es lo que significa una carita sonriente? ¿Si quieres ir a tomar café?

—Supongo. ¿Tú qué pensarías si un camarero te escribiese esto en la cuenta?

Ella se rio por la ingenuidad del muchacho.

—Pensaría que se ha confundido. Ya he pasado la edad de que los camareros escriban sus números de teléfono en mi cuenta —le contestó—. Si te sientes cómodo poniéndote en contacto con él y yendo a tomar un café, bueno, podría darnos más información.

Esta vez, fue ella la que se encargó de conducir; arrancó el motor y abandonó el hueco en el que habían aparcado. Las elegantes tiendas y el cine pasaron deslizándose ante sus ojos, y al llegar al final de la calle se dirigieron al polígono industrial. Tristan sacó su móvil, le escribió un breve mensaje a Bishop y pulsó «Enviar».

—¿Qué te ha parecido Max Jesper? —preguntó el muchacho, y volvió a guardarse el teléfono en el bolsillo.

—Me ha parecido frío y sórdido, y eso que no estaba interesado en mí.

—Yo creo que nos ha mentido. Sí que conocía a David Lamb. Shelley nos comentó que apenas había mujeres en la comuna, así que, incluso si David no destacase por sí mismo, el hecho de que llegase con Shelley y que fuesen amigos debería decirle algo. Además, ella nos dijo que fue a la comuna cuando David desapareció. No me creo todo eso de la maría. Max parece una persona muy avispada y que siempre está alerta. Es como un cuervo, inteligente e inquisitivo.

—También me preocupa cómo Max Jesper pasó de ser un vagabundo sintecho al propietario de un lucrativo hotel *boutique*.

—¿Y si fue suerte?

La mujer le sonrió. Realmente, era de esas personas que veían el mundo como un vaso medio lleno.

—Suerte es convertirse en el dueño de una propiedad okupada por abandono, pero remodelar ese edificio en un hotel conlleva una inversión muy seria. Mira todas las personas que estuvieron en la inauguración. El alcalde, esos tipos del Club Rotario y Noah Huntley. Claro está, podría haber asistido solo en calidad de empresario local.

—Pero eso nos devuelve otra vez a Joanna y a su conexión con Noah. Ya sé que ninguno de los dos lo ha dicho todavía, pero Joanna tenía que estar investigando la desaparición de David y Gabe.

—Exacto, pero cabe la posibilidad de que la periodista sí que llamase a Shelley para hablar sobre la historia de la eliminación del amianto en el edificio de su calle y que no se pusiera en contacto con ella por David Lamb. Aunque sería una coincidencia muy grande que Joanna estuviera buscando a David Lamb y que, por casualidad, se pusiera en contacto con su mejor amiga, Shelley, para hablar sobre un tema que no tiene nada que ver.

—¿Y si esa historia sí que tiene que ver? Deberíamos indagar en el tema del amianto.

Kate asintió para demostrarle su acuerdo, pero se desanimó un poco al pensar en abrir su campo de investigación todavía más. Aquello le dio una idea.

—Shelley dijo que a David lo interrogó la policía sobre la muerte de aquel hombre mayor que él...

—Sidney Newett.

—Al muchacho lo soltaron sin cargos, pero ¿y si ya tenía antecedentes? ¿Y si Gabe Kemp y George Tomassini también?

—Si fuese así, tal vez podamos descubrir algo más sobre ellos, sus direcciones u otras cosas sobre su historial personal —añadió el joven.

—Voy a llamar a Alan Hexham para ver si puede averiguar algo.

Kate conoció a Alan Hexham, patólogo forense del condado, a través de la Universidad de Ashdean. Este asistía como profesor invitado a su curso de Criminología y le proporcionaba casos sin resolver para que sus alumnos trabajaran en ellos. Sabía de su pasado en la policía y, cuando abrieron la agencia de detectives, se ofreció a ayudarla en lo que pudiera.

—¿Qué hay de Noah Huntley? Merecería la pena indagar en sus vínculos comerciales.

—¿Crees que querrá hablar con nosotros? —le preguntó Kate.

—A lo mejor conmigo sí; puede que sea su tipo.

—Se me hace raro ser tu proxeneta. Me gustaría encontrar una manera de hablar con él que nos incluya a los dos. Podríamos hacerle creer que nos estamos centrando en Joanna y después sorprenderlo con preguntas sobre David Lamb, George Tomassini y la comuna.

El teléfono de Tristan sonó.

—Hablando de ser tu putita, es Bishop —dijo al mirar la pantalla—. Quiere que quedemos para tomar café mañana por la tarde en el Starbucks de Exeter.

—Yo he dicho que se me hacía raro ser tu proxeneta, no que seas mi putita.

—¿Eso es mejor?

—¿Por qué no le propones el café Stage Door, el que está detrás del Corn Exchange? —le sugirió su socia—. Allí será más fácil mantener una conversación tranquila.

El joven asintió y se dispuso a responder al mensaje. En ese momento, llegaron a un semáforo. La mujer puso el freno de mano y echó un vistazo a su móvil. Se le había olvidado quitar el modo en silencio.

—Parece que los dos somos bastante populares —anunció a la vez que leía el mensaje—. Marnie, la antigua amiga del colegio de Joanna, acaba de responderme. Quiere que quedemos mañana por la tarde —dijo.

El semáforo se puso en verde, así que Kate dejó el teléfono en el salpicadero y siguió la línea de coches hasta la autopista.

—Qué bien —opinó Tristan—. Podemos ir por separado y así matar dos pájaros de un tiro. ¿Dónde quiere quedar?

—Me ha propuesto ir a su piso, en la barriada de Moor Side, en Exeter. Ese día su exmarido tiene a los niños.

—¿Bev no vivía antes en esa barriada?

—Sí, es donde se crio Joanna. Eran vecinas. Podría ser interesante echar un vistazo por allí.

—Ten cuidado, esa zona es bastante chunga. ¿Quieres que vaya contigo?

—No, tú queda con Bishop. Puede que nos dé algo de contexto sobre Jesper. Voy a visitar a Marnie después de comer, así que todavía será de día.

—Aun así, me llevaría tu fiel *spray* de pimienta —le insistió el muchacho.

La mujer suspiró. Una tristeza repentina recayó sobre ella cuando volvió a ponerse a llover y la autopista se redujo a un borrón gris. Entonces, recordó sus días en la Policía Metropolitana, cuando le asignaban patrullar por las urbanizaciones del sur de Londres. Cuando se veía las caras con la violencia y la desesperanza.

Le entristeció pensar en Joanna Duncan. Si ahora estuviera viva, podría ser la influyente ejecutiva de un periódico y viviría en Londres, sintiéndose feliz y realizada. Joanna casi consiguió escapar de su infancia.

Casi.

19

El sol no se puso hasta las nueve, así que la espera hasta que cayera la noche se hizo bastante larga. Todo el odio que Tom había sentido hacia Hayden había desaparecido, porque el chico ya no era nada. Solo carne en descomposición de la que tenía que deshacerse.

Al abrigo de las tinieblas, cargó el cuerpo del muchacho en el coche y se dirigió a Dartmoor. Llevaba toda la tarde chispeando a intervalos, pero cuando abandonó la autopista, el cielo tronador estalló en cólera y se puso a llover. El diluvio se precipitaba contra el parabrisas mientras los rayos restallaban, y notó que el Land Rover se movía como si el viento lo estuviese aporreando.

Ya era tarde y casi nadie circulaba por los caminos rurales a esa hora. Dejó atrás un par de cabañitas al fondo, tras los árboles y los setos, con las ventanas iluminadas por una luz resplandeciente, y después pasó un kilómetro y medio sin ver ni una edificación. En ese momento, el aguacero caía con tanta fuerza que el limpiaparabrisas no conseguía cumplir su función y casi no vio la entrada a través del cristal empapado.

Paró el coche, apagó los faros e, inmediatamente, sintió la seguridad que le aportaba ser engullido por la oscuridad. La tormenta estaba justo encima de él cuando fue corriendo a abrir la verja, con la cabeza agachada y agradecido por haberse puesto su chaqueta encerada y las botas de suela gruesa. Los árboles crujían y gemían al viento; eran sombras oscuras que se cernían sobre él. Al levantar la vista, el estallido de un rayo iluminó el horizonte y vio que la hilera de altísimos robles que ocupaban los márgenes de la carretera se inclinaba por el aire.

Se apresuró para volver al coche y atravesó la entrada, tras lo cual tuvo que salir otra vez para cerrar la verja.

Esta conducía a una parte del páramo muy popular entre los senderistas. En los días despejados, se veía cómo se extendía durante muchos kilómetros y los árboles que salpicaban toda esa zona, cuyas ramas se alzaban y estiraban sobre la tierra. Una antigua calzada romana pasaba justo por el medio. Hacía muchísimo tiempo que el musgo y la hierba habían cubierto las piedras originales, pero aquel camino se construyó para que perdurase, y las pisadas constantes de los senderistas habían desgastado la hierba en algunas zonas para revelar las brillantes losas de granito blanco.

Tom ya había estudiado la zona y planeado usar la calzada romana para introducirse en las profundidades del páramo sin temor a que el coche se le quedase atascado en la tierra blanda o se hundiese en una ciénaga.

Redujo a primera y comenzó a atravesar la hierba que conducía a la calzada. Un rayo se clavó como un tenedor en el cielo negro. El profundo sonido vibrante de los truenos se unió a la sinfonía de la lluvia que martilleaba incesante el techo del coche con un rugido grave.

Normalmente se sentía a salvo en el páramo, pero, por primera vez, le asustó la bravura de la tormenta que lo rodeaba.

Mientras pasaba bajo el dosel de ramas de uno de los gigantescos árboles, estas se inclinaron y se mecieron de tal manera que parecía que intentaban atraparlo. El coche dejó de dar saltitos y de sacudirse y el hombre notó que abandonaba la suave hierba para adentrarse en la firme calzada romana.

Escuchó una especie de gemido, un crujido, un poco más adelante y un rayo iluminó un enorme carpe que debía de tener muchos cientos de años. Su tronco medía más de tres metros de ancho y su descomunal red de ramas se extendía en dirección al suelo. Daba la sensación de que este se inclinaba y se alzaba cuando, de pronto, el árbol comenzó a derrumbarse sobre el coche. Tom pisó los frenos, puso la marcha atrás y tuvo el tiempo justo de retroceder antes de que el carpe cayese sobre el camino con un estruendo y el sonido atronador del desgarre, llevándose una gigantesca bola de tierra con él.

El hombre notó el impacto del árbol contra el pavimento. El tronco le bloqueaba la visión por el parabrisas. Necesitó permanecer un momento sentado, temblando, para poder abrir la puerta del coche.

Olió la tierra fresca mezclada con la lluvia. El árbol caído era como un muro larguísimo que le impedía el paso. Este debía de haber medido cincuenta metros de alto porque, al verlo tumbado sobre la calzada, daba la impresión de que se alargaba entre las sombras hasta un punto muy lejano del páramo. La colosal bola de raíces de su base parecía alzarse hasta la misma altura de un edificio de tres plantas.

Encontró su teléfono móvil en uno de los bolsillos de la chaqueta y, ayudándose de la poca luz que lanzaba el salvapantallas, caminó bajo el aguacero para acercarse al tremendo agujero embarrado en el que el árbol se había erigido. Era profundo, se estaba llenando rápidamente de lluvia y la corriente de agua que pasaba por los bordes estaba arrastrando toda la tierra suelta hasta el interior.

Había planeado adentrarse en el páramo para dejar el cuerpo de Hayden, pero con la calzada romana bloqueada por el árbol, no quería arriesgarse a meter el coche en la tierra blanda de la estepa y que se quedase ahí atascado.

Alzó la vista al cielo justo cuando estalló otro rayo. El vapor ascendía desde las raíces expuestas a los elementos y el carpe caído crujía y aullaba como si estuviese agonizando en sus últimos momentos, incapaz de respirar por haber sido arrancado de la tierra. Siempre había creído que un poder superior lo había llevado tan lejos, que le había permitido hacer todo aquello. ¿Era posible que aquel poder supremo le hubiese dado el lugar perfecto para esconder el cadáver?

Bajó la mirada hasta las profundidades del agujero, donde no paraba de verterse tierra y agua de lluvia. Luego, fue hasta la parte trasera del coche y cogió el cuerpo de Hayden. Lo meció entre sus brazos, se acercó todo lo que le pareció seguro al borde del hoyo y, en ese momento, como si fuese una ofrenda a su Dios auxiliador, lanzó el cadáver a sus profundidades. El ruido de la tormenta seguía siendo ensordecedor y no escuchó el golpe que tuvo que hacer el cuerpo de Hayden al entrar en contacto con la tierra, pero el resplandor momentáneo del cielo iluminó el agujero para mostrarle que el cadáver ya estaba medio sumergido en el barro y el agua sucia.

El hombre dio un paso atrás y miró hacia arriba disfrutando del roce de la lluvia helada sobre su rostro. Estalló un rayo una vez más y, entonces, supo que no estaba mirando a Dios. Él era Dios.

20

—¿Escuchaste la tormenta de anoche? —preguntó Jake.

—No —le contestó Kate.

Era muy temprano y todavía estaba un poco adormilada. Madre e hijo estaban bajando a la playa por el acantilado para darse un baño.

—Fue como si el cielo estuviese enrabietado, con todos esos rayos y truenos.

—Pues, para variar, no me ha despertado —dijo su madre.

Los rayos dorados del sol asomaban entre un banco de nubes bajas y esparcían diamantes por el agua en calma. Kate vio la hilera de basura en el rompeolas que había dejado la tormenta. Normalmente tenía un sueño muy ligero, así que sentirse descansada le resultó un cambio revitalizante.

El chico penetró en el bamboleante oleaje y se tiró de cabeza para pasar por debajo de una ola que estaba rompiendo. La mujer esperó a la siguiente y se zambulló tras él. El agua la envolvió y, acto seguido, comenzó a patalear con agilidad para atravesar el creciente oleaje. Sintió los latidos de su corazón y el zumbido del agua salada en su piel. Como siempre, notó un hormigueo en la cicatriz de más de quince centímetros que tenía en la barriga. Esa marca era el recuerdo imborrable de la noche en la que supo que Peter Conway era el Caníbal de Nine Elms y se enfrentó a él. Por aquel entonces, no era consciente de que estaba embarazada de Jake; la afilada hoja que empuñó Peter no lo atravesó por pocos milímetros. Tener a su hijo con ella, hecho ya todo un hombre, nadando con fuerza a su lado, le hacía sentir que había bondad en el mundo.

Kate se paró a unos cien metros de la costa y se quedó flotando bocarriba. Entonces, miró a Jake, cuya cabeza se mecía en el agua, sonriendo al sol que acababa de salir por el horizonte.

—Sabes que puedes invitar a tus amigos a que se queden a dormir —le comentó.

El joven se dio la vuelta y retrocedió nadando hasta ella.

—Puede que Sam venga un fin de semana, si te parece bien. Le encanta hacer surf —le respondió su hijo.

—¿Sam es uno de tus compañeros de piso? —quiso saber la mujer, que intentaba acordarse del chico.

Jake le había mencionado a muchos nuevos amigos de sus clases de Literatura inglesa.

—Sí, el resto se ha ido a España a trabajar... —El muchacho se mordió el labio y su madre supo que quería contarle algo—. He hecho otra amiga muy interesante —desembuchó.

La mujer le lanzó una mirada y levantó una ceja.

—¿Ah, sí?

—No de ese tipo. Se llama Anna. Anna Tomlinson. La conocí por Facebook el año pasado... Nos hemos estado enviando mensajes.

—Los jóvenes tenéis tanta suerte —le dijo su madre mientras movía tranquilamente los brazos hacia delante y hacia atrás en el agua—. Yo tenía que escribirme cartas con mis amigos cuando llegaban las vacaciones.

—Anna es la hija de Dennis Tomlinson... No sé si te suena.

Kate se enderezó en el agua. Sí que le sonaba. Dennis Tomlinson era uno de los asesinos en serie que había enseñado en la universidad, en su asignatura de Iconos criminales.

—¿Dennis Tomlinson, el que violó y asesinó a ocho mujeres? —preguntó.

—Ese.

—¿Dennis Tomlinson, el que está cumpliendo ocho cadenas perpetuas? —insistió.

Ya se le había pasado toda la relajación.

—Sí. Inesperadamente, la chica se puso en contacto conmigo para preguntarme si quería hablar con alguien que sabía lo que era tener un padre... así.

—¿Dónde vive?

—En el norte de Escocia. Vive en una granja en medio de las montañas. Hace quince años escribió un libro sobre eso y usó el dinero que ganó para comprar la parcela.

A Kate le dieron escalofríos. Ya no notaba el vibrar del agua, y se le estaban durmiendo los dedos.

—Espero que no estés pensando en escribir un libro.

—No, ¿por qué iba a hacer eso? Me gusta trabajar aquí. Me encanta dar las clases de buceo, navegar en el barco, estar contigo...

—Anda, pues me alegro de que seas feliz —le dijo su madre.

—¿Creías que no lo era?

—Me preocupaba que te hubieses echado a perder por mi culpa.

—No me he echado a perder por tu culpa. Has hecho que valore la vida —le respondió el muchacho. Kate se quedó tan sorprendida que no supo qué decir—. Anna no tuvo tanta suerte como yo. Se quedó completamente sola cuando arrestaron a su padre. Solo tenía diecisiete años; su madre murió cuando tenía dieciséis... Me ha gustado conocer a alguien que ha pasado por experiencias parecidas a las mías.

La mujer observó a su hijo, a su lado, mientras palmeaba el agua que lo rodeaba. El sol resplandecía en su cabello, que brillaba como los castaños.

¿Por qué no iba a poder hablar con alguien que había pasado por lo mismo que él? Peter Conway nunca dejaría de ser el padre de Jake, y él siempre sería su hijo. Kate sería la conexión eterna entre los dos, porque fueron sus acciones, su aventura con Peter Conway cuando era su jefe de policía, las que lo provocaron todo.

—¿Alguien te ha mencionado a tu...? ¿A Peter Conway en la uni?

—No mucho. Se lo conté a mis amigos y se lo han tomado bien. No pasa nada, mamá. Soy feliz. Muy feliz. Es solo que no quiero ocultarte nada. ¿Qué tal te va a ti? ¿Cómo se está desarrollando este caso?

La mujer le contó que tenía que ir a ver a Marnie, la amiga de la infancia de Joanna, pero que creía que no estaban, ni de lejos, cerca de descifrar el caso.

—Bueno, piensa así: cuanto más tardéis en resolverlo, ¡más os pagarán!

—Eso mismo dijo la hermana de Tristan.

—¿No se alegra de que ahora trabaje a media jornada en la uni?

—No. Y le molesta todo lo relacionado con el *camping* de caravanas. No le encantó el hecho de que Tris y yo pintásemos por nuestra cuenta la caseta de los inodoros hace un par de semanas.

—Eso me recuerda que he contratado a tres mujeres de la zona para que vengan a limpiar todas las semanas, empezando por esta. Si lo hacen bien, espero que se queden toda la temporada —le informó Jake.

—Bien hecho —lo felicitó su madre.

Ahora que su hijo estaba en casa, había enterrado la gestión del *camping* de caravanas en las profundidades de su cerebro. Había que hacer limpieza todos los sábados entre las diez de la mañana y las dos de la tarde, cuando un grupo de clientes se marchaba y había que fregar las caravanas y cambiar las sábanas antes de que llegase el siguiente grupo. La semana pasada se hicieron muchas reservas, y la temporada veraniega empezaba la siguiente.

—Son muy simpáticas. De aquí. Una madre, su hija y una amiga. Viven en Ashdean y pueden venir juntas en el coche —le comentó el chico—. Así tendré tiempo para poder hacer más excursiones de buceo los fines de semana.

Saber que el sitio estaría funcionando y que seguiría entrando dinero le quitó un poco de peso de los hombros.

—Brrr. Estoy empezando a quedarme helado. Te echo una carrera hasta la orilla.

Jake se lanzó hacia delante y comenzó a nadar a tierra firme.

—¡Eh, has empezado antes de tiempo! —le gritó la mujer.

—¡Pues entonces deberías empezar a nadar! —le contestó el muchacho a voces con una sonrisa en la cara—. ¡El último que llegue a casa prepara el desayuno!

Kate pensó en todos los años que su hijo había vivido con sus padres y en los que no pudo prepararle el desayuno. Se quedó atrás un poco más y, entonces, comenzó a nadar tras él hacia la orilla.

21

A Bella Jones la despertó a las ocho de la mañana pasadas su perra, Callie, lamiéndole la mano y golpeando las sábanas con la cola. La mujer vivía cerca del pueblo de Buckfastleigh, en una ruinosa cabaña de color malva.

Todas las mañanas tenían la misma rutina. Bella salía de la cama, se vestía y sacaba a Callie antes de que ninguna de las dos desayunase. La cabañita daba a la parte oriental del Parque Nacional de Dartmoor, y todas las mañanas seguía la misma ruta que se adentraba en el páramo. En cuanto abrió la verja, la perra salió corriendo mientras olfateaba el ambiente que había dejado la tormenta.

Había llovido con fuerza, y Bella casi se dio la vuelta al ver que el terreno estaba empantanado, pero Callie se había embriagado con la novedosa esencia de la tormenta y salió como un rayo en dirección al colosal árbol caído que cortaba la calzada romana.

La mujer llevaba toda la vida viviendo allí y el viejo carpe había permanecido impasible en el paisaje durante más de sesenta años, así que ese día le recordó a un gigante que había muerto de un patatús.

—Oh, me cago en todo —exclamó, conmocionada y triste de ver que aquel árbol había caído.

Callie avanzó corriendo entre ladridos y se paró junto al tremendo agujero que habían dejado las raíces al desprenderse. El siguiente ladrido salió en un registro estridente y ensordecedor, lleno de enfado y miedo.

Bella tardó un minuto en llegar hasta ella. El hoyo que habían dejado las raíces era de más de tres metros de ancho, muy profundo, y estaba medio lleno de agua de lluvia. El esqueleto de las raíces asomaba del muro de barro que había al otro lado, alargándose muchos metros y bloqueando la luz. La perra ladró y se movió al filo del agujero, provocando que varios pedazos de tierra húmeda y hierba cayesen al vacío y salpicasen en el agua embarrada.

—¡Ven! ¡Atrás! —gritó la mujer, y dio un paso atrás para alejarse del borde que se desmoronaba mientras veía que Callie estaba tirando la tierra bajo sus patas.

Al final consiguió enganchar la punta del bastón de senderismo en el collar del animal, pero la perra no paraba de gruñir y ladrar al hoyo con el pelo del lomo, de color mantequilla, erizado.

—Solo es un árbol —le dijo su dueña, que entendía que seguramente era la primera vez que su querida perra veía uno desde aquella nueva y extraña perspectiva.

Para ella, el muro de raíces y barro también le resultaba de otro planeta. No era la primera vez que Callie veía algo fuera de lo común durante sus paseos y se ponía a ladrar. La última vez fue cuando se encontró con una bolsa de basura negra flotando enganchada de la punta de un alambre de espino y que el aire estaba hinchando. Parecía una misteriosa figura encorvada con una capa negra.

Bella agarró el bastón con las dos manos y hundió los talones para tirar de su mascota. Entonces, dirigió los ojos a donde estaba mirando el animal y fue en ese momento cuando vio una mano asomando de la oscura tierra mojada. Más arriba, un brazo y el perfil de una cara con los ojos cerrados. La lluvia le había lavado un poco el barro y había dejado a la vista una piel pálida y grisácea.

—¡Vamos, atrás, Callie, atrás! —aulló la mujer, intentando que el animal se apartase del todo del borde del hoyo.

El frío le erizó el vello de la nuca.

Ella no se asustaba fácilmente, pero tuvo que respirar hondo varias veces y luchar contra la necesidad de vomitar mientras buscaba su teléfono entre los pliegues del abrigo y llamaba a la policía.

22

La barriada de Moor Side era un lugar de mala muerte y de apariencia amenazante. Kate aparcó al final del arrabal y atravesó a pie las dos calles que llevaban al rascacielos en el que vivía Marnie. Vio dos coches aparcados que estaban calcinados y a un grupo de chavales sentados en un muro bajo y pasando el rato fumando. El ascensor estaba estropeado, y no se encontró con nadie por las escaleras cuando subió al segundo piso.

Una mujer bajita le abrió la puerta. Apenas medía un metro y medio, estaba tan delgada que daba pena y se apoyaba en un bastón. Su cabello era de color rojo intenso. Llevaba un corte *bob* con el flequillo desfilado y se lo había planchado para dejarlo completamente liso. Se había puesto una falda larga *tye-dye* de muchos colores y una camiseta blanca de manga larga. Tenía unos ojos de un tenue color avellana y la cara pálida, pero tanto su bienvenida como la sonrisa que le dedicó fueron muy cálidas.

—Me alegro muchísimo de conocerte —dijo entusiasmada.

A continuación, guio a la detective a través de un estrecho pasillo lleno de ropa limpia colgada de burros que estaba secándose. Dejaron atrás la puerta cerrada del salón y entraron a la cocina.

—Tengo un par de horas antes de tener que recoger a los niños del colegio —le comentó. Al igual que Bev, tenía un fuerte acento de la parte occidental del país—. Son esos de ahí —añadió, y señaló una foto en el frigorífico de un niño y una niña sentados en los columpios de un parque, con Marnie en medio.

Era un día de sol resplandeciente y todos llevaban gorra.

—Son tan monos a esa edad —opinó Kate.

—Lo sé. Creen que todo lo que haces es maravilloso… Estoy esperando a que llegue el momento en el que se les pase. ¿Qué edad tiene tu hijo?

—¿Cómo sabes que tengo un hijo? —le preguntó.

—Lo he leído todo sobre ti —contestó la mujer.

—Tiene diecinueve —respondió la expolicía mientras se preguntaba qué habría leído sobre ella—. Acaba de volver de la universidad.

—¿Qué estudia?

—Filología inglesa.

—¿Tienes alguna foto? —dijo en un tono que denostaba demasiado entusiasmo.

—No, lo siento —se disculpó.

La mujer pareció decepcionada cuando puso la taza de té delante de Kate. Entonces, apoyó el bastón en el radiador y se sentó en la silla de enfrente. Era una cocina pequeña, pero cálida y acogedora. Las ventanas estaban empañadas por la condensación.

—Gracias —dijo la detective, y dio un sorbo a su taza.

—¿Bill es quien está pagando todo esto? La investigación —quiso saber Marnie.

Había asumido una familiaridad tan rápido que era como si fuesen mejores amigas.

—No puedo decirlo, es confidencial.

La mujer asintió y se dio unos toquecitos en un lado de la nariz.

—Claro, ¡ni una palabra! Lleva años ahí, dejando que Bev llore sobre su hombro y pagando las facturas —le comentó—. No han llegado a casarse ni a vivir juntos. Él iba y venía de casa de Bev por las noches y los fines de semana, y ella solía acompañarlo a las cenas de empresa.

—Cuando eras una niña, ¿Bev y Joanna vivían en la barriada?

—Sí, en el bloque de pisos Florence, el rascacielos de enfrente —respondió, y señaló hacia la ventana con la cabeza.

Había una torre de cajas de zapatos sobre la mesa. Marnie abrió la tapa de una de ellas y sacó un par de álbumes pequeños de fotos. Cogió el primero y lo abrió.

—Aquí. Esto es en la boda de Jo y Fred —comenzó, mientras pasaba las fotos de Joanna con un precioso y sencillo vestido de novia de seda junto a Fred, montados en un Daimler *vintage* aparcado en la puerta de una iglesia—. Estos son los novios en la mesa presidencial. Los padres de Fred a la izquierda y Bev y Bill a la derecha. Fue en el año 2000. Bev invitó a Bill a la boda, aunque también fue el que apoquinó la mayoría del dinero. Esta es una de las pocas fotos que tengo de él. Odia que le hagan…

A continuación, cogió otro álbum y lo abrió.

—Jo y yo éramos amigas desde pequeñas. Nuestras madres se conocieron porque limpiaban el mismo bloque de oficinas. Íbamos a la misma clase en el colegio. Ahora hará ocho años que falleció mi madre… Mira.

Marnie le dio la vuelta al álbum para que Kate lo viese derecho y fue pasando las páginas con las fotos de cuando Joanna y ella eran pequeñas: las excursiones al zoo, el primer día de colegio, las fiestas de disfraces, las Navidades… Entonces llegó a una foto de la chica que la detective ya había visto antes. Tenía once años y era de la Navidad en la que le habían regalado la máquina de escribir pequeña. Pasó la página y se encontró con otra en la que salían las dos niñas sentadas en un muro de ladrillo, en los aparcamientos del rascacielos, con unos vaqueros azules descoloridos y unas blusas blancas.

—Madre de Dios. Mira, esto es de cuando éramos Brosettes.* Bev nos consiguió estos pantalones a través de un tío que había conocido en el mercado. Los vaqueros eran muy caros por aquel entonces.

—¿Sigues llevándote bien con Bev?

La mujer soltó el álbum y tomó otro sorbo de té.

—No, al final nos distanciamos. Ella fue muy buena conmigo cuando yo era pequeña, y cuando mi madre murió seguimos en contacto, pero no sé. Se hizo difícil estar cerca de ella. Siempre teníamos las mismas interminables conversaciones sobre que Jo ya no estaba y en las que se preguntaba qué le habría pasado. Después de ocho años, se me hizo difícil seguir a su lado.

---

* Nombre que se dio a las fans del grupo inglés de los ochenta Bros. *(N. de la T.)*

—¿Bill te caía bien?

—Sí, era bueno. Amable. Un poco soso.

—¿Jo veía a Bill como a un padrastro? —quiso saber Kate.

—Sí, aunque tuvo una pelea tremenda con él unas semanas antes de desaparecer.

—¿Qué pasó?

—Jo estaba trabajando en un artículo en el que tenía que investigar una obra en Exeter. Una empresa inversora había adquirido un bloque de oficinas e iba a reequiparlo, pero encontraron amianto.

—¿El edificio Marco Polo?

—Sí, ¿cómo lo sabes?

—Nos lo dijo alguien con quien hablamos el otro día —le respondió la detective, y perdió un poco la esperanza.

Eso significaba que era posible que Joanna hubiese llamado a Shelley Morden para preguntarle sobre el amianto y no sobre David Lamb.

—La firma inversora que compró el bloque de oficinas Marco Polo para remodelarlo y luego venderlo al ayuntamiento estaba relacionada con Bill; le sacaron un gran beneficio. Cuando encontraron el amianto, intentaron taparlo, literal y figuradamente, para no perder dinero, pero Jo lo descubrió.

—¿Cómo?

—A través de un informante en el ayuntamiento. Comenzó a investigar para el *West Country News,* y así fue como descubrió que Bill era uno de los tres inversores del proyecto. Fue a él y le dijo que estaba en una posición terrible. Jo le prometió que, si no solucionaban aquello, escribiría un artículo.

—El edificio Marco Polo estaba en la ciudad, junto a un colegio de primaria bastante grande, ¿no? —le preguntó Kate.

—Sí, y se habló de amianto azul, el peor de todos. A Bill y al resto de inversores les costó un montón de dinero arreglarlo para que fuese seguro y, entonces, la venta al ayuntamiento se vino abajo. Acabaron vendiéndolo al sector privado y perdieron dinero.

—¿Qué tenía que decir Bev en todo esto? —inquirió la detective.

—Ah, provocó tensión, pero Jo nunca publicó la historia, cosa que podría haber hecho. Habría sido un escándalo mayor, pero se mantuvo leal a Bill y a su madre. Por suerte, él hizo lo que le pidió y lo arregló para que fuese un lugar seguro.

—¿Se consideró sospechoso a Bill?

—¿De qué? ¿De la desaparición de Jo? No, no… —Pareció como si ese pensamiento nunca se le hubiese pasado por la cabeza. Hizo otro gesto de negación—. No… Y él estaba con Bev el día que desapareció Jo. Estuvieron juntos por ahí y después se fue a trabajar. Lo vio mucha gente. Dos tíos que trabajaban con él confirmaron que estuvo allí.

—¿Qué opinión tenía Fred de él?

La mujer se encogió de hombros.

—Se llevaban bien… Todo era muy raro, porque Bev y Bill siempre fueron muy raros con respecto a su relación. Fred solo lo veía cuando iba a casa de Bev. Creo que Bill solo fue una vez a donde Jo y él vivían, y fue cuando se mudaron. Era como si hubiera una regla no escrita que decía que Bill solo podía ir a la casa de Bev. Ella quería mantener sus límites, ya había vivido con el padre de Jo y no había sido nada feliz. Nunca quiso sacrificar su independencia.

—¿Dónde vivía?

—Tenía un piso grande al otro lado de la ciudad, aunque Bev no iba mucho por allí, ni Jo.

—¿Por qué?

—No lo sé todo. Como te he dicho antes, a Bev le gustaba tener su independencia, igual que a Bill.

—¿Sabías que se han mudado juntos?

Marnie clavó la mirada en Kate y se recostó en su asiento.

—Ni de coña. ¿De verdad? ¿Dónde?

—En Salcombe. Bill tiene una casa muy bonita allí.

—Vaya, les ha costado. No me sorprende. Le ha ido bien; a Bill, digo. Se labró su camino para llegar a donde está habiendo sido un peón de albañil. Abrió su propia empresa constructora y patentó un tipo de asfalto resistente al agua. Una gran compañía europea compró su empresa hace ahora seis años.

Se produjo un silencio y la mujer se levantó a rellenar las tazas con té recién hecho.

—¿Qué crees que le pasó a Joanna? —le preguntó la detective. Ella volvió a dejar las tazas sobre la mesa.

—Hemos revisado las pruebas y nadie vio nada.

—¿Sinceramente? Creo que fue víctima de un asesino múltiple —le contestó—. Y creo que solo estaba en el momento y el lugar equivocados. He leído muchas novelas negras basadas en hechos reales y las estadísticas dicen que hay muchísimos asesinos en serie activos y libres en el Reino Unido. Aunque tú pillaste a uno, ¿no?

—Bueno, sí —dijo Kate.

Aquel comentario la tomó desprevenida.

—Muchos de ellos se pasan años asesinando antes de que los capturen. Se cree que Harold Shipman acabó con la vida de doscientas sesenta personas a lo largo de tres décadas... Dennis Nilsen, Peter Sutcliffe, Fred y Rose West... Todos ellos estuvieron asesinando a personas durante muchos años y no les ocurrió nada. En la mayoría de los casos, lo que hizo que los pillasen fue un error estúpido o pura coincidencia. Los asesinos en serie pueden manipular a las personas para que los vean como a gente normal, incluso amable. ¿Cuánto tiempo estuvo Peter Conway campando a sus anchas hasta que averiguaste que era él?

Una vez más, Kate no se esperaba una pregunta así.

—Oficialmente, cinco años, pero creemos que hay más víctimas que no han sido identificadas —respondió.

—Eso es.

De pronto, a la detective le entró frío. El cielo estaba cada vez más oscuro al otro lado de la ventana de la pequeña cocina. Entonces, decidió cambiar de tema.

—¿Te habló Joanna alguna vez de su trabajo? ¿De los artículos que estaba investigando?

Marnie negó con la cabeza.

—No, normalmente solo hablábamos de telebasura y de los hombres que había en nuestras vidas. Me daba la sensación de que le gustaba desahogarse conmigo; soy una persona con la que se habla fácilmente.

—¿Alguna vez te dio detalles del artículo que escribió sobre Noah Huntley?

La mujer frunció el ceño.

—De eso sí que me contó algo porque fue tremendo. Los periódicos nacionales publicaron su artículo y él perdió el escaño.

—¿Joanna te comentó alguna vez si había vuelto a reunirse con Noah Huntley o si se había presentado para un trabajo en Londres?

—No, ¿para qué iba a volver a quedar con Noah Huntley? Es la última persona con la que ese hombre querría hablar.

Kate dudó un momento y pensó en cuál sería la próxima pregunta. No quería influir en su respuesta.

—¿Mencionó alguna vez que estuviese escribiendo un artículo sobre personas desaparecidas? ¿Hombres jóvenes desaparecidos?

—Casi nunca hablaba de trabajo. Como ya te he dicho, le gustaba quedar conmigo para echarnos unas risas... ¿Asesinaron a esos jóvenes? —añadió.

Había conseguido despertar su interés.

—No lo sé. Apenas tenemos información.

La mujer se frotó la cara.

—Recuerdo que Fred dijo algo de que la policía se llevó todo lo del trabajo de Joanna. Interrogaron a todo el mundo con el que había hablado e inspeccionaron toda su vida al detalle. Pero no encontraron nada. Eso es lo que ocurre con la mayoría de víctimas de los asesinos en serie. Los de ese tipo son oportunistas. Impulsivos. Cualquier asqueroso podría haber seguido a Jo y darse cuenta de que aparcaba en Deansgate. Ese *parking* siempre estaba vacío, estaban a punto de echarlo abajo. Era el lugar perfecto para raptarla, meterla en el coche y salir de allí. Si descartas todo lo demás, es la única opción lógica —añadió Marnie.

Aquella mujer estaba comenzando a irritar a la detective, y solo porque cabía la posibilidad de que tuviese razón.

—¿Sabías que Fred tuvo una aventura con Famke, la niñera de sus vecinos? —le preguntó a continuación.

—Sí, me enteré a toro pasado.

—¿Y te sorprendió?

—No mucho. Jo estaba obsesionada con el trabajo y Fred estaba un poco perdido. Acababan de irse a vivir juntos, pero sus vidas estaban tomando caminos diferentes.

—¿Crees que fue él?

A Marnie se le escapó una carcajada.

—¿Fred? No. No podría organizar pillarse un pedo en una cervecería y mucho menos, no sé, asesinar a Jo y ocultar su cuerpo en un lugar tan bueno que nadie la haya encontrado en trece años. A lo mejor contratando a un sicario… Pero no tenía un duro.

—¿Joanna tenía más amigos o enemigos en la barriada?

La mujer negó con la cabeza.

—No, y Bev se llevaba bien con todo el mundo. Ya sé que el barrio no tiene buena fama, pero no todo el mundo es mala gente. Aquí viven buenas personas. Había un verdadero espíritu de comunidad y nos ayudábamos los unos a los otros. A Bev le robaron el coche la misma noche que desapareció Joanna, justo en esa calle de enfrente, y yo estrellé el mío el mismo día, así que muchos de nuestros vecinos la ayudaron llevándola y trayéndola a sitios, igual que a mí.

—¿Fue mucho lo de tu accidente? —se interesó Kate, y dirigió sus pupilas al bastón que estaba apoyado en el radiador.

—No. Eso es para la artritis temprana —le contestó—. La colisión fue culpa mía. Iba marcha atrás y le di a un BMW pijísimo que estaba aparcado en la calle de abajo. A mi MINI, como es una carraca de mierda, no le pasó nada, pero yo acabé teniendo que pagar quinientas libras de excedente al seguro del propietario. Estoy segura de que a él le habría costado menos trabajo pagarlo, pero así es la vida.

Marnie miró tras ella al reloj que había colgado en la pared.

—No debería tardar mucho en irme. Tengo que recoger a los niños del colegio. ¿Puedo enseñarte algo?

—¿El qué? —quiso saber la detective.

—Está en el salón.

La mujer se puso de pie y cogió el bastón. Kate siguió su paso lento por el pasillo. A continuación, su anfitriona abrió la puerta del salón. Estaba amueblado con un sofá de piel oscura y una televisión de pantalla plana. A la derecha de esta se encontraba una librería gigantesca llena de DVD. A la izquierda, había una enorme estantería con cuatro baldas y una puerta de cristal. En cada estante, protegidos por el vidrio, había filas y filas de figuritas en miniatura a escala de objetos de coleccionista de las películas. Estaban Freddy Krueger, Brandon Lee de *El cuervo,* el payaso Pennywise de *It* y Ripley de *Alien* cogiendo una diminuta Newt con un brazo y sujetando un lanzallamas en la otra. Tenía dos versiones de Chucky, una con cuchillo y otra sin él, y tres de Pinhead de *Hellraiser* y sus cenobitas. Había otro grupo de figuritas, pero Kate no supo reconocerlo.

—Guau —exclamó, intentando no alzar la voz.

Todo aquello le pareció bastante raro.

—Sí —dijo Marnie, que interpretó erróneamente la reacción de la detective como si fuera impresión—. Tengo un canal de YouTube: Marnie'sMayhem07. Enseño mis juguetes de *merchandise* de películas —le explicó—. Estoy esperando a que me llegue una Regan parlante de cincuenta centímetros de *El exorcista,* pero se ha quedado en el centro de procesamiento y distribución, y no sale de ahí.

Kate sonrió y volvió a asentir. El aire de aquella sala le resultaba irrespirable, y el olor a tabaco rancio combatía contra un ambientador barato. La mujer había cerrado las gruesas cortinas y la única luz que iluminaba la habitación provenía de una lámpara de techo, que se reflejaba en los brillantes muebles baratos. Marnie se acercó hasta la librería de DVD y cogió un libro en concreto entre los de la balda de abajo del todo. Entonces, supo qué vendría después. La mujer tenía entre sus manos una copia de *No es hijo mío,* la autobiografía de Enid Conway, la madre de Peter Conway. La detective sintió una losa en el pecho y su corazón acelerarse cuando vio que había un bolígrafo de tinta líquida enganchado en la portada del libro.

—¿Me lo puedes firmar? —Le dedicó una sonrisa mientras apoyaba el codo en el bastón para poder abrir el libro por la página del título.

Ya había dos firmas sobre el papel. En una se leía Peter Conway en tinta azul, y la otra, de color negro, resultaba ilegible, pero como a ella le enviaron una copia firmada de *No es hijo mío* cuando salió publicado, supo que era de Enid Conway. Marnie le tendió el bolígrafo con un brillo de impaciencia en los ojos.

—Pero yo no soy la escritora —le explicó Kate.

—Para mí sería un gran favor —le insistió la mujer—. ¿Sabes cuánto podría valer este libro si está firmado por los tres?

—Nunca he firmado ninguno —continuó la detective.

—Exacto. Yo te he ayudado, y si recuerdo algo más, puedo ser incluso de más ayuda. ¿Te parece bien?

—¿De dónde has sacado esas dos firmas?

—Todo es posible si conoces a las personas adecuadas.

Para Kate, aquello era aberrante. El libro había sido una burda estrategia de Enid Conway para ganar dinero.

—Hay un comerciante de libros raros que me dijo que podría venderlo por dos mil libras, o más, si tenía tu firma. ¿Sabes el partido que le sacaríamos mis hijos y yo a dos mil libras? ¡Este piso tiene moho negro!

De pronto, se le hinchó la nariz y adquirió un aspecto de enfado. Ahora parecía uno de sus muñequitos a escala de las películas de monstruos.

Entonces, la mujer recordó la conversación que había tenido con Jake aquella mañana, y se dio cuenta que había sido profética de una manera extraña. La realidad de su vida no estaba en venta. Ahora entendía por qué Marnie había mostrado tanto entusiasmo por hablar con ella.

—No, lo siento —se disculpó—. No voy a firmar eso.

23

Tristan llegó antes que Bishop al café en el que habían quedado, así que se sentó en una mesa con dos bancos enfrentados junto a la ventana. En la calle South Street estaba una de las últimas pequeñas cafeterías que quedaban en Exeter. Enfrente, en los bajos de unos edificios, había una tienda de artículos para el hogar, una casa de apuestas y una tienda.

Unos minutos después, Bishop el camarero (no sabía cómo se apellidaba) emergió de una de las puertas que tenía enfrente. Llevaba unos vaqueros y una camiseta blanca ajustada.

—Holi —lo saludó el chico, y le dedicó una sonrisa de oreja a oreja. Luego, se agachó un poco para darle un beso en la mejilla a Tristan—. ¿Has pedido?

—Sí, un americano —contestó el joven, de piedra por el beso que le había plantado.

—No parece que tengas que vigilar la figura… Aunque yo no le quitaría ojo nunca —le dijo el muchacho.

Tristan soltó una carcajada teñida de incomodidad. ¿Bishop era lo bastante inocente como para pensar que aquello era una cita? Kate y él ya le habían dicho que eran detectives privados y le habían pedido hablar con su jefe cuando estuvieron en el Jesper's.

—Me gustan tus tatuajes —continuó el chico, y señaló el antebrazo y la cabeza del águila que asomaba por el cuello de su camiseta.

—Gracias.

—¿Lo de siempre? —preguntó la dueña cuando se acercó a la mesa.

Era una mujer mayor de semblante serio.

—Sí, gracias, Esperanza. Y un trozo de esa tarta de queso con Snickers… Vengo siempre —añadió cuando la señora se alejó—. Estás más guapo que el otro día, si cabe.

—Gracias —le contestó Tristan—. Oye, te he pedido que vengas por una razón.

Al joven se le iban a salir los ojos de las órbitas.

—Yo creía que te había pedido salir. Te escribí mi número en la cuenta...

—Sí, pero para que quede claro, esto no es una cita. ¿Te acuerdas de que mi compañera Kate y yo le dijimos a Max que éramos detectives privados y que estábamos investigando la desaparición de varios jóvenes? Uno de ellos vivía en el Jesper's cuando era una comuna.

Bishop se quedó un segundo en silencio y se puso a arrastrar el salero y el pimentero por la mesa. Se mordió el labio inferior, lo que le dio un aspecto disgustado.

—Vale. Entonces esto... ¿qué es?

—Esto soy yo pidiéndote ayuda para encontrar a alguien de nuestra comunidad que creemos que podría haber sido asesinado —le explicó el detective.

Por primera vez desde que cruzó la puerta, el joven pareció ponerse serio.

—Sí. De acuerdo. Creo que Max os dijo que no sabía nada, ¿no?

—David Lamb —comenzó Tristan, y, a continuación, puso su móvil con la foto de David sobre la mesa—. Desapareció en junio de 1999. Vivió en el Jesper's cuando era una comuna, pero se separó de aquello y se fue a vivir con su novio. Después de que nos fuéramos, ¿mencionó algo Max acerca de David o la comuna?

El muchacho observó la imagen con atención y negó con la cabeza.

—No.

—Vale. Max Jesper. ¿Qué puedes contarme sobre él? —preguntó el detective—. ¿Te importa si tomo notas?

—No, adelante... ¿Crees que Max está relacionado con la desaparición de ese chico?

—Me interesa conocer un poco su contexto —contestó mientras sacaba un cuaderno de notas y un bolígrafo de su bolsa—. No tiene cuenta en ninguna red social y no hay mucho sobre él en internet más allá de la historia de cuando abrió el Jesper's.

—Max es algo así como una vieja reinona; tiene su gracia. Es muy descarado cuando liga, pero no es tocón, no es una persona afectuosa. Siempre paga a tiempo, eso sí.

—¿Está soltero?

—No, lleva mucho tiempo con su pareja, Nick.

—¿Sabes cómo se apellida?

—Mmm, Lacey. Solo lo he visto una o dos veces. Vive en su casa, fuera de la ciudad.

—¿Qué casa?

—Max y Nick tienen una casa en primera línea de playa en Burnham-on-Sea, en la costa de Somerset.

—¿Max no vive en el hotel?

—No. Aunque viene casi todos los días. Algunos fines de semana se queda a dormir si se le alargan las tareas.

—¿Hay mucha distancia en coche? —quiso saber.

—Creo que una hora de ida y otra de vuelta, más o menos. Siempre se está quejando de la M5, dice que pasa la mayoría del día ahí.

—¿De qué trabaja Nick?

—Es promotor inmobiliario. Nunca jamás lo he visto en el Jesper's. Solo he coincidido con él un par de veces en alguna de sus fiestas. Max nos pidió a algunos camareros que fuéramos a su casa para servir las bebidas.

—¿Qué tipo de fiestas eran?

—Fueron dos, y las dos de disfraces.

Esperanza apareció en la mesa con sus bebidas. Puso un americano delante de Tristan y un enorme batido enfrente de Bishop. Le había echado trozos de fruta por encima.

—Gracias.

La mujer sonrió y se fue.

—Es más buena… Siempre me prepara mis proteínas en polvo —dijo el muchacho—. ¿Quieres un poco?

El detective negó con la cabeza. Siempre que entrenaba, veía los batidos de proteínas en polvo como algo por lo que tenía que pasar, no algo que se sirviese con fruta en un vaso de helado. Observó al joven mientras comenzaba a chupar ansioso de la pajita.

—¿Max y Nick suelen organizar fiestas?

—Ni idea. Yo trabajé en la del verano del año pasado —le comentó mientras se secaba la boca—. Tres de los del Jesper's fuimos a echar una mano y a servir la comida y la bebida.

—¿Qué tipo de personas había en la fiesta?

—Sus amigos ricos. Gente pudiente de la zona.

Tristan buscó en la galería de su teléfono y encontró la foto que hizo de la inauguración del Jesper's, en la que salía Max cortando la cinta junto al alcalde y a un grupo de dignatarios de la zona.

—¿Alguien de esta gente estuvo en la fiesta?

Bishop examinó la foto.

—¿De dónde es? Me suena un poco.

—Está en la pared del bar del hotel.

—Ah, sí. Paso tanto tiempo allí que a veces me paro a mirar las fotos… De él me acuerdo —dijo, y señaló con el dedo a Noah Huntley.

El detective no dejó que notase su emoción.

—¿Te acuerdas de cómo se llamaba?

El chico puso los ojos en blanco y sonrió.

—Sí, es Noah. No me acuerdo bien de su apellido, pero se puso como las grecas y nos preguntó a Sam y a mí, otro de los camareros, si queríamos bajar con él a la playa.

—¿Estás seguro de que se llama Noah?

Bishop asintió.

—Sí, nos estuvimos cachondeando de que podía llevarnos en el arca del placer de dos en dos, como Noé.

—Pues vaya labia —opinó el muchacho—. ¿Y fuisteis con él?

—¡Ni de coña! Eso es de mal gusto, y necesito mantener el trabajo para pagarme la uni. Nos ofreció dinero, pero eso era llegar demasiado lejos.

—¿Cuánto?

—Cien libras a cada uno. Llevaba los billetes en la coquilla.

—¿La coquilla?

—Era un baile romano de máscaras. Iba vestido de Casanova, con mayas blancas, una especie de corpiño y una máscara parecida a la del zorro, pero, bueno, así iban la mayoría de hombres.

151

—¿Acudió la mujer de Noah?

—No, ni siquiera mencionó que estuviese casado.

—Pero ¿había mujeres?

—Sí, era de parejas de todos los tipos.

—¿Hablaste mucho con Noah? ¿Te dijo de qué conocía a Max y a Nick?

—Me comentó que había invertido en el Jesper's, pero que después compraron su parte y se pasó a cosas más grandes. Me dijo que invertía mucho en propiedades. Me dio la impresión de que estaba fanfarroneando sobre el dinero que tenía.

—¿Hiciste alguna foto de la fiesta?

—No, estábamos trabajando. Tengo alguna foto de la casa, de cuando estuvimos preparándolo todo. Es increíble. Tiene una piscina enorme desde la que se ve el mar.

—¿Las tienes en el teléfono? —le preguntó Tristan.

—Un momento —dijo. Sacó el móvil y comenzó a buscar entre los cientos de imágenes—. Aquí están.

El chaval le dio la vuelta al teléfono para que su acompañante pudiese ver también, y comenzó a pasar fotos de una enorme casa cuadrada blanca de estilo moderno, situada al borde de un tramo de arena de la playa con vistas al mar.

—¿Esto es el Reino Unido? —preguntó, sorprendido.

—Lo sé, parece de algún país extranjero. Max y Nick viven justo al final de una enorme zona de playa que se alarga kilómetros. Es muy solitario, no hay muchas casas a los alrededores… —le contestó sin parar de pasar imágenes.

—¿Ese es Max? —inquirió el detective cuando vio la foto de un hombre fornido y con una gorra, de espaldas.

Estaba dirigiendo a un par de repartidores que iban con un carrito lleno de bebidas.

—Sí, esto es cuando estábamos preparándolo todo. Ese de ahí es Nick —le indicó, y señaló a otro hombre más alto, también de espaldas a la cámara, junto a un dosel instalado en el césped de delante de la piscina.

Estaba cogiendo las cajas del carrito. Tenía el pelo corto, de color castaño claro, y un físico corpulento.

—¿Tienes alguna otra foto de los dos?

—Déjame ver —le respondió Bishop.

Siguió buscando entre las fotos del interior de la carpa, donde habían puesto una barra y estaban levantando una enorme escultura de hielo para colocarla en su sitio.

—Tengo fotos de la playa. Hay una zona de dunas prácticamente impenetrable delante de la casa. Ahí es donde Noah quería ir con Sam y conmigo. Nos dio la impresión de que no era la primera vez que iba allí.

—¿Cómo reaccionó cuando le dijisteis que no?

—A mí me llamaron y me tuve que ir, pero Sam me contó después que se le pegó como una lapa. Al final, le dijo que se fuese a la mierda, le tiró la bandeja que llevaba con las copas de un manotazo y lo llamó de todo.

—¿Y qué hizo Max?

—No sé si estaba por allí. Para cuando eso pasó, todo el mundo de la fiesta estaba alborotado y armando ruido, así que nadie se dio cuenta. Estaba más preocupado de que nadie se adentrase demasiado en la playa.

—¿Por qué?

—Tengo una foto de cuando bajamos antes de la fiesta —le dijo—. Mira.

Era una imagen del sol poniéndose sobre la vasta expansión de arena y la marea baja. A la izquierda se veía una señal enorme plantada en medio de las dunas que decía:

A PARTIR DE AQUÍ NO SE PERMITEN
COCHES, BICICLETAS, MOTOS NI QUADS.

MAX ADVIERTE DE QUE LA SANCIÓN SERÁ DE 400 £.

¡CUIDADO! NO CAMINES NI CONDUZCAS NINGÚN TIPO
DE VEHÍCULO MÁS ALLÁ DE LA ARENA SECA NI EL
BARRO CUANDO LA MAREA ESTÉ BAJA.

—Max comentó que Nick está obsesionado con la marea de la playa que hay enfrente de su casa. Si está baja, con cuánto ha bajado. Y, si está bajando, con que todavía haya alguien en la playa. Mucha gente se ha quedado encallada en el lodo, y un par de veces algún invitado de sus fiestas se ha emborrachado, ha bajado a deambular por la playa cuando la marea estaba baja y ha estado a punto de quedarse varado cuando volvió a subir —explicó el chico.

Tristan examinó la foto.

—Apenas se ve la orilla.

—Ya. La marea baja muchísimo, pero también sube muy rápido. Cada vez que Nick se va de viaje de negocios, Max me cuenta que no para de pedirle que mire el tiempo para ver si va a haber tormenta.

—¿Hay riesgo de que se les inunde la casa? —quiso saber el detective.

—No lo creo. Es solo que Nick tiene un trastorno de estrés postraumático por eso.

—¿Trastorno de estrés postraumático? ¿Se quedó clavado en la arena mientras subía la marea?

—No lo sé, pero todos los días hay alguna noticia sobre gente o coches que se quedan atrapados cuando sube la marea en esa zona de playa. A Max no le gusta dejarlo solo allí mucho tiempo, porque puede llegar a ponerse muy histérico con ese tema.

—¿Le han diagnosticado oficialmente trastorno de estrés postraumático? —preguntó el joven.

—Ni idea. Me da la impresión de que son muy huraños. La única vez que Max contó que salieron por ahí fue cuando fueron a Londres para ir al cine y a Nick le dio un ataque de pánico.

—¿Y eso?

—Me dijo que no salen nunca. Nick odia las aglomeraciones, pero Max quería ir a ver *La mujer de negro* y lo convenció. Solo llevaban la mitad de la película cuando entró en pánico y tuvieron que irse.

—¿Están casados? —continuó Tristan.

—No creo, pero llevan años juntos.

—¿Sabes qué tipo de inmuebles promueve Nick?

—Max comentó algo por encima sobre capital de inversión y cosas de perfil alto. Es algo así como un partidazo. Es alto, como Max, pero, al contrario que él, muy macho.

—¿Qué edad tiene?

—Cincuenta y tantos.

El detective escribió alguna nota más y revisó lo que llevaba hasta el momento.

—¿Has oído alguna historia sobre la época en que el hotel era una comuna?

El joven negó con la cabeza y luego frunció el ceño.

—Dices que este tipo, David, vivía allí y después desapareció. ¿Cómo? —quiso saber.

—No apareció en la fiesta de cumpleaños de su amiga. Eso fue allá por junio de 1999. Se había escapado de casa. Su amiga Shelley se preocupó y denunció su desaparición a la policía —contestó—. Estábamos hablando del tío este, Noah. ¿Lo has visto alguna vez en el Jesper's?

—No, no lo he visto nunca por allí. Por suerte, solo era un borracho gilipollas en una fiesta —le respondió Bishop—. Después de tirarle a Sam la bandeja se fue, pero de camino a la salida me dijo que era un asqueroso y un calientapollas.

—¿Se lo contaste a Max?

—No, lidiar con imbéciles borrachos es parte del trabajo de camarero.

24

Kate volvió al coche apesadumbrada después de la reunión con Marnie. Su interés personal en ella la hacía sentir sucia, y su teoría sobre que Joanna solo estaba en el lugar equivocado en el momento equivocado y que era la víctima de un asesino en serie la había dejado intranquila. Igual que la conexión de Bill con la historia del amianto. Le molestaba que no hubiesen investigado más de cerca al hombre y sus intereses comerciales.

La mujer se quedó sentada en el coche mientras golpeaba la alfombrilla con el pie. No sabía qué hacer. Entonces, encontró el número de teléfono de Bill y lo llamó, pero las dos veces saltó el contestador. Le dejó un breve mensaje pidiéndole que le devolviera la llamada y diciéndole que tenía una novedad en el caso que quería comentar con él.

Luego probó a llamar a Bev, que sí respondió.

—¿Está Bill contigo? —le preguntó.

—No, está fuera con un tema de negocios —contestó la mujer.

—¿Sabes cuándo volverá?

—El viernes.

Hablaba en un tono pastoso y arrastraba un poco las palabras.

—¿Puedes hablar? —quiso saber Kate.

—Claro que sí. ¿Qué pasa?

—En realidad, quería preguntarle esto a Bill, pero a lo mejor tú puedes ayudarme...

—Dispara.

—He estado hablando con Marnie, la amiga...

—Ya sé quién es Marnie.

—Sí, claro. Me acaba de contar que, en las semanas anteriores a su desaparición, Joanna estuvo investigando la compra de un bloque de oficinas, el edificio Marco Polo, en Exeter.

—Sí, Jo descubrió que estaban intentando encubrir un problema de amianto. Fue muy incómodo, pero Jo se portó genial con Bill. Fue a contárselo en cuanto lo supo. No me sentó bien cuando me enteré, pero Bill tenía mucho dinero invertido en el edificio y me juró que habían actuado aconsejados por un experto que les había dicho que no necesitaban deshacerse del amianto si enlucían las paredes y lo sellaban herméticamente —explicó la mujer—. ¿Entiendes?

Kate puso los ojos en blanco. Eso no tenía sentido. Todo el mundo sabía que el amianto era un problema muy gordo y que los organismos medioambientales se lo tomaban muy en serio.

—Vale, pero seguro que eso creó tensión entre Bill y Jo, ¿no?

—Por supuesto. Bill estuvo muy preocupado por todo aquello y, claro está, Jo tenía que hacer su trabajo.

—Según Marnie... —continuó la detective.

—¡Según Marnie! —soltó Bev—. ¿Qué sabrá ella? Lo último que sé es que estaba enseñando muñecos en su puto canal de YouTube. Seguro que no me equivoco si digo que está trabajando a la vez que está pidiendo ayudas al Estado.

—¿Marnie y tú ya no tenéis relación?

Hubo un silencio.

—Estuvimos bien una temporada. Me ayudó mucho. Me robaron el coche justo cuando Jo desapareció, y ella se portó muy bien; me llevaba de acá para allá, iba conmigo al supermercado cuando Bill no podía... Pero, al tiempo, se volvió cruel. No entendía por lo que estaba pasando. Se molestaba conmigo por querer hablar de Jo.

—Vale. ¿Cómo se sintió Joanna cuando descubrió la historia del amianto y supo que Bill estaba involucrado?

—¿Qué quieres decir? —le preguntó la mujer, arrastrando cada palabra más si cabe.

—Joanna encubrió una historia muy jugosa. ¿No sintió que fuera injusto que no pudiese publicarla?

Silencio de nuevo. Luego, Bev suspiró, exasperada.

—¡Jo no era así! Ella sabía que Bill lo era todo para mí... Al final, él aceptó sin protestar y pagaron para que el edificio fuese seguro. Escucha, te estamos pagando para que descubras qué le pasó a Jo. Esto no me gusta, estas preguntas… Kate, hablas como si creyeras que Bill hizo algo malo.

—No, solo estoy siguiendo algunas pistas y esto ha surgido en la conversación.

—Con la puta Marnie. Siempre removiendo la mierda. ¿Te ha pedido dinero después de hablar con ella?

La detective dudó un momento y pensó en el libro que le había pedido que firmase.

—No, no me ha pedido nada.

—Siempre estuvo celosa de Jo por hacer algo por sí misma. Por salir de aquel barrio.

—Bev, si tú me hubieses contado esto desde el principio, no me habría pillado por sorpresa. Si hubiese sido así, no estaría preguntándote nada.

Nadie dijo nada al otro lado del teléfono.

—Oh, lo siento —se disculpó al fin.

—Por favor, no me pidas perdón. No puedo ni imaginarme por todo lo que has tenido que pasar. Ha debido de ser tan duro…

—Toda mi puñetera vida ha sido muy dura… —Kate escuchó de fondo cómo la mujer se servía una copa—. Creía que cuando Bill y yo viviésemos juntos nos veríamos mucho más, pero pasa mucho tiempo fuera por trabajo.

—Tenéis una casa encantadora.

—Estar aquí sola me pone los pelos de punta… —le confesó Bev—. Nunca he vivido en un lugar tan solitario. Estoy acostumbrada a tener vecinos, gente que vive arriba, abajo, al lado… Y las putas ventanas. No hay cortinas. Y todo tiene un botón. He intentado encender la luz de fuera y he puesto el puto *jacuzzi*.

—¿A dónde se ha ido Bill de negocios?

—A Alemania. Están cerrando un contrato importante sobre una nueva autovía. Tiene que estar ahí para supervisarlo todo. Dusselduarf… —Kate no quiso corregirla—. Solo se ha ido un par de días, pero aun así… Lo echo de menos… Estamos solo yo y estas espantosas ventanas de mierda que me devuelven el reflejo de mi asquerosa jeta… ¿Crees que estás un poco más cerca de encontrarla? ¿A Jo?

La detective dudó un momento. Se desesperanzó un poco al escuchar la pregunta.

—Estamos revisando el montón de información del archivo del caso y hablando con todo el mundo que fuese amigo de Joanna —le explicó.

Ojalá no la hubiese llamado. Era cruel llamar si no tenía nada concreto que darle.

—Esa es una respuesta muy políticamente correcta.

—Voy a encontrarla, Bev —le aseguró.

Al otro lado del teléfono solo se escuchó un largo silencio.

—Puedo pedirle a Bill que te llame cuando vuelva —le respondió la mujer—. Me llamará luego. Seguro que no le importa hablar contigo.

—Gracias.

Se escuchó un clic y, después, Bev ya se había ido. Cuando alzó la voz, al otro lado del teléfono se escuchó eco. Kate pensó en ella, sola por la noche en casa de Bill, mirando su reflejo en aquellas enormes ventanas de cristal. Entonces recordó a Marnie, que vivía en aquel horrible barrio de protección oficial, inválida y teniendo que criar a dos niños pequeños. ¿Debería haber firmado el libro y punto? Con un golpe de bolígrafo podría haberle conseguido dos mil libras. Y aquello la cabreaba muchísimo.

Siempre había evitado el carrusel de mala reputación que envolvía a Peter Conway. Había tenido al alcance de su mano la lucrativa posibilidad de escribir libros y contar su historia en los periódicos amarillistas, pero, para ella, aquello sería aprovecharse del asesinato. Los cantantes y los actores se hacían famosos por su arte. Conway era famoso por matar, y era una locura sacar tajada de eso.

25

Jake llamó a su madre para comentarle que las mujeres de la limpieza habían ido a verlo antes de su primer turno del fin de semana y que lo habían ayudado a bajar las sábanas limpias de la oficina al almacén de la tienda de surf. Luego la llamó Tristan para decirle que ya había terminado su reunión con Bishop y ella le preguntó si podían verse en su piso.

El chico hizo té y los dos se sentaron en su pequeña cocina para ponerse al día.

—Siento que Marnie fuese un bicho raro con lo del libro.

—Una parte de mí se siente mal por no haberlo firmado. No parecía que tuviese una vida acomodada —contestó Kate—. Me ha ayudado a entender a Joanna un poco mejor. Quería escapar de aquel barrio de protección oficial y tener una vida mejor. No sé si Marnie estaría resentida por eso.

Tristan asintió.

—¿Cómo de altas estarían las inversiones de Bill si Joanna hubiese seguido adelante y escrito el artículo sobre el amianto? —le preguntó su socio.

—Su inversión se habría ido por el desagüe. No sé cuánto estaba en juego, pero me imagino que sería una cantidad importante. Bev ha sonado a la defensiva por teléfono cuando he sacado el tema. Aquello tuvo que ponerla en medio de todo, pero insiste en que Bill y Joanna lo arreglaron. Ella no escribió el artículo y la empresa de él solucionó el problema.

—Si lo arreglaron de manera amistosa, entonces no es necesario alarmarse, pero no dejamos de volver a los mismos nombres. El bloque de oficinas Marco Polo ya está relacionado con Shelley Morden, Joanna y Bill. Shelley y David Lamb están conectados con la comuna de Max Jesper, y Noah Huntley con todos ellos, sin contar a Bill. Tenemos que hablar con el exparlamentario.

—No sabemos cuánto indagó Joanna en su vida privada, pero tenía lo suficiente como para escribir un artículo que desenmascaraba su afición de contratar prostitutos. Además, tenemos a Noah Huntley invirtiendo en el hotel de Jesper y yendo a su casa a eventos sociales. ¿Quién dice que no se dejara caer por la comuna con regularidad?

—Si tuviésemos las notas y los archivos de Joanna de aquella época… —se lamentó Tristan.

—Su editor, Ashley Harris, le dijo que eliminase todo lo de Noah Huntley y sus prostitutos del artículo original. ¿Por qué? ¿Y si Noah Huntley tenía algo que ver con la desaparición de David Lamb y Gabe Kemp? —le comentó Kate.

—Y tampoco podemos olvidarnos de George Tomassini. Ade cree que desapareció a mediados de 2002.

—Le he dejado un mensaje a Alan Hexham preguntándole si puede tirar de algunos hilos para averiguar si David Lamb, Gabe Kemp y George Tomassini tenían antecedentes penales —le comentó su socia.

—¿Crees que podrá? ¿O que lo hará?

—Conoce a todo el mundo y siempre ha dicho que nos ayudaría en lo que pudiese… —La mujer se encogió de hombros y tomó un sorbo de té. No tenía muchas esperanzas—. ¿Qué hay de tu amigo Ade si Alan nos falla?

—Me da la impresión de que, cuando dejó el cuerpo, perdió el respeto de sus compañeros. Demandó a la policía por una lesión laboral y llamaron a algunos de los agentes que trabajaban con él para que testificaran ante el tribunal… Le puedo preguntar, pero solo si Alan no nos consigue nada —le explicó el chico.

—Está bien, lo entiendo. No es que yo dejase el cuerpo de policía con un montón de contactos.

—¿Quieres más té? —le preguntó Tristan.

—Por favor.

El muchacho se levantó a por la tetera y rellenó las tazas.

—Seguimos teniendo que encontrar a Ashley Harris, el editor de Joanna en el *West Country News*. Puede que él supiera sobre qué estaba escribiendo y qué estaba investigando. Podría contárnoslo todo…

—Y a Famke van Noort. Si pudiésemos hablar con ella y contrastar su coartada, podríamos descartar, por fin, a Fred —añadió el detective mientras echaba un poco de leche al té.

—Mierda, me había olvidado de Fred.

La puerta del piso se abrió y se escucharon risas y gritos en la entrada.

—Ese es Glenn —anunció Tristan.

La mujer se dio cuenta de que no le agradaba aquel alboroto.

—¡Tris! ¿Estás aquí? —preguntó una voz desde la entrada.

El chico salió de la cocina y su socia los escuchó hablar. Hubo un estruendo; la puerta del salón acababa de estrellarse contra la pared.

—Ya te tengo, tú sigue recto —dijo una voz masculina.

—Zurullo, cuidado con dar con el manillar en la pared —pidió otra.

Los dos tenían acento de la parte oeste del país. Un segundo más tarde, a Kate le sorprendió ver a dos hombres velludos entrando a la cocina mientras arrastraban una motocicleta Harley-Davidson con un cromado resplandeciente y un enorme sillín de piel.

—Esta es Kate Marshall, mi socia de la agencia —la presentó el muchacho cuando apareció en la puerta tras los otros dos chicos—. Kate, este es mi compañero de piso y su amigo…

—Bueno, encantado de conocerte —dijo Glenn.

Apartó una de sus enormes y peludas manos llenas de anillos de la motocicleta y se la tendió a la mujer. Ella se levantó y le respondió con un apretón.

—Este es Zurullo. Quiero decir, Will. Su nombre real es Will.

Will parecía medir más de dos metros de altura, tenía el pelo largo y negro y llevaba una bandana al estilo Guns N' Roses.

—Hola —lo saludó la detective.

—Encantado, Kate —le respondió, y la obsequió con una amable sonrisa.

Dos de los incisivos eran de oro.

—Siento haberos interrumpido. Voy a dejar la moto en el patio trasero —se disculpó Glenn, y señaló la puerta de la cocina, que daba a un pequeño patio.

La mujer se puso de pie y tuvo que pegarse totalmente a la pared para que el muchacho pasase a la minúscula cocinita, casi rozándola, y abriese la puerta.

—Vayamos al salón —le propuso Tristan.

Su socia asintió, cogió las tazas y volvió a pasar pegada a Glenn.

—¿Cómo acabaron llamándote Zurullo? —quiso saber ella.

—Soy muy bueno jugando al póker y el mejor poniendo caras indescifrables, así que puedo hacer que la gente se crea cualquier mierda —le contestó con una sonrisa.

La mujer asintió y no pudo evitar reírse.

—Encantada de conoceros, chicos —dijo, y atravesó la sala en dirección al salón.

Tristan cerró la puerta. Parecía disgustado. Se escuchó otro estruendo y algo repiqueteando en la cocina.

—No pasa *na'*, Tris, ¡solo ha sido una cucharilla! —gritó su compañero de piso al otro lado de la puerta cerrada.

—Lo siento —se disculpó el joven con su amiga.

—No me pidas perdón. Yo tengo nuestro despacho hasta arriba de ropa de cama y desinfectante para urinarios —le respondió ella.

—Vale, ¿cómo vamos a acercarnos a Noah Huntley?

—Tengo una idea, si a ti no te molesta —comentó la mujer—. Creo que deberías ser tú el que se pusiera en contacto con él. Tu foto de perfil aparece en tu cuenta de correo, ¿no?

—Sí.

—Creo que se mostrará más comunicativo si cree que va a conocer a alguien tan atractivo como tú en vez de a este vejestorio esperpéntico —continuó Kate.

Tristan soltó una carcajada.

—Vale, y ¿qué debería decirle?

—Creo que deberías ser sincero. Coméntale que queremos hablar con él sobre Joanna y sobre lo que pueda saber del tema. Haz énfasis en que necesitas que te ayude con algunas dudas.

El muchacho asintió y, justo después, sonó el timbre de la puerta.

—Joder, ¿qué coño pasa ahora?

Salió de la habitación y, en cuanto abrió la puerta, la detective escuchó la voz de Sarah en la entrada.

—Ah, hola, Kate —la saludó en un tono frío cuando llegó al salón.

No se había quitado el uniforme del trabajo y llevaba una enorme bolsa de la compra llena de lo que parecían judías escarlata. El joven entró tras ella.

—Kate y yo estábamos en medio de una reunión —le comentó.

Los chicos seguían charlando en la cocina. Hubo otro tremendo estruendo y se oyó el tintineo que acompaña a la rotura de un cristal. A continuación, Glenn dijo:

—Mmm, Tris. ¿Puedes venir, tío?

—Madre mía, ¿ahora qué? —masculló el muchacho entre murmullos, y fue a la cocina.

Unas voces llegaron amortiguadas hasta el salón.

—¿Qué pasa ahí? —quiso saber Sarah.

Luego apartó una torre de periódicos y soltó la bolsa de judías sobre la mesa en la que comían.

—Glenn y su amigo están intentando llevar la motocicleta al jardín de atrás.

—¿La han metido en casa?

—Sí.

—Pobre Tristan. Creo que le estresa bastante tener un compañero de piso —comentó a propósito—. ¿Cómo va el trabajo?

—Estamos hasta arriba y lo del caso archivado está yendo como la seda —contestó Kate.

Sarah asintió. Tristan volvió al salón y cerró de un golpe la puerta de la cocina. A los oídos de su socia llegó el sonido de una escoba recogiendo cristales rotos.

—Han atravesado el cristal de la puerta de atrás con la rueda delantera —explicó.

—¿Te ha preguntado si podía dejar la moto ahí? —quiso saber su hermana.

—Lo mencionó.

A continuación, la puerta se abrió y Glenn asomó la cabeza por el quicio.

—Tris, tío, ¿tienes un botiquín de primeros auxilios? Zurullo se ha rajado la rodilla con un cristal… Buenas, Sandra —añadió.

—Me llamo Sarah.

A Kate le sonó el teléfono y vio que era Jake.

—Mamá, tenemos un problemilla. Las chicas de la limpieza acaban de renunciar —comenzó el muchacho al otro lado del teléfono.

—¿Por qué han renunciado? —le preguntó la mujer.

—Nos las ha robado el hotel Branningan, el de Ashdean. Presentaron una solicitud para trabajar allí la semana pasada.

—¿Por qué han aceptado trabajar para nosotros y después han presentado candidatura en el Branningan?

—Porque allí ofrecen jornada completa.

—¿Puedes encontrar a alguien más? Tenemos que tener listas ocho caravanas para el sábado por la mañana.

—Lo estoy intentando, pero ahora, con la temporada de verano tan cerca, todo el mundo está buscando —explicó Jake.

Cuando colgó el teléfono, se dio cuenta de que Sarah la estaba mirando fijamente.

—¿Problemas en el *camping*? —quiso saber.

Tristan encontró el botiquín y lo llevó a la cocina.

—¿Qué ha pasado con el *camping*? —se interesó el chico.

Kate se lo contó.

—La semana pasada estuve en un curso sobre eso —comentó Sarah—. Para tener un negocio exitoso, necesitas a un gerente carismático que sepa inspirar a su equipo. —Y cogió la bolsa de la mesa—. Ya veo que no es buen momento. Tris, las judías escarlatas son de Mandy, la de la puerta de al lado. Solo necesitas hervirlas un par de minutos en agua con sal. Y no te olvides de que el domingo vienes a comer.

Cuando salió de la casa, un gesto triunfante resplandecía en la cara de Sarah. Kate sintió la imperante necesidad de ponerle la zancadilla cuando la mujer se dirigió a la puerta, pero se contuvo.

—No pasa nada, Kate —le dijo su socio cuando su hermana ya se había marchado—. Todo tiene arreglo.

26

Jake no encontró a nadie para formar el nuevo equipo de limpieza, así que Kate, Tristan y él se pasaron el viernes y el sábado preparando la apertura de la tienda del *camping* y poniendo a punto las ocho caravanas para cuando llegasen los huéspedes.

Kate durmió el domingo hasta tarde y, justo después de su baño diario, recibió una llamada de Alan Hexham para preguntarle si quería quedar para comer y así hablar de la información que había encontrado sobre David Lamb y Gabe Kemp.

Era la primera vez que iba a visitar la casa de su amigo. El hombre vivía solo, en una enorme casa de ladrillo rojo en un elegante barrio lleno de vegetación a las afueras de Exeter. Era alto y de físico robusto y tenía una cerrada barba espesa llena de canas y una cara alegre. La detective casi siempre se preguntaba si usaba su personalidad para evadir toda la muerte y la destrucción que veía todos los días en su trabajo como patólogo forense.

En cuanto Alan abrió la puerta, un cachorro de labrador lleno de energía salió a toda prisa y el olor delicioso de algo asándose en el horno se acercó flotando tras él.

—Hola, hola, pasa, por favor —le pidió—. ¡Abajo! ¡Quincy, abajo! —gritó al labrador, que se había puesto a montar la pierna izquierda de Kate.

Al final, tuvo que tirar del perro para que se apartase.

La casa del patólogo forense era ecléctica: estaba llena de librerías y armarios de madera antiguos. El hombre la guio hasta la cocina, y a Kate le pareció una pijada con el horno AGA de color verde intenso y una vitrina *vintage* llena de platos con motivos chinescos. Del techo que había sobre las encimeras colgaban todo tipo de sartenes y coladores de cobre.

—Ya sé que no bebes, pero acabo de caer en algo que puede ser terrible. ¿Eres vegetariana?

—No, como carne —contestó Kate a la vez que intentaba quitarse de encima a Quincy, que parecía haberse quedado pegado a su pierna.

—Le gustas —dijo con una risotada—. ¡No suelo tener el placer de contar con la compañía de señoritas tan guapas como tú para comer!

A continuación, el hombre sacó un enorme codillo de ternera de una olla que estaba al fuego, comprobó que no quemaba y lo tiró al suelo. Los dos observaron a Quincy coger el trozo de carne y retirarse a una esquina para morderlo.

—Estoy asando un pavo, ¿te parece bien? —le preguntó Alan, y se chupó el jugo de la carne de los dedos.

—Me parece divino.

Llevaba dos días sobreviviendo a base de tostadas.

Durante el almuerzo, la detective le contó a su amigo todos los detalles del caso y cómo David Lamb y Gabe Kemp encajaban en el rompecabezas.

Cuando Kate terminó de comerse el que creía que era el plato más delicioso que había probado en años, los dos fueron a la sala de estar para tomar allí una taza de café.

—Mi contacto en la Policía Judicial ha encontrado los informes de los antecedentes penales de David Lamb y Gabe Kemp —comenzó el hombre, y le tendió dos carpetas con documentos con algunas páginas dobladas—. Lo más interesante se encuentra en las declaraciones de los testigos. Es una mina de oro de información sobre el contexto de esos jóvenes.

Mientras ella leía las declaraciones de los testigos, el patólogo se inclinó un poco y empezó a rascarle la barriga a Quincy.

En 1995, cuando Gabe Kemp tenía dieciséis años, violó a una chica de catorce en un parque del municipio en el que vivía y se pasó dieciocho meses en un centro de menores. Toda la información de su contexto provenía del informe policial y de los posteriores interrogatorios de la policía.

Gabe venía de una familia monoparental con ingresos bajos. Nació en Bango, al norte de Gales. Su padre desapareció de su vida cuando era muy pequeño para irse a trabajar a unas obras en Arabia Saudí, y su madre estuvo mucho tiempo desempleada y murió de sobredosis justo después de que el chico cumpliera los dieciséis.

Salió del centro de menores en el verano de 1997, se mudó a Exeter y encontró trabajo en un bar llamado Peppermintz...

«Ya empezamos otra vez», pensó Kate. «Otra pista que nos vuelve a llevar hasta Noah Huntley». Tomó una nota mental para investigar, una vez más, la conexión con el Peppermintz y siguió leyendo.

La policía hizo una redada en el *pub* gay justo antes de las Navidades de 1997 y a Gabe lo arrestaron por tenencia de cocaína y éxtasis. Se declaró culpable y le cayó una sentencia de tres años en libertad condicional. Al parecer, el muchacho se alejó de los problemas, porque esa era la última entrada del informe policial, y ella sabía que había desaparecido en abril de 2002.

Después, pasó al siguiente informe, el de David Lamb. En junio de 1997, con diecisiete años recién cumplidos, lo arrestaron en la casa de un barrio a las afueras de Bristol por considerar que estaba relacionado con la muerte de un hombre de cincuenta y cinco años llamado Sidney Newett. La mujer de este, Mariette, estaba en un viaje a Venecia con el Instituto de la Mujer. A él lo encontraron muerto en el jardín trasero de su casa adosada, desnudo de cintura para abajo. Le encontraron una cantidad tremenda de alcohol en sangre, al igual que cannabis y ketamina, así que la policía soltó a David Lamb veinticuatro horas después. Se retiraron los cargos por homicidio involuntario contra él cuando la autopsia reveló que Sidney había muerto de un infarto, pero, aun así, al chico lo condenaron por posesión de sustancias ilegales y le cayó una pena de seis meses en libertad condicional. Diez meses después, en abril de 1998, recibió un requerimiento formal por prostitución, pero no se exponía exactamente cuáles eran las circunstancias ni quién era la otra persona.

—¿Y qué hay de George Tomassini? —quiso saber Kate.

—Él no tiene antecedentes penales —contestó Alan, y le dio un sorbito a su café—. ¿Y dices que estos jóvenes ahora se encuentran en la base de datos de personas desaparecidas?

—David y Gabe, sí. Creo que Joanna Duncan estaba investigando sus desapariciones y que puede que hubiese descubierto algo sucio cuando desapareció. Esa es la teoría con la que estamos trabajando —explicó la detective.

Su amigo asintió.

—¿Qué más necesitas? —preguntó al ver que la mujer estaba a punto de hacerle una pregunta.

—Es algo muy poco concreto. Estoy pensando en que los cuerpos de estos chicos han tenido que encontrarse, pero como no tenían familia ni nadie a su cargo, puede que nunca llegaran a identificarse.

—En el Reino Unido, de media, se encuentran alrededor de ciento cincuenta cadáveres inidentificados al año.

—Pues son menos de los que pensaba. La cantidad anual de personas desaparecidas es desorbitada.

El hombre asintió otra vez.

—Sí. Algunos de los cuerpos que se encuentran están completos, pero otros solo son miembros sueltos. ¿Sabías que son las personas que pasean a sus perros, los que salen a correr o los *cazasetas* los que suelen encontrarlos?

—¿*Cazasetas*? ¿Eso existe?

—Claro, especialmente aquí, en el campo, fuera de las grandes ciudades. En Mayfair o Knightsbridge no vas a conocer a mucha gente que lo haga. En fin, que la mayoría de los cuerpos, o los miembros, se localizan en otoño o al final del invierno, cuando el follaje se seca.

En todo el tiempo que duró la conversación, Alan no había parado de rascar la blanda barriguita de Quincy, así que el cachorro se había quedado dormido y estaba roncando.

—¿Podrías hacerme el favor de buscar restos sin identificar de 1998 a 2002? —le pidió Kate—. Con eso cubriríamos el periodo de tiempo en el que desaparecieron David y Gabe.

—Todos esos años podrían equivaler a más de seiscientos cuerpos y restos —contestó el patólogo forense—. Ya tengo una cantidad terrible de trabajo intentando que no se me acumulen las muertes y autopsias actuales.

—Lo sé, pero ¿y si pudiera darte un criterio de búsqueda muy específico dentro de ese marco temporal? La zona de búsqueda sería la parte sur y occidental de Inglaterra. Hombres, de entre dieciocho y veinticinco años. De más de un metro ochenta de altura, con el pelo oscuro y a los que podrían haber agredido sexualmente. Cabe la posibilidad de que tengan antecedentes penales por prostitución o drogas. Y guapos. Bueno, esto último no creo que valga. No puedes poner «guapo» en una base de datos, es subjetivo…

Entonces, la mujer se dio cuenta de que su amigo se estaba tensando en el sofá. El hombre se puso en pie, fue hasta la ventana y comenzó a mirar fijamente el jardín de afuera. Parecía preocupado.

—El martes pasado hice la autopsia de un chico joven —comenzó—. El cuerpo se encontró en Dartmoor, tirado en el hoyo que dejó un árbol caído. Solo llevaba muerto treinta y seis horas. La policía lo identificó por las huellas… —Y se dio la vuelta para mirar a Kate—. Encaja perfectamente con la descripción que acabas de darme, excepto por el color del pelo, que era rubio. Ya lo habían arrestado una vez por prostitución.

—¿Cómo murió? —quiso saber la detective, a quien se le iba a salir el corazón del pecho.

—Estrangulaciones repetidas. La hemorragia petequial, que parece un sarpullido rojo, muestra que lo estrangularon y lo reanimaron muchas veces. Le hemos encontrado Flunitrazepam en la sangre, además de alcohol, y hay pruebas de que lo ataron y lo agredieron sexualmente, pero no se ha encontrado ninguna prueba de ADN en el cuerpo.

—¿Qué dice la policía?

—Todavía no lo han hecho público y, hasta lo que sé, no tienen testigos ni sospechosos —le contestó Alan.

* * *

Cuando salió de casa del patólogo forense, Kate vio que tenía una llamada perdida de Tristan.

—He encontrado a Ashley Harris, el editor de Joanna en el *West Country News* —le dijo.

—Por favor, dime que no está muerto.

El chico se rio.

—No. La razón por la que no podíamos encontrarlo es porque después de casarse tomó el apellido de su mujer.

—Qué moderno.

—Eso he pensado yo. Su cambio de apellido constaba en el Registro de Sociedades Mercantiles. Su esposa es Juliet Maplethorpe, así que ahora se llama Ashley Maplethorpe. Los dos dirigen una empresa llamada Pioneros S. L.

—¿Qué tipo de empresa es?

—Tienen contratos con el gobierno nacional para gestionar programas de contratación de personas en paro. Han publicado que obtuvieron un beneficio de setenta millones de dólares el año pasado.

—Así que ha encontrado algo más lucrativo que trabajar en un periódico regional.

—Exacto. No sé si será una coincidencia, pero dimitió de su puesto de editor en el *West Country News* dos semanas después de la desaparición de Joanna —continuó Tristan—. En internet he encontrado un artículo antiguo de su periódico, con fecha de enero de 2001, cuando anunciaron que él era el nuevo editor. Por aquel entonces, tenía treinta años y era un periodista muy ambicioso. Empezó como aprendiz con dieciséis y, a partir de ahí, fue labrándose su camino. Es la persona más joven en haber sido nombrada editor de un periódico regional, y lo deja todo después de que desaparezca Joanna. Lo mejor es que esta mañana, en cuanto lo he descubierto, le he enviado un mensaje y ha aceptado quedar con nosotros el martes.

—Buen trabajo, Tris.

—Eso no es todo —continuó, sin poder contener la emoción al otro lado del teléfono—. Le he echado un vistazo a la página web de Pioneros y he encontrado la biografía y la foto de Ashley. Su cara me sonaba de haberla visto hace poco. Sale con su mujer, Juliet, junto a Noah Huntley y quien parece ser la mujer del exparlamentario. Y, cuando he entrado en el Registro de Sociedades Mercantiles, he descubierto que Ashley también fue uno de los primeros inversores del hotel de Jesper, igual que Noah Huntley, Max Jesper, su pareja, Nick Lacey, y otros tres empresarios de la zona.

—¡Tristan, has hecho un trabajo increíble! Madre mía, todo esto se está tornando un poco incestuoso —comentó Kate.

—Sí, va a resultar interesante preguntarle a Ashley sobre su conexión con el exparlamentario y el dueño del hotel.

—Creía que hoy ibas a comer a casa de Sarah.

—Ha pillado un virus y se ha cancelado.

—Vaya, lo siento por ella, pero mira lo que has hecho al no poder ir. Es brillante.

—¿Qué tal ha ido tu almuerzo con Alan? —le preguntó el muchacho.

La mujer comenzó a contarle lo que había descubierto sobre los antecedentes penales de David y de Gabe, su teoría de buscar a varones jóvenes desaparecidos y el hallazgo del cuerpo en el árbol caído.

—Nos hemos acercado un pasito más —comentó el chico.

—Eso es. Y se ha tomado en serio mi teoría. Creía que estaba pidiendo algo imposible, pero Alan cree que solo tendrá que buscar entre seiscientos o setecientos cadáveres sin identificar, que, aunque siguen siendo muchos, no son miles.

—¿Cuánto tiempo crees que tendremos que esperar para saber algo de él?

—Esto implica buscar en una base de datos, así que espero que, si encuentra algo, nos informe en poco tiempo.

27

Kate y Tristan pasaron el lunes en el despacho para preparar la reunión con Ashley Maplethorpe. Esa tarde, apareció un breve artículo en la página web de la BBC de Devon y Cornualles que decía que se había encontrado el cadáver de un joven llamado Hayden Oakley cerca del pueblo de Buckfastleigh, y que la policía estaba haciendo sus pesquisas. Iba acompañado de una foto del enorme árbol caído y de la tienda forense de color blanco al pie de este, junto a las raíces, pero no daban más información.

El martes por la mañana, los dos detectives fueron en coche hasta la casa de Ashley, Thornbridge Hall, en Yeovil, Somerset, a poco más de ochenta y ocho kilómetros de Ashdean.

La casa era de piedra gris. Empezaron a ver algunos destellos del edificio en cuanto salieron de la autopista. Un camino asfaltado de más de un kilómetro y medio y rodeado de árboles se abría paso entre los campos llenos de ovejas pastando y, en un momento, este se ensanchaba en un patio con establos donde se encontraban aparcados cuatro enormes deportivos negros. A poca distancia estaba la gigantesca casa con una lujosa entrada delimitada por pilares. Las hileras de ventanas observaban el campo con lo que se asemejaba a un gesto severo.

—¿Se nos considerará servicio? ¿Llamamos al timbre o damos la vuelta para entrar por detrás? —bromeó Tristan mientras contemplaba la lujosa escalinata de piedra que ascendía hasta la terraza delantera, tras la que se encontraba una enorme puerta doble de madera.

—No vamos a entrar por la puerta trasera —le contestó su socia.

Los dos detectives subieron los escalones y llegaron, un poco sin aliento, a la entrada. En el interior, se escuchó el sonido lejano de un timbre. Esperaron un minuto y Kate estaba a punto de volver a llamar cuando la puerta se abrió.

Ashley Maplethorpe llevaba unas bermudas vaqueras, una camiseta negra ajustada de AC/DC, e iba descalzo. Tenía el pelo corto y rubio, era alto y parecía que se mantenía en forma. A Kate le sorprendió ver a Juliet Maplethorpe con él. Era una cabeza más baja que su marido, de la misma estatura que la detective, y llevaba un precioso caftán aguamarina con un estampado de grandes flores boca de dragón rojas y amarillas. Se había teñido el pelo de un tono rojo intenso con henna y lo tenía húmedo y ligeramente ondulado. La mujer vio los tirantes de un bañador debajo del caftán. Juliet también iba descalza y llevaba una tobillera dorada en el pie izquierdo.

—¡Hola! ¡Pasad, adelante! —los saludó Ashley en tono alegre, como si fueran viejos amigos que se habían pasado por allí para almorzar juntos un domingo.

Era muy educado.

—Hola, bienvenidos a Thornbridge Hall —añadió la mujer.

Tenía un ligero acento de Newcastle, y sus ojos verdes los observaban de manera penetrante y cautelosa.

—Ashley debería haberos dicho que le enviaseis un mensaje cuando llegarais. La casa es tan grande que se tarda un ratito en llegar a la entrada.

Dicho esto, los examinó con mirada precisa. «No vamos a poder quitarle ojo», pensó Kate.

Atravesaron un largo pasillo y un salón en el que unas puertas de cristal se abrían al jardín trasero. Era gigantesco: a la izquierda había una pista de tenis y una piscina con tumbonas y sombrillas, y al fondo, donde ya se acababa su terreno, había un jardín ornamental con un laberinto.

En el centro del césped se encontraba una carpa de color verde que albergaba una mesa y sillas bajo su agradable sombra, aunque la detective ya notaba que la mañana se iba calentando a medida que el sol ascendía por el cielo.

A pesar del atuendo casual y veraniego de los Maplethorpe, tenían a un mayordomo vestido con un traje almidonado y una chaqueta de frac. Kate lo observó mientras emergía de las puertas de cristal y recorría como podía el césped, cargado con una bandeja grande.

—¿Os importa si tomo notas? —preguntó Tristan.

—¿Después podemos quedarnos con una copia de esas notas? —quiso saber Juliet.

Se había hecho un pequeño abanico y no paraba de darse aire en la cara con movimientos rápidos y nerviosos. Aparentemente, estaba menos tranquila que su marido.

—Sí, por supuesto —le contestó el muchacho.

—No somos periodistas —intervino Kate—. Puedo aseguraros que lo que digáis se tratará dentro de la más absoluta confidencialidad.

—Me gustaría tener la copia de lo que apuntéis —insistió ella—. Mis experiencias de conversaciones anteriores con periodistas no han sido muy buenas.

La detective se preguntó qué querría decir con eso. ¿Le preocupaba incriminarse?

—Por supuesto —le contestó la mujer—. Os daremos todas las notas que tomemos en la reunión.

El mayordomo se acercó a la mesa y dejó delante de ellos una jarra de té helado con unos vasos a juego, cuatro expresos, jarritas con leche y un plato con pastelitos colocados en forma de espiral. El pobre muchacho estaba sudando bajo la chaqueta cruzada, el chaleco y el cuello almidonado.

—¿Desean algo más? —preguntó.

Juliet negó con la cabeza. El hombre hizo una reverencia y se fue con la enorme bandeja debajo del brazo.

—El caso de Joanna Duncan no ha dejado de atormentarme durante todos estos años —comentó Ashley, y se recostó en el respaldo.

—¿Durante cuánto tiempo fuiste su editor? —quiso saber la detective.

—Alrededor de un año y medio.

—Renunciaste a tu puesto como editor del periódico a las dos semanas de que Joanna desapareciera. ¿Por qué?

—Hubo un conflicto de intereses —intervino Juliet, que con una mano se estaba abanicando mientras con la otra se servía la leche en el expreso.

Kate se dio cuenta del gigantesco diamante con forma de pera que llevaba en el dedo.

—Mi empresa estaba en el punto de mira de la prensa por unos contratos que firmamos con el gobierno…

—Sí, en 2001, Pioneros firmó unos contratos con el gobierno del Reino Unido por valor de ciento veinticinco millones de libras —comentó Tristan mientras pasaba las páginas de su cuaderno para buscar las notas—. Y tú te llevaste un buen dividendo poco después de que el gobierno te pagara. Nueve millones de libras de dinero público.

Se hizo un silencio tenso.

—Empecé el negocio en 1989; lo erigí de la nada y reinvertí millones en la empresa en los noventa. Me llevé ese dividendo de nueve millones de libras y estaba en todo mi derecho después de años en los que apenas percibí un sueldo de parte de la empresa. Los periódicos se agarraron a eso y tergiversaron la historia hasta decir que yo me estaba llevando el dinero de los contribuyentes del negocio. No ayudó que usase el dinero para comprarle este sitio a la familia Thornbridge, a quien había pertenecido desde hacía siglos —les explicó la mujer, y señaló hacia la casa, a sus espaldas—. El *Daily Mail* hizo el agosto. Un periodista del *West Country News* escribió un artículo sobre lo mismo, y Ashley se negó a publicar la historia. El consejo lo hizo llamar, pero él se mantuvo firme en su decisión y dimitió.

—Así que, cuando dejaste el *West Country News,* ¿no tuvo nada que ver con la desaparición de Joanna Duncan ni con la historia que estaba escribiendo? —inquirió la detective.

—No. Fue mi negativa a convertirme en noticia —respondió y, por primera vez, la sonrisa se le borró durante un segundo de la cara.

—Fue el momento perfecto inesperado. Justo por entonces necesitábamos un relaciones públicas que trabajara a tiempo completo —añadió Juliet.

—*A posteriori,* fue la mejor decisión que he tomado nunca —continuó Ashley—. En 2002, internet estaba comenzando a subir como la espuma, así que pudimos realizar una buena parte de nuestros negocios *online.* Y mirad este sitio. ¡Es el paraíso!

En ese momento, una enorme sonrisa surcó su cara y soltó una risotada, aunque pareció poco natural. La mujer les dedicó una débil sonrisa y le puso la mano a su marido en la pierna.

—Aunque, claro, todo aquello de Joanna fue un horror, ¿verdad, Ash? —dijo.

—Sí, sí, claro —respondió él, y se puso serio.

—¿Joanna estaba trabajando en algún artículo controvertido cuando desapareció? —preguntó Kate.

—¿A qué te refieres con «controvertido»? —quiso saber Juliet.

—Joanna trabajó en la historia sobre la corrupción de Noah Huntley, que terminó con él perdiendo su escaño en el Parlamento.

—Sí, aquella sí que fue una exclusiva —comentó el hombre mientras asentía, y le dio un sorbo a su té helado.

—Entendemos que le pediste que dejase a un lado otros aspectos de esta historia antes de su publicación —añadió la detective sin levantar su mirada atenta de Ashley, esperando su reacción.

Él volvió a asentir y se bebió lo que le quedaba de té.

—Sí, ella, mmm, descubrió que Noah Huntley mantenía relaciones sexuales con jovencitos... Mientras estaba casado.

—¿Les pagaba? —quiso saber Tristan.

—Pagó a un chico de compañía, sí. También practicaba sexo con hombres en bares y discotecas.

—¿Por qué le pediste a Joanna que no hiciera constar eso en el artículo? —le preguntó Kate.

Ashley se recostó y se frotó la cara.

—Joanna persuadió a uno de los chicos para incluir su declaración, pero, entonces, el muchacho involucrado la retiró y, sin él, no podíamos probar esa parte de la historia —le explicó Ashley.

—¿A cuántos jóvenes entrevistó?

El hombre se secó la cara. Estaba empezando a sudar por el calor.

—Fue hace mucho tiempo. Creo que había unos cuantos chavales, pero solo uno tenía pruebas propiamente dichas que pudiésemos usar. Huntley no tenía vergüenza. Le pagó a este muchacho, el chico de compañía, ¡con un cheque! Es increíble.

—¿Recuerdas cómo se llamaba? —quiso saber la detective.

Ashley guardó silencio durante un buen rato. Solo se escuchaba la ligera brisa que producía Juliet al abanicarse. Kate notaba el suave aire en su cara sudada.

—Sí. Gabe Kemp.

La detective no pudo ocultar su reacción y su socio, tampoco.

—¿Recuerdas algún nombre más?

—No, como ya he dicho, Gabe Kemp era el único prostituto que tenía pruebas concretas de que Noah Huntley le había pagado por mantener sexo.

Juliet los miró a los dos.

—¿Por qué recordaría mi marido los nombres de los prostitutos después de tantos años?

—¿Cuándo pagó Huntley a Gabe Kemp por tener relaciones sexuales con él? —continuó la detective, haciendo caso omiso a la mujer.

—De verdad que no recuerdo los detalles —contestó el hombre.

—¿Sabías que Gabe Kemp desapareció en abril de 2002, un mes después de que se publicara la exclusiva de Joanna sobre Noah Huntley? —le informó Kate.

—No, no estaba al tanto —respondió Ashley.

—También pasó un tiempo en un reformatorio. Violó a una chica con dieciséis años.

—Qué horror. Tampoco tenía ni idea de eso —dijo el hombre.

—¿Autorizaste a Joanna para que le pagara por su historia o para que le ofreciese dinero por ella? —quiso saber Tristan.

—El *West Country News* es un periódico local, no uno sensacionalista, y no teníamos ingentes cantidades de dinero para pagar por historias, pero autorizamos a Joanna para pagarle doscientas libras para cualquier gasto, y le pagaríamos si los periódicos nacionales nos compraban el artículo —respondió el hombre—. Pero Gabe Kemp retiró su declaración, así que nunca publicamos la información de que Noah Huntley hacía uso de los prostitutos. Igualmente, la historia de la exclusiva ya era fuerte sin eso.

—¿Cuándo retiró Gabe su declaración?

—Creo que fue un par de meses antes de que Joanna sacase el artículo, a principios de 2002.

—¿Por qué haría algo así? —insistió la detective.

—Hasta donde recuerdo, no quería exponerse y arriesgarse a que acabase en juicio. Y, ahora que habéis dicho que tenía antecedentes penales anteriores a eso, cobra todo el sentido. Parece un joven bastante ruin —opinó Ashley.

Juliet se inclinó para tocar el brazo de su marido y mostrarle su apoyo.

—Concretamente, ¿esto tiene que ver con la desaparición de Joanna Duncan? —quiso saber la mujer.

—Por supuesto —dijo Kate.

Entonces, comenzó a hablarles de las imágenes de las cámaras de seguridad de la gasolinera con fecha de agosto de 2002, cuando Joanna quedó con Noah Huntley. Sacó las fotos y las dejó encima de la mesa.

—¿Sabéis por qué quedó con el exparlamentario cinco meses después de que se publicara su historia?

La pareja observaba las fotos mientras la detective examinaba su reacción meticulosamente. Una vez más, Ashley parecía sorprendido. Los ojos de Juliet pasaban de su marido a las imágenes, y luego, de nuevo, a su marido. Estaba sudando muchísimo. El hombre abrió la boca para decir algo, pero ella lo interrumpió.

—¡Ay, Dios! Lo siento mucho, pero ¿podríamos continuar nuestra charlita en la piscina? Me voy a morir de calor. Allí abajo corre más brisa y estaría bien poder meter los pies en el agua. Ashley, ¿me echas una mano? Estoy un poco mareada.

De pronto, se puso en pie y comenzó a caminar en dirección a la piscina.

Tristan miró a Kate.

—Hace un calor que te cagas, pero se ha cargado el ambiente —le dijo en voz baja.

La detective miró a Juliet bajando a toda prisa a la piscina, con el caftán ondeando tras de sí, mientras Ashley se apresuraba para unirse a ella.

28

Al final del jardín y sobre una plataforma de baldosas sumida en la ladera de la colina, se encontraba la construcción de la piscina olímpica de Thornbridge Hall. En la parte del fondo, había una barandilla donde la plataforma se alzaba sobre un empinado desnivel para mirar desde arriba el escarpado cerro a sus pies. En la parte de la terraza que bordeaba al extremo más hondo de la piscina, había una barbacoa y una pequeña barra y, a lo largo del lateral más cercano, se extendían seis tumbonas de madera y grandes sombrillas.

En la parte menos profunda, las baldosas se hundían para formar parte de la zona de chapoteo, en la que el agua no tenía más de cinco centímetros de profundidad, antes de seguir descendiendo para llegar a la de nado.

Cuando Kate y Tristan llegaron a la piscina, se encontraron con que habían colocado un par de tumbonas y una sombrilla en la parte menos profunda.

Juliet se había sentado en una de las sillas, no paraba de abanicarse y tenía los pies metidos en el agua. Ashley había ido a por un par de sillas para sus invitados.

—¿Te importa mojarte los pies? —le preguntó a la mujer.

Ella bajó la vista hasta sus botas negras y los vaqueros. Su socio llevaba pantalones cortos y zapatillas.

—No —respondió, aunque le molestaba que su anfitriona hubiese provocado aquella interrupción y que por eso tuviese que quitarse los zapatos, los calcetines y remangarse los pantalones.

Y no se había depilado las piernas. Lo bueno es que se estaba mucho más fresco allí abajo, en la piscina. Llegaba una brisa desde las colinas. La detective se quitó las botas, se remangó los bajos de los pantalones hasta donde se atrevió, que fue justo por encima del tobillo, y echó a caminar por el agua para unirse al grupo.

Por mucho que Kate agradeciese el fresco, habría preferido que Juliet y Ashley se hubiesen quedado sudando e inquietos.

—Estábamos hablando de las imágenes que las cámaras de videovigilancia tomaron de la reunión entre Noah Huntley y Joanna que tuvo lugar dos semanas antes de que la joven desapareciera —comenzó la detective en un intento de redirigir el tema de conversación al caso.

El hombre se inclinó para coger las fotos y comenzó a mirarlas sin prestarles ninguna atención.

—No tengo ni idea de por qué quedó con él —dijo al fin.

—Joanna tuvo que dar cuenta de esta reunión en sus notas.

—Nunca tuvo que darnos un informe de lo que hacía a diario. Simplemente acudía a mí cuando reconocía una historia que quería investigar o cuando estaba a punto de darla a conocer.

—¿Hablaste con Noah Huntley antes o después de que la historia de Joanna se publicara? —quiso saber Tristan.

—Tuve relación con sus abogados, claro, antes y después de que se publicara la noticia, pero no hablé personalmente con él. Joanna le dio la oportunidad de comentar el artículo veinticuatro horas antes de que fuésemos a la prensa y él declinó su oferta.

—Después de que la historia del fraude viese la luz, ¿consideraste en algún momento publicar la noticia sobre que Noah Huntley pagaba a prostitutos para mantener sexo? —preguntó Kate.

—Te lo ha dicho hace un momento. Gabe Kemp retiró su testimonio —le contestó Juliet. A continuación, se recostó en su asiento y sonrió—. Que haya artículos que se acaben retirando o eliminando es lo más normal del mundo. Normalmente, hay problemas legales. En este caso, es obvio que Gabe Kemp era un criminal convicto que no quería arriesgarse a que lo acusaran de nada más.

—¿Sois amigos de Noah Huntley? —intervino Tristan.

—Por supuesto que no —respondió la mujer.

—¿Nunca habéis charlado con él ni habéis hecho negocios juntos?

—Ya te lo he dicho. No, jamás —concluyó, y los miró en tono inquisitivo.

Ashley le cogió la mano.

—No pasa nada, Juliet… Mi mujer es muy protectora conmigo; ha aprendido a cuidarnos de las interacciones con la prensa.

Kate se dio cuenta de que Tristan le estaba lanzando una mirada, y asintió. Sacó una copia de la foto de la ceremonia de apertura del hotel Jesper's.

—Estos sois vosotros dos fotografiados con Noah Huntley y su mujer —les comentó la detective.

—Bueno… —El hombre resopló al ver la imagen—. Puede que hayamos coincidido en eventos.

—¿Entonces nunca habéis charlado con él?

—Era un grupo grande de gente —contestó Juliet, y se secó un poco de sudor del bigote—. No somos amigos de los Huntley, pero, en términos comerciales, puede que nuestros caminos se hayan cruzado fugazmente.

—Vosotros también fuisteis unos de los inversores originales del hotel de Jesper, igual que Noah Huntley —añadió Tristan.

En ese momento, Kate sacó los documentos del Registro de Sociedades Mercantiles de su bolso y se los tendió.

—¿Qué demonios es esto? ¿Un interrogatorio policial? —espetó la mujer.

Ashley se mantuvo tranquilo, pero no dijo nada.

—Por supuesto que no, simplemente intentamos entender lo que sabemos de todo esto —explicó la detective, e intentó parecer impávida—. Según la ley, las sociedades limitadas han de llevar a cabo reuniones con sus accionistas, así que, Ashley, Noah y el resto de los directores de la empresa tenían que conocerse. Fuiste director durante cinco años junto a Noah, ¿no? Eso no es fugaz. ¿Necesitas echar un vistazo a los documentos? —La expolicía no movió los papeles de su regazo—. No estamos sugiriendo que Ashley tenga nada que ver con la desaparición de Joanna Duncan —mintió—. Pero vuestra reacción ante todo esto resulta inquietante.

Juliet observó a los dos detectives mientras se mordía el labio inferior, visiblemente cabreada. Se removió en su asiento y se apartó el pelo de la cara. Ashley tenía la mirada puesta en sus pies a remojo. Parecía mucho más tranquilo.

—¿Cómo esperáis que reaccione?

Kate no respondió nada, ni tampoco Tristan. Prefirieron dejar que el silencio jugase a su favor. La mujer respiró hondo. No dejaba de sudar y tenía la cara colorada, a pesar de la brisa fresca y el agua. La detective sintió pena por ella cuando se preguntó si estaría sufriendo la menopausia.

—A lo mejor debería dejar que hablaras tú, Ashley —dijo en tono de pulla.

La mujer se dejó caer sobre el respaldo y siguió abanicándose la cara.

Él resopló y se secó el sudor que resplandecía en su frente.

—Sí, conozco a Noah Huntley. Desde hace mucho tiempo, pero ya no soy accionista del hotel Jesper's... Después del artículo de Joanna, creo que solo quedé con él unas tres veces. La inauguración del hotel de Jesper —les explicó, y levantó una mano para contar con los dedos—, la primera reunión de accionistas, que fue la única que realizamos presencialmente... Durante los años siguientes llevamos a cabo las reuniones de accionistas vía teleconferencia, o audioconferencia, como se conoce ahora.

—¿Alguna vez visitaste el Jesper's cuando era una comuna? —quiso saber Tristan.

Aquella pregunta pareció pillar al hombre por sorpresa.

—¡No! ¡De ninguna manera! Quiero decir, no —dijo—. ¿Por qué iba a hacer algo así? Ni siquiera estaba al tanto de que fuese una comuna; bueno, Max me lo contó cuando le dieron la propiedad cuando reclamó su derecho por okupación...

—Suponemos que Joanna os detalló la historia de Noah Huntley a ti y a los abogados del periódico, ¿no? —quiso saber la detective.

—Sí, y he respondido a eso...

—¿Gabe Kemp residió en algún momento en la comuna? ¿Este tema salió durante las minuciosas conversaciones legales que os llevaron a dejar la parte de los prostitutos fuera del artículo sobre Noah Huntley? —preguntó Tristan.

—No, ¡no sabía si el chico estaba registrado como residente! Eso es un pormenor...

—La dirección de Gabe Kemp es una formalidad y una minucia con la que simplemente Ashley no tenía que lidiar —intervino Juliet, interrumpiendo a su marido—. Como editor, no se encargaba, no podía encargarse de la gestión de esos detalles. Él supervisaba muchos artículos todos los días.

—¿Cuándo fue la última vez que lo viste? —continuó el detective.

—¿A quién? —quiso saber el hombre.

—A Noah Huntley. Acabas de decir que lo has visto tres veces desde que se publicó el artículo de Joanna.

—El año pasado, en la fiesta de verano de Max Jesper —contestó la mujer.

Su marido le lanzó una mirada, pero enseguida recuperó la compostura y volvió a sonreír.

—Sí, nos invitan todos los años, pero la fiesta anual del verano siempre coincide con nuestras vacaciones en Francia… Tenemos una casa en la Provenza. El año pasado no fuimos porque la estaban reformando, así que pudimos asistir a la fiesta de Max. —Ashley se recostó en su asiento—. No era nada íntimo. Daba la sensación de que había cientos de personas y, entre otras cosas, era un baile de máscaras, así que no era fácil saber quién era quién. No recuerdo haber visto a Noah Huntley allí. ¿Tú sí?

—Acabas de decir que fue la tercera vez que viste a Noah —intervino Kate.

—Quería decir charlar. No recuerdo charlar con él en esa ocasión. Lo vi de lejos —bramó.

Parecía molesto y estresado.

—Solo vimos un segundo a Max y a Nick, y porque eran los anfitriones —añadió Juliet.

—¿Por qué os invitaron si apenas los conocéis? —quiso saber la detective.

—¿Por qué no nos iban a invitar? Hicimos negocios juntos. El mundo de los negocios y el comercio es muy pequeño en la parte occidental del país —dijo el hombre.

—Este tipo de fiestas siempre son una buena oportunidad para aumentar la red de contactos —continuó su esposa—. Muchas de las cosas que llevamos a cabo están relacionadas con hacer contactos.

—He hablado con uno de los camareros que trabajó en aquella fiesta —intervino Tristan—. Me dijo que Noah Huntley le ofreció dinero por mantener relaciones sexuales con él en las dunas.

Juliet puso cara de estar muy sorprendida.

—Ay, Dios mío. Apenas conozco a Helen, la mujer de Noah, pero no entiendo cómo puede seguir con él —comentó—. Una vez eres político, jamás dejas de serlo. He tenido que lidiar con muchos de ellos en mi sector, y a mis oídos han llegado muchas historias de aventuras e infidelidades. La mayoría, al parecer, eran gays y seguían casados.

—Lo que resulta ser un punto a nuestro favor, porque otra de las razones por las que no informamos del tema de Noah Huntley y el prostituto —comenzó Ashley—, fue por el clima del momento. El gobierno de Blair abolió el artículo 28 y legalizó el matrimonio entre personas del mismo sexo. Sacar del armario a la gente en pos de la noticia ya no era legal. Sin la declaración del prostituto, el parlamentario no era más que otro hombre gay en el armario que estaba manteniendo sexo consentido.

—¿A qué se dedica Helen, su mujer? —quiso saber el muchacho.

—Es su secretaria y, presuntamente, mira para otro lado. Creo que Noah invierte con las empresas de Nick.

—¿Alguno de vosotros realiza actualmente negocios con Nick? —preguntó Kate.

Después de ver el censo en el Registro de Sociedades Mercantiles, ya sabían que la respuesta sería «no», pero no perdían nada por preguntarles.

—Él se dedica al capital de inversión. Yo soy recelosa con el mercado de acciones. Son mis raíces de clase obrera —dijo Juliet—. Prefiero tener mi dinero conmigo o en el banco, donde pueda verlo.

La detective asintió y miró a Tristan, mientras el chico lo escribía todo en el cuaderno. Se estaban creando más telas de araña y todas enredaban a las mismas personas.

—Si no os importa que retomemos el tema de Joanna Duncan... ¿Puede que su trabajo se almacenara en alguna base de datos del *West Country News?*

—Solo lo que se publicó. En 2002 solo hacía un par de meses que habíamos conseguido tener acceso a internet en la oficina. Lo que teníamos era un intranet muy básico —les explicó Ashley.

—¿No había un disco duro central en el que guardase su trabajo?

—No. Ella tenía su portátil —respondió el hombre.

—¿Lo dejó en la oficina?

El antiguo editor puso cara de exasperación.

—Dios, eso es muy específico. ¿No lo sé? No creo.

—La policía no sabe qué le pasó al portátil ni a los cuadernos de Joanna —le informó Kate, y estudió su reacción cuidadosamente.

—Ni yo.

Se hizo un largo silencio. La detective estaba segura de que Ashley y Juliet querían terminar aquella reunión.

—¿Puedo haceros algunas preguntas de carácter práctico? —quiso saber Tristan—. Ashley, ¿estabas fuera de la ciudad el sábado 7 de septiembre? El día que Joanna desapareció.

—Sí, ya informé a la policía de ello con mi declaración. Estaba en Londres. Había quedado con un amigo de la universidad que lo confirmó en su momento —contestó.

—Sí, ese amigo se llamaba Tim Jeckels —dijo el chico, y levantó la vista de su cuaderno—. Te quedaste el fin de semana en su piso en la zona norte de Londres.

—Exacto. Era director de teatro y fui a ver su nueva obra. Desgraciadamente, Tim falleció hace cinco años.

En ese momento, Kate se dio cuenta de que se respiraba un ambiente incómodo entre el marido y su mujer. Se percató de una mirada fugaz entre ellos.

—Yo estaba aquí, en casa —añadió Juliet—. La policía no me preguntó qué estaba haciendo yo, solo me pidió que confirmara que Ashley estaba fuera.

—Hemos intentado contactar con Rita Hocking, la compañera de Joanna que estaba en la oficina con ella el día que desapareció. ¿Sigues en contacto con ella? —inquirió el detective.

—No, hace mucho tiempo que no hablo con Rita. Se fue a Estados Unidos, ¿no? —respondió Ashley.

—Sí, trabaja en el *Washington Post*. Hemos intentado saber de ella, pero no nos ha respondido.

—Es una pena que Minette no siga viva. Ella era la que llevaba la imprenta con mano de hierro. Se enteraba de todo lo que pasaba.

—¿Es que estaba pasando algo? —preguntó Kate.

El hombre puso los ojos en blanco.

—No, claro que no. Es una forma de hablar —dijo, a punto de perder los nervios—. Pero seguramente ella supiese más de Joanna que yo.

—¿Cómo se apellidaba?

—Zamora. Minette Zamora —contestó—. Pero murió hace un par de años de cáncer de pulmón.

—¿Joanna te habló alguna vez de un rascacielos en Exeter? El edificio de oficinas Marco Polo. Estaba investigando a un grupo de empresarios que, cuando lo adquirieron y comenzaron a reformarlo, se dieron cuenta de que había amianto y quisieron encubrirlo —continuó Tristan.

El hombre aparentaba estar verdaderamente perplejo.

—Mmm, no. El Marco Polo es un bloque de oficinas, ¿no?

—Exacto.

—No podemos tardar en acabar con esto —comentó Juliet tras mirar la hora en su reloj—. Mi hermana está viniendo con mi sobrina y sus amigas a la piscina.

—Solo tengo una pregunta más —le contestó Kate—. ¿Qué creéis que le ocurrió a Joanna Duncan?

A Ashley pareció sorprenderle que le preguntase aquello.

—¿No puede ser que alguien la raptara? ¿Que fue un pirado que vio la oportunidad y la aprovechó? Todos le advertimos que dejase de aparcar en aquel terrible *parking* viejo, el de la calle Deansgate.

—Nunca antes me había encontrado con un caso con tan pocas pruebas de la desaparición de alguien —comentó la detective.

—A lo mejor es que, a veces, la gente simplemente se desvanece —opinó Juliet.

29

—¿Por qué nuestras preguntas los han pillado tan desprevenidos? —preguntó Kate cuando iban por la carretera de vuelta a Ashdean—. ¿Y por qué nos han mentido sobre que no conocían a Noah Huntley?

—A mí me dice mucho la coartada de Ashley Maplethorpe —comentó Tristan—. ¿Tim Jeckels, su amigo del teatro?

Le lanzó una mirada a su socia y levantó una ceja.

—Ya —contestó ella—. Puede que se diese una situación a lo *Brokeback Mountain,* aunque, si Tim vivía en Londres, habría que obviar todo eso de las tiendas de campaña... Y la reacción de Juliet cuando él nos estaba detallando su coartada me hace pensar que nos decía la verdad. Sentía algo muy fuerte por Tim Jeckles, fuese lo que fuese para su marido. Por otro lado, la forma en la que quería evadir su conexión con Noah Huntley es interesante a la par que irritante.

—Sí. No dejan de aparecer los mismos nombres una y otra vez —comentó el chico—. Noah Huntley, Max Jesper... El marido de Max, Nick Lacey, es la segunda vez que sale en una conversación. Y ahora Ashley Maplethorpe está conectado con ellos.

—¿No es una cosa como muy británica? Encuentras tu grupito, tu tribu, tus amigos, y una vez que entras ahí, no vuelves a salir en la vida. Aunque los odies a todos. ¿Es mejor formar parte de una pandilla que estar apartado? —opinó la detective.

—La cuestión es qué une a David Lamb y Gabe Kemp. Joanna escribió los dos nombres. Si pudiésemos relacionar a Gabe Kemp con la comuna, eso nos daría la conexión con David Lamb y Max Jesper... Si Nick Lacey y Max llevan años saliendo juntos, puede que también conociese a David; supuestamente, visitaba la comuna cuando era novio de Max, y ahora sabemos que Ashley invirtió en el hotel. Si es gay y sigue en el armario, ¿quién dice que no visitara la comuna?

—¿Has visto la cara que ha puesto Juliet cuando le hemos preguntado si él había ido alguna vez a la comuna?

—Sí, y ha negado hasta que supiese de su existencia. Aparte, Gabe Kemp era una pieza clave en el artículo sobre Noah Huntley y seguro que Ashley discutió con Joanna los pormenores del muchacho. Publicar la información de que un parlamentario pagaba a prostitutos mientras ejercía su cargo habría sido algo tremendo. —El joven negó con la cabeza—. Esto huele que apesta.

Ninguno dijo nada más mientras cruzaban un puente muy alto, desde el que se veía un estuario con el agua azul aciano, rodeado de juncos verdes que se mecían con la brisa. Llevaban las ventanillas abiertas, y el aire cálido del verano traía el olor dulzón de la esencia a césped recién cortado.

—La amiga de Joanna, Marnie, dijo lo mismo que Ashley —comenzó Kate.

—¿El qué?

—Que es posible que Joanna fuese víctima de un asesino en serie aleatorio, sin un plan ni motivo. Que algún psicópata estaba en el lugar y el momento adecuado y vio la oportunidad.

—¿Y tú lo crees?

—A veces. Cuando me levanto entre sudores fríos y me pregunto si conseguiremos averiguar qué le ocurrió. Ashley Maplethorpe ha generado muchas preguntas y sospechas, pero estaba en Londres cuando Joanna desapareció.

La mujer rebuscó en su bolso y sacó una caja de analgésicos. El calor y aquella reunión tan incómoda le habían dado dolor de cabeza. Sacó dos pastillas del blíster, se las metió en la boca y se las tragó directamente.

—¡Eugh! No te las tomes a palo seco. Tengo un poco de agua en la parte de atrás —le dijo el muchacho mientras buscaba a ciegas detrás de su asiento.

Al final, le pasó una botella.

—Gracias —le contestó ella a la vez que desenroscaba el tapón y daba un buen sorbo—. Así mejor.

El aire fresco cargado de sal entró en el coche y alivió el dolor de cabeza de la detective.

Entonces, el sonido atronador de un teléfono hizo que los dos se sobresaltaran.

—Lo siento, es el manos libres —se disculpó el chico, y bajó el volumen de la radio.

A continuación, pulsó un botón verde que había junto al volante para coger la llamada.

—¿Sí?

—Ah, *Miss* Marple, sigues viva —lo saludó Ade.

Su voz salía atronadora por los altavoces del coche.

—Perdona, he estado muy liado —respondió el joven.

—Sí, ya empezaba a pensar que te habían asesinado en el Orient Express, o, ¿es que quizá estabas haciendo algo maravillosamente diabólico con el hijo de alguien?

—Voy en el coche con Kate —le dijo el detective, visiblemente avergonzado.

—Uy, lo siento. Hola, Kate —contestó el hombre, y puso algo así como una voz de teleoperador.

—Hola —lo saludó la mujer, sonriendo—. Me gustan tus referencias a Agatha Christie.

—Gracias. Tenía a Roger Ackroyd en la punta de la lengua... Pero ya está bien de hablar de lo que hago en mi tiempo libre.

Kate se rio.

—Iba a llamarte cuando llegara a casa, Ade —dijo el chico, todavía un poco avergonzado.

—Creo que querrás escuchar esto, *Miss* Mar... Tristan.

Se hizo un silencio.

—Bueno, pues cuéntamelo —le pidió su amigo mientras se acercaban a una enorme rotonda y a los primeros coches que veían desde esa mañana.

Cerraron las ventanillas para que no entrase el hedor del humo de los tubos de escape.

—Vale, bueno, lo mejor será que empiece por el principio y os dé un poco de contexto... Abre escena —comenzó Ade.

Tristan puso los ojos en blanco y articuló un «perdón» a Kate. El hombre continuó:

—Estaba pasando por el vestíbulo de la iglesia que hay al final de la calle principal de Ashdean cuando he visto una nota vieja, en el tablón de fuera, en la que ponía que iban a organizar una velada al día siguiente para conocer a nuestro eurodiputado local. Eso significa Miembro del Parlamento Europeo, o eurodiputado del Parlamento…

—Sabemos lo que significa —lo interrumpió el muchacho.

—Al parecer, ¡la canija esa que se llama Caroline Tuset es la representante de nuestro municipio en el Parlamento Europeo! Estaba tan molesto por no haberme enterado de cuándo se habían celebrado las elecciones europeas… Así que me he ido a casa y me he metido en internet. ¿Sabíais que fueron el año pasado?

Tristan dejó el tráfico atrás para rodear la rotonda y tomar la salida de Exeter.

—No, pero ¿qué tiene que ver eso?

—Te lo cuento si me dejas, *Miss* Mar… Tristan. Oh, a tomar por culo. Seguro que Kate puede soportar que te llame *Miss* Marple —dijo Ade, y la detective se rio—. En fin, he encontrado la página web de la UE y he descubierto que no estaba registrado para votar, así que me he registrado y después he pasado a esa página en la que puedes ver las fotos de todos los eurodiputados del Parlamento. Quería ver qué pinta tenía la tal Caroline Tuset y si es de la zona, porque su apellido suena un poco francés… Y ahí, dos filas más arriba, estaba George Tomassini.

—¿Qué? —exclamó el chico.

—El tío español que estabais buscando. El que pillé en la parte de atrás de un coche con Noah Huntley. ¡Pues resulta que se fue y se convirtió en un puto eurodiputado! —continuó el hombre—. Lo único es que no es George, deletreado como G-e-o-r-g-e. Es Jorge, pero deletreado a la española: J-o-r-g-e.

—Por eso no dábamos nunca en el blanco cuando lo buscábamos en Google —dijo Kate.

—Eso es. Lo recuerdo en su época de camarero. Reconozco que me moría por sus huesos. Ha ganado bastante peso, pero es él. Tiene la misma edad; todos los diputados del Parlamento Europeo tienen puesta la fecha y el lugar de nacimiento en sus breves perfiles, que, por lo que recuerdo, era Barcelona. ¿Os acordáis de la historia que os conté de Monsterfat Cowbelly...? Con quien, por cierto, volví a ponerme en contacto. De todos los sitios del mundo, se ha mudado a Orkney y le han puesto grapas en el estómago. Parece otra persona... En el curriculum de Jorge de la página de los eurodiputados del Parlamento hasta pone que «estudió en el Reino Unido». Sé que puso mucha atención para aprender algunas cosas, pero creo que para nada fue en una clase.

—Ade, ¿sabes si hay algún número para que podamos ponernos en contacto con él? —le preguntó la mujer.

—Sí, acabo de enviarle el enlace a *Miss* Marple por correo. En realidad, me alegro muchísimo de que no haya muerto y de que, aparentemente, le esté yendo tan bien. Lleva cinco años siendo eurodiputado. El año pasado salió reelegido con la Alianza Progresista de Socialistas y Demócratas, uno de los partidos de centroizquierda más grandes que hay en Bruselas.

—Ade, eso es genial. Gracias —le dijo el detective—. Te debo una copa.

—Bueno, que sea un Campari con lima. Llámame luego, *Miss* Marple, y encantado de conocerte, Kate.

El hombre colgó.

Tristan miró a su socia con una enorme sonrisa en la cara.

—Hay una estación de servicio en un kilómetro y medio. ¿Te apetece que nos tomemos un refresco e intentemos ponernos en contacto con Jorge Tomassini? —propuso el chico.

—Pero no olvides que puede que no quiera hablar con nosotros.

—Lo sé, pero lo hemos encontrado.

—Sí, así es, *Miss* Marple —le contestó Kate.

—Pues deberías saber cómo te llama a ti.

—¿Cómo?

—Hércules Poirot.

30

La cafetería de la gasolinera estaba a rebosar de gente y hacía mucho calor, así que compraron dos cafés helados y unos sándwiches y volvieron al coche. Cuando abrieron la puerta, el vehículo era un horno; tuvieron que esperar un par de minutos para que bajase un poco la temperatura del interior y pudiesen volver a montarse.

Tristan buscó el *email* que le había enviado Ade y compararon la foto de Jorge Tomassini de la página web del Parlamento Europeo con la que el expolicía les había dado del hombre disfrazado de Freddy Mercury. Ahora tenía el pelo corto y llevaba camisa y corbata, pero era la misma persona.

—Me alegro de que esté vivo, pero hemos basado toda nuestra investigación en que Jorge, David y Gabe habían desaparecido —dijo Kate al darse cuenta, de pronto, de que podía que ese no fuese el descubrimiento que estaban esperando.

—Si por aquel entonces estaba ahí, a lo mejor conocía a David y a Gabe. ¿Qué crees que deberíamos hacer? ¿Le enviamos un correo o lo llamamos por teléfono? —le preguntó su socio.

—Vamos a ver hasta dónde llegamos llamando a la centralita. Seguro que tenemos que dejarle un mensaje.

La mujer marcó el número de teléfono y escuchó un largo mensaje en español y, luego, en inglés. Se quedó estupefacta cuando contestaron la llamada después de un par de tonos y una voz dijo:

—Tomassini.

—Hola, ¿Jorge Tomassini? —comenzó Kate y pronunció el nombre como creía que debía pronunciarse, con «j».

—«Yorge». La «j» se pronuncia como una «y» —le comentó.

Hablaba un inglés muy claro, aunque tenía acento español. Aquello desconcertó a la mujer durante un instante.

—Hola, me llamo Kate Marshall. Te llamo desde el Reino Unido. Llevo una agencia de detectives con sede en Ashdean, cerca de Exeter. Estoy intentando localizar a un par de chicos que se llamaban David Lamb y Gabe Kemp. Creo que podrías conocerlos, y necesito que nos ayudes.

Al otro lado del teléfono se hizo un largo silencio.

—¿Puedo llamarte después? —preguntó, y colgó.

Pasó un minuto, y luego, cinco.

—¿Crees que se ha cagado? —quiso saber Tristan.

—Puede ser.

Pasaron otros cinco minutos.

—Voy a volver a llamarlo —dijo la detective, pero no respondió nadie, y, esta vez, el mensaje grabado la llevó directamente al buzón de voz.

—Lo hemos espantado —concluyó el chico.

Arrancó el motor y, justo cuando iban a llegar al acceso de la autopista, el móvil de Kate volvió a sonar. Lo descolgó y puso el manos libres.

—Hola, ¿Kate? Lo siento —comenzó Jorge—. Prefiero hablar desde mi móvil personal, y se tarda un rato en salir a la calle. Estoy en el Parlamento Europeo, en Estrasburgo.

De fondo se oía el ruido del tráfico y de la gente.

—Creía que te había asustado —contestó ella.

—No, es solo que evito tratar los asuntos personales desde mi teléfono profesional.

La detective le describió brevemente todo lo que tenía que ver con el caso de Joanna Duncan y le explicó que todo el mundo con el que había hablado creía que había desaparecido, igual que David Lamb y Gabe Kemp.

—¿De verdad creían que había desaparecido? —preguntó en tono de sorpresa.

—Sí.

El hombre dudó un momento.

—Es solo que, un día, decidí que ya había tenido bastante y me fui del Reino Unido. Volví a casa, a Barcelona. Es cierto que no se lo conté a nadie de Exeter, y por aquel entonces, además, no tenía redes sociales ni correo electrónico. ¡Y gracias a Dios! Había menos ataduras en esa época.

—¿Viviste en la comuna de la calle Walpole, en Exeter? La que llevaba Max Jesper.

—Sí, un par de meses, cuando llegué a Inglaterra; creo que a principios de 1996. Hacía mucho frío.

—¿Recuerdas a Max Jesper?

Jorge se rio.

—Sí, claro. La reinona más listilla que he conocido nunca, pero también era amable y hospitalario.

—¿Por qué dices que era un listillo?

—No parecía que pagase por nada. Aquel viejo vertedero se caía a trozos, y, aun así, taladró el contador de la luz para que el disco dejase de girar y no hubiera que pagar por la electricidad.

—¿Tenías que pagar por quedarte en la comuna?

—Sí, pero solo unos peniques. No me acuerdo de cuánto era. Creo que cinco libras a la semana, o alguna ridiculez así. Max tenía varios amigos que solían darle comida, y compartíamos un montón de cosas. Fanfarroneaba con que había recibido el subsidio del gobierno con tres primeros ministros distintos en el poder.

Entonces, Kate le contó cómo a Max Jesper le había dado un vuelco la vida y se había hecho rico con el hotel.

—Estás de coña. ¿Un hotel *boutique*? Ha pasado mucho tiempo desde que me fui. Siempre dijo que quería reclamar su derecho de okupación.

—¿Tenía novio? —quiso saber la detective.

—«Novios» creo que lo describe mejor. Diría que la mayoría de los chicos que pasaron por allí compartieron una noche o dos con Max. Aunque sí que había uno fijo en su vida. Nick —respondió Jorge.

Los dos detectives intercambiaron una mirada.

—¿Nick Lacey?

—Sí, me suena que se llamaba así. Era el novio de Max: alto, corpulento y con un cabello espeso tirando a castaño. Venía una noche o dos por semana, a veces un finde. Casi siempre le traía comida o le daba dinero, y creo que algunos de los otros chicos se unían a ellos en el dormitorio... Escucha, espero que esto quede entre nosotros.

—Por supuesto —lo tranquilizó la mujer.

—Formo parte de un partido socialista y progresista en el Parlamento y tengo suerte de vivir en Europa, pero nada de mi vida anterior está en internet. Ya nadie conoce a la persona que estuvo en Reino Unido, y me gustaría que siguiese siendo así. De hecho, ¿cómo habéis conseguido mi nombre?

Kate le habló de Ade, de los archivos del caso y del interior de la tapa de la caja en la que aparecían los nombres escritos de David Lamb y Gabe Kemp.

—También había un número de teléfono junto a los nombres —dijo la detective—. Un segundo... —Rebuscó en su bolso y encontró la fotocopia—. ¿El número 07980746029 te dice algo?

No obtuvo respuesta. Por un momento, dudó si lo había abochornado por hablar sobre su pasado de camarero promiscuo, pero entonces contestó:

—Ese era mi número de teléfono.

—¿Seguro?

—Sí, ese fue el primero que tuve.

—Joanna Duncan, la periodista que desapareció, escribió tu número en la tapa de una caja. ¿Llegaste a quedar con ella?

—Sí. Quería «hablar sobre alguien»... —Suspiró—. Había un tío medianamente importante con el que me había involucrado.

—¿Cómo se llamaba? —quiso saber ella.

Tristan lanzó una mirada a su socia.

—Noah Huntley. Era miembro del Parlamento.

—¿Tuviste una relación con él?

—Algo así —respondió, aunque, de pronto, bajó tanto el tono de voz que casi ni lo escuchó.

—¿Sabías que estaba casado?

—Sí, lo sabía. ¿Puedo dar por hecho que ya estabais al tanto?

—Durante nuestra investigación no ha parado de salir su nombre. Sabemos que está casado pero que lleva años engañando a su mujer con jovencitos. También nos han llegado acusaciones de que pagaba a prostitutos.

—Yo nunca fui... Nunca hice eso —dijo Jorge.

—¿Dónde conociste a Noah Huntley? —le preguntó Kate.

—Venía mucho de visita a la comuna y, cuando me mudé, no dejé de verlo en bares de ambiente. Era muy atractivo, y bastante divertido. Por supuesto, le gustaban los chicos jóvenes y hacer que pasasen un buen rato.

—¿Te acostabas con él cuando vivías en la comuna?

—Sí.

—Y ¿era violento?

El eurodiputado suspiró una vez más al otro lado del teléfono.

—En su vida, no, pero puede que se dejase llevar en la cama.

—¿Qué hacía?

—Una vez, mientras estábamos teniendo relaciones, intentó asfixiarme —comentó en voz muy baja—. Pasó un par de veces más; solo lo hacía cuando iba borracho. Aunque siempre me soltaba antes de que la cosa fuese a mayores. Aquellos solo fueron pequeños incidentes de algo que me resultó muy divertido durante un tiempo.

—¿Volviste a visitar la comuna después de mudarte?

—Sí, unas cuantas veces, para ir a fiestas. Viví unos años por esa zona.

—Jorge, aprecio muchísimo que nos estés hablando de esto, de verdad. Eres una de las primeras pistas concretas que encontramos en este caso… ¿Qué hay de los otros chicos de la comuna? ¿Recuerdas a uno que se llamaba Gabe Kemp?

—Mmm, no. Muchos tenían apodos y otros, simplemente, usaban sus nombres de pila.

—¿Conocías a David Lamb?

—Sí, conocía a David. Entró en la comuna justo después de que yo me fuera.

—¿Sabes si llegó a acostarse con Noah Huntley?

—Sí, se acostó con él.

—¿Te habló alguna vez de las tendencias violentas del exparlamentario?

—¿De la asfixia? Sí. David era muy guapo, muy atractivo, y su personalidad iba acorde con su físico. Podría haber hecho lo que quisiese en la vida, pero se metió demasiada droga y se lio con demasiados tíos.

—Jorge, ¿Joanna Duncan te habló del artículo que quería escribir? —preguntó la detective.

—Sí, vino a mi estudio. Le dio la dirección alguno de mis compañeros de trabajo.

—¿Cuándo ocurrió exactamente? ¿Te acuerdas?

—Sí, fue justo antes de que me fuese del Reino Unido para volver a casa, que tuvo que ser… a finales de agosto de 2002.

Kate y Tristan intercambiaron una mirada. Aquello parecía un avance de verdad.

—¿De qué hablasteis cuando fue a verte? —le preguntó la mujer.

—Me dijo que estaba trabajando en una historia sobre Noah Huntley. Me contó que el hombre llevaba muchos años pagando a prostitutos, y la comuna salió en la conversación cuando hablamos de más de uno de los jóvenes con los que se había acostado allí. Comentó que estaba investigando una historia sobre que había usado su cuenta de gastos del Parlamento para pagar a los prostitutos y los hoteles a los que se los llevaba… Me dio la impresión de que quería vender una gran historia. Dijo que necesitaba conseguir tantas declaraciones de chicos como le fuese posible para que su editor no pudiese tirar su artículo por tierra. Era ambiciosa. También me robó unos negativos.

—¿Unos negativos?

—Negativos de fotos. Creo que fisgoneó en una caja con fotos que guardaba debajo de la cama, cuando me fui a la cocina… A la semana siguiente, cuando me puse a hacer las maletas para irme, todos los lotes de negativos de mis fotos habían desaparecido. Y ella era la única que había estado en mi casa.

—¿De cuántas fotos estamos hablando?

—Bastantes. Había negativos de todas. Estaban en varios de esos paquetes de papel de veinticuatro fotos que te daban cuando revelabas un carrete.

—¿Sigues teniendo las fotos?

El hombre soltó una carcajada.

—No tengo ni idea. Tendría que mirarlo. Hace mucho tiempo de eso —dijo.

—¿De qué eran las fotos?

—De todo el tiempo que pasé en el Reino Unido: mis amigos, los lugares a los que había ido, el tiempo que pasé en la comuna. Viví allí desde principios de 1996 hasta agosto de 2002.

Los dos detectives volvieron a cruzar una mirada.

—¿Cabe la posibilidad de que encuentres esas fotos para poder enseñárnoslas? —le pidió la detective.

—Oye, tengo muchas cosas que hacer... —Suspiró—. Pensaré dónde pueden estar.

—Gracias. ¿Por qué te fuiste de Inglaterra?

—Por aquel entonces, ya estaba harto de Inglaterra. Llevaba allí demasiado tiempo y me había dejado llevar hasta convertirme en un chico promiscuo y fiestero, y todo el mundo con el que me juntaba pensaba eso de mí. Aquello me dio una opinión bastante mala de mí mismo. Quería hacer algo más con mi vida, y echaba de menos mi tierra. Me compré un vuelo de vuelta a Barcelona y no le conté a nadie que me iba. Nadie sabía dónde vivía. Me deshice del teléfono, volví a casa de mis padres en España y, durante unos meses, fui una persona normal. Después, comencé la universidad y estudié Ciencias Políticas. Me gradué en 2007. Trabajé durante un año para un grupo de presión europeo y, después, presenté mi candidatura para ser miembro del Parlamento Europeo. Me quedé tan estupefacto como todos cuando salí elegido, pero me encanta...

—Enhorabuena —lo felicitó la mujer—. Nos alegramos mucho de saber que no estás...

—¿Muerto?

—Sí. ¿Sabías que Joanna Duncan desapareció unas semanas después de que volvieras a casa? —le preguntó Kate.

—Sí, vi algo unos años más tarde, pero los medios lo trataron como si hubiese sido un secuestro.

—¿Crees que Noah Huntley era capaz de hacer que Joanna desapareciese?

La detective detestaba hacerle una pregunta tan condicionada, pero le preocupaba que se cerrase la ventana de franqueza del hombre y les colgase el teléfono.

—¿De secuestrarla?

—Eso es. Si se hubiera descubierto que Noah Huntley era culpable de hacer un uso inadecuado de sus privilegios parlamentarios, podría haber ido a la cárcel.

—¿Quieres que te dé mi opinión, de manera honesta y extraoficial? —quiso saber Jorge.

—Claro.

—Noah Huntley era demasiado guapo para tener que pagar por sexo, y también era lo bastante listo para manipular los gastos parlamentarios. ¿Sabes cuántos jovencitos se le tiraban encima por aquel entonces? Muchísimos. Tenía treinta y tantos, dinero, y era muy bueno en la cama. Una de las razones por las que no tomé a Joanna Duncan en serio fue porque pensé que tenía un interés personal en aquello. Quería hundirlo incluso después de que su historia apareciese en el periódico y él perdiese su escaño. Parecía una venganza.

—Gracias por hablar con nosotros —dijo Kate—. Por favor, ¿puedes avisarme si encuentras las fotos? Podrían ser de gran ayuda para nuestra investigación, y mantendríamos tu nombre en secreto.

—Echaré un vistazo. Pero tenéis que entender que quiero que esta parte de mi vida quede en el pasado —añadió, y, después, colgó sin decir adiós.

31

Cuando los dos detectives giraron la esquina en dirección a la calle de Kate, el sol estaba en su punto más álgido, el mar descansaba a sus pies y la temperatura rondaba casi los veintiocho grados.

Después del viaje, la mujer tenía sed y calor. Entonces, vieron a Jake bajando las escaleras del *camping* a la cabeza de un grupo formado por cinco chicas y dos chicos. El joven iba sin camiseta y llevaba un bañador estilo bermuda. Se había puesto un poco moreno y, con el pelo largo y la barba, parecía un *hippie* despreocupado. Los otros dos muchachos llevaban pantalones cortos y camisetas sin mangas, y ellas se habían puesto vestidos cortos sobre unos chillones bikinis fluorescentes de color rosa y amarillo. Formaban un grupo bastante atractivo; a la detective le recordaron a uno de esos *reality shows* en los que envían a gente joven a una isla en medio de ninguna parte.

—Ey, ¿cómo ha ido? —preguntó Jake—. Parecéis mosqueados y acalorados.

—El coche de Tristan no tiene aire acondicionado —explicó su madre mientras se abanicaba la cara con una revista *GQ*.

—Debería pagarme más, ¿no crees, Jake? —le dijo el detective.

—Yo debería ir primero en la cola del aumento de sueldo —comentó el muchacho con una sonrisa—. ¡Deberíamos formar un sindicato!

Tristan se rio. El grupo de jóvenes estaba parado al otro lado del camino, esperando a Jake.

—Voy a llevarme a estos a dar un paseo en la barca. Estaré de vuelta para las cinco —se despidió dando unas palmaditas en la puerta del coche—. Ese tío mayor, Derek, ha venido a poner la nueva ventana del Airstream… ¿Siempre hace lo mismo con la dentadura?

—Sí —contestó Kate—. ¿Cuánto ha sido?

—Doscientas cincuenta libras. Le he pagado con el efectivo que había en el bote.

—Yo también le he pedido que venga a arreglar el cristal de la puerta trasera de mi cocina —comentó el detective.

—Pues prepárate para sus pausas interminables —le avisó Jake—. Ha habido un momento en el que ha hecho una tan larga en mitad de una frase que creía que se había muerto.

—El que va a tener el placer de lidiar con él va a ser mi compañero de piso, Glenn —explicó Tristan sin borrar la sonrisa.

—Ah, y un repartidor de correo acaba de entregar una carta dirigida a los dos. La he dejado en el escritorio del despacho.

Volvió a dar unas palmaditas en la puerta del vehículo y se alejó.

—Gracias, cariño. Ten cuidado cuando bucees —le gritó su madre.

—Lo tendré. Me parece que hoy va a ser increíble estar ahí fuera —respondió el chico, que se había llevado la mano a la cara para protegerse los ojos del sol y miraba el agua reluciente.

Kate deseaba poder ir con ellos. Le encantaba tirarse al mar y relajarse con una tarde de submarinismo.

—Hasta luego, tío —se despidió Tristan.

El joven se despidió con la mano y los dos detectives continuaron por la calle que llevaba al despacho.

Un sobre de DHL de cartón los esperaba en el escritorio. Jake lo había dejado sobre una torre de archivos del caso. La mujer lo cogió y vio que la dirección del remitente era de un bufete de abogados en Utrecht, Holanda. «Abogados Van Biezen». Tiró de la lengüeta del sobre para abrirlo y encontró otro bastante grueso en su interior.

—Famke van Noort nos ha enviado una carta formal a través de su abogado —comenzó la detective mientras abría el grueso envoltorio de papel que habían usado para evitar que el contenido se dañase.

Tristan se acercó a ella.

—«Le escribo en relación al correo electrónico en el que nos traslada su consulta sobre los apartamentos Nordberg. Mi cliente, Famke van Noort, habló con la policía de Devon y Cornualles el 10 de septiembre de 2002 con respecto a la investigación de la desaparición de Joanna Duncan» —leyó Kate en voz alta—. «Adjunto una copia de la declaración oficial firmada que prestó ante la policía y delante de su abogado inglés, Martin Samuels de Samuels and Johnson, en Exeter. La señora Van Noort no tiene nada más que comentar al respecto»... La ha firmado su abogado.

La detective encontró la siguiente página y su socio se la quitó de las manos.

—Esta es una copia de la declaración que ya tenemos: estuvo con Fred entre las dos y las cuatro del sábado 7 de septiembre, fue a pie por el camino que va desde la parte trasera de la parcela del doctor hasta la del hombre para hacerle una visita... —comentó.

La mujer dejó escapar un suspiro y fue al minibar que había en una esquina del despacho para coger dos latas de Coca-Cola frías. Le pasó una a su socio y se puso la otra en la frente para ver si así conseguía refrescarse.

—Nos estamos acercando a la verdad —dijo él. A continuación, abrió su lata y le dio un largo sorbo.

—¿Sí? —preguntó la detective, que estaba disfrutando del frío del metal sobre su frente ardiente—. Famke no va a hablar con nosotros.

—No creo que Fred tuviese nada que ver con la desaparición de su mujer.

—«No creo» no nos es de ayuda. Y Ashley y Juliet Maplethorpe no son de fiar... No sé si es que hay algo que se nos escapa y que no vemos. De pronto, una de nuestras víctimas potenciales resucita...

—Jorge ha sido una mina de información.

—Nos ha confirmado lo que ya sabíamos o sospechábamos, pero se fue del país un par de semanas antes de que Joanna desapareciera.

—De verdad que espero que encuentre esas fotos. ¿Para qué iba Joanna a llevarse los negativos? Tenía que haber algo importante en ellos.

* * *

El resto de la semana continuó haciendo calor. Tristan tuvo que ir a trabajar a la universidad el miércoles y el jueves, sus dos últimos días antes de que terminase el semestre por las vacaciones de verano. Entretanto, Kate se dedicó a escribir informes sobre lo que habían investigado hasta el momento e intentó encontrar algo más de información sobre el cuerpo que se había encontrado en el páramo, pero la policía no había hecho casi nada público. Durante la mayor parte del jueves y el viernes, se entretuvo buscando personal de limpieza para el *camping,* por lo que no pudo dedicarle tiempo al caso. Ese mismo viernes, los dos detectives se pasaron casi todo el día llamando a agencias y a otros contactos que Myra había guardado en sus registros antiguos, pero no encontraron a nadie.

Así que, la mañana del sábado, Kate, Tristan y Jake tuvieron que limpiar y cambiar las sábanas de las camas de ocho caravanas para dejarlas listas para cuando llegaran los nuevos huéspedes.

La mujer ya había limpiado la mitad de la zona de duchas y aseos. Aquel era un trabajo sucio y deprimente, pero se había ofrecido a hacerlo; sabía lo mucho que Sarah desaprobaba que su hermano trabajase en el *camping.*

Estaba intentando arreglar el asiento del inodoro de uno de los retretes cuando el móvil sonó en su bolsillo. Se quitó uno de los guantes de goma, miró la pantalla y vio que era Alan Hexham.

—Kate, ¿tienes un momento? —la saludó.

—Claro.

La detective se secó el sudor de la frente con el antebrazo, salió de la zona de aseos y agradeció la brisa fresca que el mar traía hasta el *camping.*

—He tenido algo de suerte con los nombres que me diste —le dijo Alan.

La mujer fue corriendo hasta la caravana que había junto a la carretera y llamó a la ventana. Al otro lado se encontraba su

204

socio cambiando las sábanas. El muchacho sacó la cabeza por el marco, con un edredón entre las manos.

«Es Alan Hexham», articuló.

—Alan, voy a poner el altavoz. Estoy con Tristan.

—Hola, Alan —lo saludó el chico, que soltó el edredón y se sentó de rodillas en la cama.

—Hola, Tristan —respondió el hombre. Su voz salió con estridencia por los altavoces—. Como hablamos hace unos días, pedí a uno de mis ayudantes de investigación que buscase autopsias que se hubiesen llevado a cabo en cadáveres inidentificados de jóvenes entre dieciocho y veinticinco años, de más de un metro ochenta de altura, con físicos musculosos, atléticos y el pelo negro o rubio, en los casos en los que el color del pelo se pudiese determinar. Además, hemos investigado el tipo de muerte que se determinó durante la autopsia y nos hemos concentrado en los signos de agresión sexual, si había marcas de ataduras en las muñecas o los tobillos y si la causa de la muerte era asfixia. Hemos encontrado cuatro con esas características.

—¿Cuatro? —preguntó la mujer mirando a su socio.

—Sí. Si me dejas, te lo explico —contestó Alan—. El primer caso con el que dimos fue el de un cuerpo que la marea había arrastrado hasta la costa oeste, cerca de Bideford, el 21 de abril de 2002. El cadáver no llegó a identificarse porque estaba en un estado de descomposición muy avanzado. El hombre sin identidad medía más de un metro ochenta y tenía laceraciones en las muñecas. Encontraron el cuerpo enredado en una red. Una tormenta lo había arrastrado hasta allí, así que el agua había erosionado la mayor parte de la piel y de los tejidos blandos. Cuando se le realizó la autopsia y una vez agotados todos los pasos para intentar identificar el cuerpo, cremaron al pobre chaval. Aun así, se le realizó una impresión dental. He pedido las de David Lamb y Gabe Kemp. El cuerpo en descomposición que arrastró la marea a finales de abril de 2002 era el de Gabe Kemp.

—Dios mío —dijo Kate, que tuvo que apoyarse en uno de los laterales de la caravana.

El chico cogió el teléfono y lo colocó en el alféizar de la ventana.

—La desaparición de Gabe Kemp se denunció la primera semana de abril de 2002.

—Eso es, y por eso se explica el estado de descomposición. Puede que el cuerpo llevase en el agua dos semanas... Incluso algo más —explicó el patólogo forense—. Otro cadáver encaja con los criterios que sugeriste. Apareció en Dartmoor, en Mercer Tor, y lo encontró un hombre paseando a su perro a principios de la primavera del año 2000. Estaba encajado entre dos piedras. La mayor parte de la cara había sido devorada. Había nevado mucho ese invierno, pero si te fijabas en el estado de descomposición, ese cuerpo lo habían dejado allí cinco o seis meses antes de que helase...

—Lo que sitúa la fecha en abril o mayo de 1999 —concluyó la mujer.

—Eso es. A este chiquillo lo encontraron vestido con la equipación de senderismo y una mochila. Así que eso, junto con la descomposición, hizo que la policía no pudiese descartar que fuese algo raro. En su momento tomaron la impresión dental, pero solo la compararon con el registro de dos senderistas de quienes habían denunciado su desaparición en Dartmoor, y no coincidieron. Al compararla con el registro dental de David Lamb sí que ha coincidido.

—David Lamb no era un excursionista —intervino Tristan.

—Exacto. A la policía le confundió que se encontrase el cadáver con todo el equipo de senderismo nuevecito, pero sin dinero ni nada que lo identificase —le respondió Alan.

—Has dicho que había dos víctimas más —quiso saber la detective; la noticia de que se habían encontrado los cuerpos de David Lamb y Gabe Kemp la había dejado aturdida.

—Sí, los cadáveres de otros dos hombres sin identificar coinciden con tu criterio. El primero apareció junto a la M5, cerca de Taunton Deane, en noviembre de 1998, en una alcantarilla. Los resultados de la autopsia mostraron que el cuerpo se dejó ahí durante las anteriores veinticuatro horas. Tenía las mismas marcas distintivas que las de Hayden Oakley, el chico que asesinaron la semana pasada. Lo habían atado para agredirlo sexualmente y después lo habían asfixiado. El segundo es el cadáver de un joven que se encontró metido en una bolsa

206

de plástico negra en un vertedero de Bristol, en noviembre del año 2000. El cuerpo estaba en muy mal estado, llevaba ahí entre una semana y diez días, pero la autopsia reveló que lo habían atado y asfixiado.

—¿Por qué la policía no estableció una conexión entre estos asesinatos? —preguntó Kate.

—Para eso no tengo respuesta.

Todos se quedaron un momento en silencio.

—Se encontraron cuatro cuerpos entre 1998 y el año 2000 —comenzó Tristan—. Ese es el trabajo de un asesino en serie.

—¿Puedes abrir un poco más la búsqueda? Fui demasiado específica al decirte entre 1998 y el año 2000. Podría haber más cadáveres sin identificar —pidió la detective.

—Gracias a la información que me diste, la policía está investigando estos cuatro asesinatos relacionándolos con el de Hayden Oakley, y va a abrir la búsqueda de muertes inidentificadas a antes de 1998 —comentó Alan—. Aunque siento deciros que estos ya no son casos archivados, así que no puedo compartir ningún documento con vosotros. Ahora son investigaciones activas de la policía. La agente al cargo, la inspectora jefe Faye Stubbs, ha sido la que me ha dado permiso para que os llamase. Me ha pedido vuestros contactos y os mantendrá al tanto. Bien hecho, chicos.

—Es increíble —exclamó el muchacho cuando colgaron—. Hemos ayudado a encontrar a David y a Gabe, Jorge sigue vivo… No era producto de nuestra imaginación. Joanna Duncan escribió esos nombres por algo. ¿Tú crees que pensaba que había un asesino múltiple detrás de todo esto?

—Ojalá pudiéramos averiguarlo. No tenemos su portátil ni sus cuadernos del trabajo.

—Esto quiere decir que vamos en la buena dirección —continuó el detective.

—Pero ahora le han entregado los resultados de nuestro duro trabajo a la policía.

El teléfono de Kate volvió a sonar. Era un teléfono fijo de Exeter. Al responder, una mujer se presentó como la inspectora jefe Faye Stubbs.

—Alan Hexham, nuestro forense regional, me ha dado su número de teléfono. Supongo que es usted detective privado —continuó.

—Sí, acabamos de hablar con él —contestó la mujer.

—¿Acabamos?

—Mi socio, Tristan Harper, y yo. La pongo en manos libres.

—Hola —saludó el joven.

Faye lo ignoró y siguió con su conversación.

—Se les ha facilitado el acceso a los archivos del caso de Joanna Duncan, ¿me equivoco? —quiso saber.

Había cambiado el tono, y ya no les pareció tan simpática.

«Mierda», articuló el chico.

—Sí, así es —dijo Kate.

—Vale. ¿Son conscientes de que esos archivos del caso son propiedad de la policía de Devon y Cornualles y que los guardamos por algo?

La detective sintió el suelo desmoronarse bajo sus pies.

—Por supuesto. Dimos por hecho que nos habían permitido el acceso a ellos.

—¿Y quién de la policía de Devon y Cornualles les dijo tal cosa?

—No fue la policía la que me dio los archivos del caso. Un alto cargo de los agentes de policía, el superintendente Allen Cowen, permitió el acceso a ellos a nuestro cliente. Tengo una carta firmada por él mismo en la que se expone lo que acabo de contarle. Nos dijeron que podíamos consultar el material del caso archivado, ya que el caso de Joanna Duncan se encuentra en estado inactivo.

—Bueno, las cosas están cambiando muy rápido —le informó la inspectora jefe.

—¿Van a reabrir el caso?

—No, yo no he dicho eso. Bueno, su cliente es Bill Norris, ¿no?

—Eso es.

—Me ha dicho que tienen los archivos originales del caso en su poder. ¿Es correcto?

—Sí —respondió la detective.

El tono que estaba usando la inspectora jefe Stubbs le hacía sentir como una colegiala desobediente.

—¿Han hecho copias?

«Mierda», articuló ahora Kate. Aquel era un vacío legal. Un detective privado podía operar dentro de ese vacío legal, pero cruzar la línea de la ilegalidad no era algo para lo que estuviese preparada. «Mierda», repitió.

—¿Fotocopias? —preguntó Tristan.

—Así es como suelen ser las copias —contestó Faye.

—No, solo tenemos los documentos originales en papel.

—Vale, necesito que me digan cuándo puedo ir a recogerlos.

—Oye, Faye… ¿Puedo llamarte así? —le preguntó la mujer.

—Claro.

—Soy exagente de policía, y, según me parece, no nos estamos saltando la ley. No quepa duda de que cooperaremos con vosotros en todo lo posible.

El tono de la inspectora se volvió menos severo.

—Kate, no te he llamado para echarte una regañina. Nos has aportado un descubrimiento en un caso de asesinato y en otros tres sin resolver; dicho esto, debes saber que las cosas han cambiado. Tengo que seguir el procedimiento, ahora que vuelven a estar activos.

—¿Vais a reabrir el caso de Joanna Duncan también?

La mujer suspiró.

—Sí, eso parece. ¿Cuándo os viene bien que vaya a por el material del archivo del caso? ¿Os vale mañana a primera hora de la mañana?

La detective miró a su socio. Él puso los ojos en blanco y asintió. Kate estuvo a punto de rascarse el ojo con la mano que tenía libre, pero se dio cuenta a tiempo de que seguía con el sucio guante de plástico puesto.

—Por supuesto. Te doy la dirección de nuestro despacho —le respondió.

32

La inspectora jefe de Policía Faye Stubbs llegó a la oficina a las ocho y media de la mañana del día siguiente. En las raíces de su pelo corto y oscuro, que llevaba recogido en una coletita, asomaban algunas canas. Tenía la cara pálida y completamente desprovista de maquillaje. Kate se preguntó si ella también estaría rondando los cuarenta y cinco años. En su otra vida, había deseado alcanzar el rango de inspectora jefe antes de cumplir los cuarenta; se preguntó cuánto tiempo llevaría Faye en el puesto.

La policía llegó con su compañera, la subinspectora Mona Lim, una agente bajita, morena y con facciones de muñeca, que aparentaba ser una adolescente.

—Así que, ¿esta es tu pequeña agencia de investigación? —preguntó la inspectora mientras miraba el despacho, en el que, pegados a una pared, se apilaban productos de limpieza y sábanas limpias para el *camping*.

Tenía un tono de voz alegre y condescendiente.

Los detectives habían hablado sobre cómo actuarían durante la reunión, y Kate pensó que podía ser buena idea dejar que la policía pensase que no eran más que aficionados, pero el hecho de que aquella mujer estuviese invadiendo su espacio le hizo sentir la necesidad de competir con ella y validarse a sí misma.

—Sí, abrimos nuestras puertas hace nueve meses —le contestó ella.

—¿Y qué te está pareciendo? Debe de ser duro intentar arrancar algo de cero sin muchos recursos —continuó Faye, y se acercó a la ventana para mirar la bahía.

Su compañera asintió y fue a acompañarla.

—Sí, ha sido todo un reto —respondió Tristan—. Pero aquí estamos, dando a la policía el empujoncito que necesitaba.

La detective sonrió a la policía.

«Buena esa, Tristan», pensó.

La inspectora le devolvió la sonrisa.

—Entonces, Kate, ¿tú fuiste agente de la policía femenina? —quiso saber.

—Sí, fui subinspectora en la Policía Metropolitana.

—Sí. Aquello terminó bastante mal, ¿no?

De pronto, la mujer sintió la necesidad infantil de agarrar a Faye por la coleta y tirar con todas sus fuerzas.

—¿Os apetece un café? ¿Y un dónut? —les preguntó el muchacho, y señaló una caja que había comprado en el Tesco de camino a allí.

—Qué monos, tenéis tiempo para tomar un café por la mañana —respondió la inspectora—. Pero bueno, venga, todavía no he desayunado.

La mujer fue hasta la caja, abrió la tapa y cogió un donut. Después le hizo una señal a Mona, que se acercó y se puso a observar el interior del recipiente con gesto serio, como si aquello fuera una prueba más del caso de Joanna Duncan. Al final, escogió uno.

Tristan fue hasta la cafetera y, en un momento, les hizo un par de expresos. Cuando volvió con las tazas, todos se sentaron a la mesa.

—¿Esos son todos los documentos y la caja? —preguntó Faye con la boca llena.

A continuación, señaló la caja azul que estaba delante de la torre de cajas con los archivos del caso perfectamente apiladas junto a la puerta.

—Sí, todos los nombres los hemos sacado de la marca que dejó una nota que escribió Joanna sobre la tapa. David Lamb y Gabe Kemp son las dos víctimas, pero también hay un número de teléfono que hemos averiguado que pertenece a Jorge Tomassini. Jorge era un camarero que se acostó con Noah Huntley y que conocía a David Lamb. Joanna quería hacerle una entrevista —le contestó Kate.

—Estaba preparando un artículo muy explícito y escandaloso sobre Noah Huntley. Sobre cómo contrataba a prostitutos y usaba su cuenta de gastos del Parlamento para pagarles y hacerles regalos. Uno de los jóvenes, Gabe Kemp, quiso declarar públicamente que se había acostado con él, allá por principios de 2002, pero retiró su testimonio y este nunca llegó a publicarse. Gabe desapareció poco después de que la historia saltase a la prensa, y su cadáver se encontró un par de semanas más tarde —continuó Tristan.

—Localizamos a Jorge Tomassini la semana pasada y nos contó que mantuvo una relación íntima con Noah Huntley, quien, en una ocasión demostró tener tendencias violentas mientras practicaba sexo con él. Y con David —añadió la detective.

—¿Ese tal Jorge Tomassini os dijo por qué nunca presentó a Joanna Duncan su testimonio sobre esta historia? —quiso saber la inspectora.

—No quería formar parte de un escándalo sexual para un periódico sensacionalista, que es lo que Joanna quería escribir. Nos comentó que, para entonces, estaba planeando irse del país y que aquello precipitó su salida. Es español; decidió volver a casa.

—¿Crees que es una fuente fiable?

—Bueno, ahora es un miembro del Parlamento Europeo en Estrasburgo. No tenía muchas ganas de hurgar en su vida anterior en el Reino Unido. Hemos anotado algunas cosas más sobre el caso, y su contacto está ahí, por si queréis seguir investigándolo. Hay una bolsita de plástico con todo en lo que hemos estado trabajando —le respondió la detective.

—Como verás, hemos hablado con un montón de personas que formaban parte de la vida de Joanna y hemos vuelto sobre sus declaraciones originales. Creemos que hay muchísimas preguntas sin responder alrededor de Noah Huntley —agregó su socio.

—Joanna quedó con Noah Huntley dos semanas antes de desaparecer, en una gasolinera cerca de su casa. Las cámaras de videovigilancia captaron la reunión —siguió la mujer.

Faye no paró de asentir mientras tragaba lo que había quedado de su segundo donut. A continuación, se acabó el café, se levantó y se sacudió los pantalones.

—Vale. Gracias por todos los avances que habéis hecho en el caso y gracias por el refrigerio.

Mona se metió el último bocado de bollo en la boca y se limpió el azúcar de la comisura. Después, se puso en pie.

—¿Ya está? —preguntó Kate.

—¿Qué más esperabas? Has sido una gran, grandísima ayuda. Nos has ahorrado tiempo y recursos, y me aseguraré de que se mencione vuestra pequeña agencia en uno de nuestros comunicados de prensa. ¿Tenéis página web? —quiso saber la inspectora.

—Sí.

—Pues envíamela —le dijo ella—. Tony, ¿nos echas una mano con las cajas?

—Me llamo Tristan.

—Sí, claro, lo siento, Tristan —se disculpó.

A continuación, cogió tres cajas.

—¿Vais a poneros en contacto con Bev Ellis, la madre de Joanna? —quiso saber la detective.

—Sí, en algún momento. Lo más seguro es que las dos investigaciones se fusionen muy pronto.

—¿Puedo haceros solo una pregunta? ¿Cuándo es el entierro de Hayden Oakley? ¿Habéis liberado ya el cadáver? —preguntó el joven.

—La semana que viene. Hayden no tenía a nadie a su cargo, ni familia que haya reclamado el cuerpo. Tiene pinta de que el ayuntamiento será el que se encargue del funeral —dijo Faye.

—El *pub* en el que se le vio por última vez está preparando un homenaje —añadió Mona.

—¿Qué *pub*? —preguntó Kate.

—El Brewer's Arms, en Torquay.

Una vez las dos policías se llevaron todas las cajas, Kate y Tristan volvieron al despacho. La mujer hizo otras dos tazas de café y el muchacho apartó la torre de ropa de cama para el *camping* bajo la que había sepultado la impresora y el escáner.

—Me preocupaba que, como le había dicho «fotocopias», quisiese saber si habíamos escaneado los archivos para pasarlos a digital —dijo el detective—. ¿Dirías que la inspectora jefe Stubbs es un poco corta?

—Espero que, simplemente, esté saturada de trabajo. Nos ha pedido que le devolvamos los archivos del caso en papel y eso hemos hecho. Si nos hubiese pedido que borrásemos los que tenemos escaneados, entonces sí que nos habríamos visto metidos en un buen problema —le contestó su socia.

—Así que, ¿esto es un vacío legal?

La mujer asintió.

—Hemos cooperado y compartido todo lo que sabíamos. Vamos un paso por delante de la policía, porque este es nuestro único caso y no voy a dejar de investigar hasta que descubramos qué le pasó a Joanna Duncan y quién asesinó a esos jóvenes.

33

Kate y Tristan se pasaron el resto del fin de semana en el despacho para planear los siguientes pasos en la investigación. Habían acordado que ese miércoles irían a ver a Bev y a Bill, la fecha que marcaba tres semanas después de que comenzaran a trabajar en el caso. También dedicaron un buen rato a redactar un correo electrónico dirigido a Noah Huntley, que enviaron desde la cuenta de Tristan y en el que le pedían una entrevista, sin especificar el tema en cuestión. Esperaron que la idea de quedar con un joven atractivo le sedujese lo suficiente como para morder el anzuelo.

La mañana del lunes se dirigieron en coche hasta el Brewer's Arms, en Torquay, a menos de una hora de Ashdean, donde vieron a Hayden por última vez. Ese día también hacía calor, así que cogieron el coche de Kate para poder poner el aire acondicionado a toda potencia.

Llegaron a las afueras del pueblo y tuvieron que recorrer un par de veces una circunvalación para encontrar la salida que llevaba al canal y la empinada calle que bajaba hasta el Brewer's Arms.

Aparcaron en una zona de césped cubierta de maleza y basura desparramada y fueron a pie hasta la entrada del *pub*. Esta se encontraba bajo el primer arco de la arquería de ladrillo que se extendía paralela a la orilla. El canal brillaba por el calor y desprendía un fuerte olor a agua estancada. Era una sopa de deshechos acompañada de un carrito de la compra medio sumergido.

—¿Por qué los carritos siempre acaban en el fondo de los canales? —preguntó Tristan.

—Normalmente son los sintecho quienes los usan para llevar sus pertenencias y, al final, acaban tirándolos al agua o cayéndose con ellos —le explicó la mujer recordando los tiempos en los que era policía.

Un chico alto, fibroso y con muchísimo acné salió por la puerta de entrada cargando un cubo. Llevaba unos vaqueros viejos rotos e iba sin camiseta. A continuación, vació el cubo en el césped.

—Hola, ¿trabajas aquí? —le preguntó Kate.

—¿Te parece que hago esto por gusto? —espetó.

—Somos detectives privados y estamos investigando la muerte de Hayden Oakley.

—¡Des! —gritó el muchacho a su espalda—. ¡Hay alguien que quiere verte!

Sin decir una palabra más, desapareció por el lateral del edificio.

—Me pregunto si lo contratarían por su trato al cliente —dijo Tristan.

La detective sonrió y, a continuación, cruzaron la estrecha entrada. El interior estaba iluminado con unos brillantes tubos fluorescentes y olía a cerveza rancia y a vómito. Detrás de la barra, había un hombre mayor con poco pelo y unas gafas sucísimas que rellenaba un pequeño frigorífico con botellitas de colores vivos que contenían bebidas alcohólicas.

—¿Qué puedo hacer por vosotros? —preguntó, y se empujó las gafas por una nariz llena de grasa.

Kate le explicó quiénes eran y le preguntó si estuvo trabajando la noche que desapareció Hayden Oakley.

—Me paso aquí todas las noches, es mi condena —contestó, con una sonrisa que a la detective le recordó a las teclas de un piano viejo—. Veo a casi todo el mundo y me entero de casi todo. Cuando Hayden empezó a venir por aquí, tuve claro que podía irle o muy bien, o muy mal.

—¿Qué quieres decir? —quiso saber la mujer.

—Era guapo, atlético. Iré al grano. Este *pub* es un picadero sórdido… Pero es que los picaderos sórdidos pueden ser muy lucrativos. No tenemos que preocuparnos de tener vinos finos en el almacén ni de poner platos de queso con aceitunas. La gente viene buscando sexo… Hayden era muy popular entre los parroquianos. A veces, ves lo mucho que se lo curran los chicos con esos tíos mayores, cómo buscan a alguno rico y después se lanzan al ataque, para al final hacer negocios o pasar al siguiente. Otras veces están por aquí demasiado tiempo, envejecen y empiezan a parecer un poco desgastados, cansados.

—¿Quiénes son tus parroquianos?

—Me gustaría decir que agradables divorciados e intelectuales de la zona, pero la mayoría son viejos verdes —dijo el hombre sin pestañear.

—¿Lo que le pasó a Hayden ha afectado al negocio? —le preguntó la detective.

Se quedó un momento pensativo.

—A mí no me lo ha parecido. Muchos bares de ambiente de los alrededores tienen grupos de Facebook en los que han colgado avisos de que hay un asesino en potencia suelto para advertir a los chavales, pero el fin de semana hemos estado como siempre, hasta la bola. Creo que ha sido por la actitud de todo el mundo de «esto no me va a pasar a mí». ¿Os pongo un té o un café? —añadió, y señaló una asquerosa bandeja de plástico con tazas, una vieja tetera y una bolsa de azúcar de un kilo cubierta de manchas de té.

—No, gracias —le contestó Kate—. Supongo que esos hombres más mayores vienen porque aquí hay chavales atractivos.

—Bueno, no vienen a ver la decoración —comentó el hombre—. La policía me preguntó si venían muchos prostitutos por aquí. Según los rumores, Hayden era uno de ellos. Pero os voy a decir lo mismo que le respondí a la policía: yo solo sirvo las copas y pongo los asientos, y mientras nadie haga nada ilegal dentro de estas cuatro paredes, vivo y dejo vivir.

—¿Hayden desapareció después de salir de aquí? —continuó Tristan.

—Sí, es la última vez que se le vio.

—¿Se fue con alguien? —añadió el chico.

—Pues sí, con un tío muy grande; moreno, con el pelo largo y una gorra. Parecía un poco un cantante de *country*. Bueno, por lo menos bajo las luces de la pista de baile. Seguro que si lo hubiese visto en la calle de día me habría parecido, más bien, alguien del pueblo vestido de vaquero.

—¿Se fueron en coche o andando? —quiso saber la detective.

—Estamos lejos de los caminos habituales, así que todo el mundo viene en taxi o en coche. La policía cree que se fueron en un vehículo privado, pero nadie vio la marca ni el modelo, y no había taxis esperando fuera que pudieran verlos. Fue un lunes por la noche, así que todo estaba bastante tranquilo.

—¿Recuerdas qué aspecto tenía el tío? Sus rasgos faciales —le preguntó Kate.

—La policía envió a uno de sus artistas, con el que estuve colaborando para crear un dibujo del tío en cuestión... Un momento... ¡Kenny! ¿Kenny? —gritó, mirando hacia atrás.

Un segundo después, el chico del acné salió de la parte trasera del *pub*.

—¿Te estás quedando sordo, o qué?

—¿Qué quieres, Des? Estoy con los barriles.

—¿Tienes en el móvil el dibujo ese? El boceto que hizo la policía.

Kenny se sacó el móvil del bolsillo, limpió la pantalla y se puso a buscar la foto. Se lo pasó a Des, que lo miró por encima de las gafas y luego se lo pasó a la mujer. Tristan se acercó para ver también la pantalla.

A Kate siempre le daban escalofríos los retratos robot, y este no fue una excepción. La cara era una composición de partes distintas: los ojos, la nariz, la boca, los labios, el pelo... Pero estaban unidas de manera que formaban una imagen rara y amenazante. Tenía los ojos de color marrón intenso, un poco separados. La nariz era recta y parecía de lo más corriente, pero los dientes de arriba sobresalían un poco de la mandíbula de abajo. Contaba con una frente ancha. El cabello le nacía un poco más bajo de lo normal y la línea de este era oscura. Para rematar, llevaba una gorra colocada demasiado atrás.

—¿Puedes enviármelo? —le pidió la detective.

—Es de prepago —le contestó el chico.

—Oh, por el amor de Dios, yo te doy los veinte peniques —dijo Des—. Dale, cariño —añadió.

Kate tecleó su número de teléfono y se envió el mensaje. Después, le pasó el móvil a Kenny, que volvió a bajar las escaleras armando un escándalo.

—¿No os parece rara la línea del pelo? —preguntó la mujer mientras observaba el retrato robot en su teléfono.

—Sí. Me dio esa impresión. Bueno, no tanto en el momento, porque aquí viene gente para todos los gustos, pero cuando lo pensé después, me di cuenta de que el pelo parecía una peluca. Una buena, porque la línea del cabello tenía que ir pegada.

—¿Los dientes son falsos también? —inquirió Tristan, y ladeó la cabeza para mirar la foto.

—Ni idea, podría ser. O a lo mejor es solo que no es muy agraciado —le respondió Des.

—¿La policía ha interrogado al resto de los parroquianos? —quiso saber la detective.

—Sí, le pedí a un par de chavales que viniesen. Uno estaba convencido de que las cosas pasaron al revés y que Hayden estaba planeando poner algo en la bebida del tío para robarle. Dijo que no era la primera vez que lo hacía.

—¿Alguien había denunciado al chico a la policía? ¿Tenía antecedentes? —preguntó Tristan.

—No y no. A la mayoría de los tíos a los que les pasa eso les da demasiada vergüenza llamar a la policía. Normalmente están casados y no quieren que sus mujeres se enteren —les explicó Des.

—¿Conocías bien a Hayden?

—Pasó la mayor parte de su infancia bajo tutela. Aquí vienen muchos chavales a los que tengo que echar de una patada en el culo por ser menores. Soy muy estricto con eso. Hayden llevaba cinco meses viniendo todos los lunes.

—Lo violaron y lo estrangularon. Su cuerpo apareció tirado en el páramo, cerca de Buckfastleigh —le informó Kate.

El hombre pareció horrorizado. Negó con la cabeza y chasqueó la lengua.

—Lo triste es que hemos perdido a bastantes jóvenes de nuestra comunidad por sobredosis o por las palizas que les dan los clientes. La mayoría pasan desapercibidos. Es la primera vez que alguien de la policía envía a un retratista —dijo Des.

—No es la primera vez que este tío asesina a alguien —le comentó la mujer.

—¿Es algo así como un asesino en serie?

—Sí. ¿Podemos enseñarte unas fotos para que nos digas si has visto por aquí a cualquiera de estas personas durante las últimas semanas?

—Claro.

La detective había llevado unas cuantas fotocopias y las puso encima de la barra. La primera era una foto de Max Jesper.

—No, no lo he visto nunca —dijo Des, después de ajustarse las gafas y estudiar la imagen con atención.

A continuación, le enseñó una fotografía de Ashley Maplethorpe que habían sacado de su página de LinkedIn.

—No, tiene demasiada clase para este sitio.

El hombre tampoco reconoció a Fred Duncan ni a Bill, aunque a ellos los había incluido como grupo de control. La última era de Noah Huntley.

—Ah, a este lo conozco —comentó Des.

Kate y Tristan cruzaron una mirada.

—¿Lo has visto por aquí? —le preguntó la detective.

—No, lo siento, quería decir que sé quién es. Era el parlamentario de nuestra zona. Le escribí una vez para que se limpiase la orilla del canal de ahí fuera. Y me respondió. Nunca llegaron a limpiarla, pero me respondió. Ya es algo, ¿no?

—¿Estás totalmente seguro de que no ha estado nunca aquí? —insistió el muchacho.

—Completamente seguro —le respondió el hombre—. ¿Para qué iba a venir a un antro como este?

34

Los dos detectives abandonaron el bar de Torquay y volvieron a Ashdean para hablar con Rita Hocking por Skype. La mujer respondió al tercer correo que Kate le envió y se disculpó diciéndole que había estado en la India para informar sobre las elecciones del país. También le comentó que estaría encantada de hablarle sobre el tiempo que pasó trabajando en el *West Country News* con Joanna.

Volvieron al despacho, almorzaron y Tristan imprimió el retrato robot para colgarlo en la pared, junto con las fotos en tamaño A4 de Noah Huntley, Ashley Maplethorpe y Max Jesper. También había una imagen de Nick Lacey que le había pedido a Bishop, pero salía de espaldas. El chico había dibujado una enorme interrogación con un bolígrafo negro.

—Nuestro hombre del retrato robot no se parece a ninguno de ellos —dijo.

—Todas las narices coinciden. Todos tienen una nariz aguileña bastante grande, pero necesitamos algo más que eso —comentó Kate.

—Nos vendría bien una foto de Nick Lacey. Su presencia ha estado resonando de fondo en todo lo que hemos averiguado.

Bajo la fila de fotos estaban las imágenes de David Lamb y Gabe Kemp. Además, habían añadido dos folios para los cuerpos inidentificados que aparecieron en la alcantarilla en 1998 y en el basurero en el año 2000. Los dos se quedaron mirándolos durante un minuto.

—Si este tío está usando un disfraz para secuestrar a sus víctimas, tiene que haberle resultado muy fácil evitar a la policía durante todo este tiempo —comenzó la mujer con las pupilas clavadas en los fríos ojos marrones que tenía delante, que parecían dominar la habitación mientras los observaba desde el tablón de anuncios.

—El retrato robot que hicieron en el bar lo pinta como un hombre mayor, de unos cincuenta años. Puede que lleve haciendo esto desde hace más de cinco años. Cabe la posibilidad de que haya escondido más cuerpos y que no se hayan encontrado —continuó Tristan.

—Des ha dicho algo sobre que Hayden llevaba cinco meses yendo al *pub* Brewer's Arms y que uno de los chavales que va allí a beber estaba convencido de que las cosas eran al revés y que el chico estaba intentando meter algo en la bebida de su secuestrador para robarle...

—Sí, ha dicho que ya lo había hecho antes... —concluyó el detective.

—Así que puede que quedasen antes. Hayden ya había averiguado que era una persona con dinero a la que merecía la pena robar.

—¿Crees que nuestro hombre no está secuestrando a muchachos de manera aleatoria? ¿Que primero los conoce?

—Y que va viajando por la zona oeste del país. A Hayden lo secuestró en Torquay, David Lamb vivía en Exeter y Gabe Kemp residía y trabajaba en un *pub* gay cerca de Plymouth —concluyó Kate.

—Mierda, puede que esté usando más disfraces.

* * *

A las tres en punto de la tarde, diez de la mañana en Washington, llamaron a Rita Hocking por Skype. Rita cumplía con el estereotipo de periodista. Tenía el cabello largo y canoso recogido en un moño sujeto por dos lápices, iba muy maquillada y se había pintado los labios de rojo, lo que resaltaba unas facciones ya arrugadas. Sus gafas de pasta de color rojo intenso magnificaban sus ojos marrones. Tras ella se veían unas estanterías y parte de la ventana de un despacho. La punta de la alta torre del monumento a Washington asomaba por una hilera de edificios de ladrillo rojo.

—¿Qué tal? —los saludó.

Su acento británico solo se veía ligeramente enturbiado por un gangueo transatlántico.

Cuando terminaron con las cortesías, Kate tomó la palabra.

—Gracias por hablar con nosotros. Agradecemos que nos hayas hecho un hueco.

—Sin problema —contestó. Luego cogió un enorme café helado para llevar y dio un sorbito de la pajita—. Con que Joanna Duncan, ¿eh?

—¿Durante cuánto tiempo fuisteis compañeras? —le preguntó Tristan.

—El *West Country News* fue mi primer trabajo cuando acabé la universidad. Tenía veinticinco años; fue en el año 2000. Me quedé allí tres años hasta que cumplí los veintiocho... Vaya, acabo de delatar que tengo cuarenta —bromeó, les sonrió y dio otro buen sorbo de café.

—Bueno, estás genial —comentó el chico.

—No estaba pidiendo tu opinión sobre mi aspecto —le espetó la mujer, y, en un segundo, cambió por completo su actitud risueña—. ¿Por qué creen los hombres que está bien ir por ahí haciendo comentarios? ¿Qué edad tienes tú?

—Veinticinco —respondió el muchacho—. Lo siento, no pretendía ofenderte.

—No me has ofendido. Ni te conozco.

—Joanna Duncan debió de entrar en el periódico un año después que tú —intervino Kate en un intento por reconducir la conversación.

—Sí, y le encantaba la jerarquía. La volvía loca.

—¿Qué quieres decir?

—Siempre estaba deseando hacer hincapié en que ella pertenecía a un rango superior, que tenía más experiencia —les explicó Rita—. Y odiaba el hecho de que yo hubiese estudiado en la privada. Como si eso importara... —La detective ni se atrevió a cruzar una mirada con su socio. «Claro que importa», pensó. La mujer continuó—: Solíamos cubrir las crónicas sobre críos que acababan echándose a perder. Había una historia sobre unos que vivían en un rascacielos y sus madres se estaban follando al camello; cuando lo arrestaron, seis de ellas se suicidaron y a los niños los mandaron a una casa de acogida. La recuerdo diciéndole a nuestro editor que ella debía cubrir esa noticia porque, al ser de clase obrera, su voz tenía más autenticidad. Jugaba con las emociones de los demás, los manipulaba.

Entonces, dio otro tremendo sorbo de café.

—¿El editor era Ashley Harris?

—Sí, y era un buen editor. La caló desde el primer momento.

—¿Qué quieres decir?

—Un periodista debe tener empatía. No es que lo seamos todo el tiempo, no ejercemos la profesión más empática del mundo, pero, a veces, cuando estás escribiendo una historia para exponer o desenmascarar una faceta de la vida de alguien, necesitas ser capaz de ponerte en el lugar de esa persona. También tienes que ir un paso por delante, como en una partida de ajedrez. Debes saber cuándo no actuar, porque alguien puede convertirse en una fuente y serte de utilidad más de una vez. Si es alguien poderoso, puede que tengas que dejar de escribir sobre su infidelidad o los crímenes insignificantes que haya cometido, porque sabes que puedes guardarte esa baza y tocar a su puerta para que te dé filtraciones e información más jugosa —dijo.

—¿Y Joanna no era así? —quiso saber la detective.

—La gran historia era que Noah Huntley aceptó sobornos para realizar contrataciones públicas mientras era miembro del Parlamento. Aquello llegó a un rango muy amplio de lectores y provocó un terremoto, pero cuando no consiguió la gloria por su historia después de que los periódicos nacionales la escogieran, perdió el olfato que te da el instinto periodístico. En lugar de salir ahí fuera a buscar otra gran historia, y las había a montones, decidió rebuscar entre la mierda e ir a por Noah Huntley y sus líos gays. Era como un perro con un hueso, buscando a todos esos chavales a los que el exparlamentario se había follado. ¡Quería que uno de ellos llevase un micrófono! Os recuerdo que era un periódico regional. Joanna no tenía cojones para dimitir y probar suerte en Londres, simplemente se quedó por allí, volviéndose cada vez más vengativa y resentida.

—¿Conoces a Noah Huntley? —le preguntó Kate.

—Sí. Pasé algún tiempo con él durante el periodo de campaña de las elecciones generales de 2001. Ganó su escaño por una aplastante mayoría. Era divertido estar cerca de él y de su mujer, Helen. Noah es algo así como un tonto con encanto, uno al que llegas a querer. La gente se piensa que ella no es más que un felpudo al que llevan pisoteando muchísimo tiempo, pero nadie se ha molestado en mirar más allá de la imagen de la mujer que acompaña a su marido en las fotos. Los dos se conocieron en Cambridge. Él es gay y ella, lesbiana. El trato fue que se casarían para tener seguridad y compañía. Noah se convirtió en la persona importante de la pareja, así que su amor por las pollas, si me permitís la falta de tacto, era un buen cotilleo, pero yo no habría malgastado mucho tiempo persiguiendo esa historia.

—Hablamos con tu editor hace un par de días y nos dijo que le pidió a Joanna que eliminase todo lo referente a los prostitutos de la historia original. ¿Es verdad? —continuó la detective.

—Sí, no puedes sacar a la gente del armario porque sí. No tenía pruebas de que Noah estuviera usando su cuenta de gastos del Parlamento para solicitar, como ya he dicho, pollas.

—Expidió un cheque a uno de los prostitutos —intervino Tristan.

—Sí, pero podría haber sido un pago por el trabajo de un investigador autónomo o de un secretario administrativo. Es poco común, pero, sí, muchos miembros del Parlamento contratan a secretarios o investigadores. Ese cheque no se habría podido defender en un juicio cuando el chaval involucrado se había negado a que lo entrevistasen.

—¿Sabías que Joanna quedó con Noah Huntley dos semanas antes de desaparecer? —le preguntó la mujer.

—No, no tenía ni idea.

—¿Estabas trabajando en la oficina el día en que desapareció?

—Trabajé por la mañana y me fui para la hora de comer.

—¿Notaste a Joanna rara aquel día?

—Define «rara».

—¿Estaba estresada por algo? ¿Actuó de alguna forma poco común?

Rita se recostó un momento en su asiento.

—Dios, hace mucho tiempo. Recuerdo que fue simpática conmigo... —Y soltó una risita—. La situación entre las dos era más bien fría, pero ese día me invitó a un café. Me pareció que estaba alegre, incluso emocionada. Acababan de enviarle unas fotos que había mandado a revelar a Boots, la tienda de fotografía. ¿Te acuerdas de eso? ¿De cuando teníamos que llevar las fotos a revelar?

—¿Eran las fotos de las vacaciones? —le preguntó la detective, y cruzó una mirada con Tristan.

—No, no creo. Me pidió un formulario de reclamación de gastos. Lo recuerdo porque fue lo último que me dijo —explicó Rita.

—¿Y qué pasó después? —quiso saber Kate.

—Nada, me quedé unos diez minutos más y me fui porque había quedado con mi novio para comer.

—¿Eran muchas fotos? —insistió la mujer.

—Sé que tenía un montón de esos sobres que normalmente te enviaban con las imágenes ya reveladas. Por aquel entonces, no era raro que un periodista trabajase con fotos, películas y todo eso. Todavía faltaban unos años para la transformación digital.

—¿Recuerdas cuántos sobres tenía? —preguntó la detective.

—Hace mucho tiempo. Estaban en un montón. No sé, ¿quince? ¿Veinte?

—Si Joanna hubiese querido utilizar una imagen revelada para una noticia, ¿la habría escaneado ella misma? —intervino Tristan.

—No, la habría enviado a la imprenta a través de la sección de fotos —dijo la periodista.

—En el *West Country News,* ¿trabajabais con portátiles o con ordenadores de mesa? —quiso saber Kate.

—Yo tenía un portátil. La mayoría los usábamos para poder trabajar desde casa.

—¿La gente solía dejarlos en el trabajo?

—No, Joanna nunca lo dejaba allí. Tuvo que llevárselo cuando se fue. Era ferozmente competitiva. Era una buena periodista, en el sentido de que trabajaba mucho tanto fuera de la oficina como dentro.

—¿La policía fue a hablar con los empleados del *West Country News?*

—Sí, cada uno le contó lo poco que sabía. Fue una conmoción para todos —le respondió Rita, a quien se le ensombreció el gesto—. He sido sincera con lo que pensaba de Joanna, pero que uno de los tuyos se convierta en la historia es algo duro. Yo escribí la mayor parte de los textos que se publicaron durante los primeros días después de su desaparición.

—¿Sabes qué pasó con las fotos? —insistió el chico.

La periodista negó con la cabeza.

—No.

—¿Qué crees que le pasó? —quiso saber Kate.

—Creo que quien le hizo aquello fue o una persona que la conocía muy bien, o un completo extraño.

—Noah Huntley destaca como posible sospechoso por su historia y el hecho de que Joanna tuviese aquella reunión clandestina con él, por la noche, en el *parking* de una gasolinera. Es posible que tuviese alguna información comprometedora para él.

Hubo un momento de silencio. La mujer pensó en lo que acababa de escuchar durante unos segundos y luego volvió a negar con la cabeza.

—Siempre he pensado que Noah Huntley era algo así como un bufón. Daba la impresión de que era desorganizado; durante el periodo de campaña bebía muchísimo. Claro, que, por aquel entonces, no había móviles con cámara y era más difícil que lo pillasen borracho. Además, no creo que Joanna fuese tan buena periodista como para tener información tan explosiva sobre él. Su debilidad por los jovencitos era un secreto a voces y ya había perdido su escaño, así que cualquier cosa que tuviese que ver con la mala gestión de los fondos parlamentarios ya no era noticia. ¿De verdad creéis que Noah se cargaba a esos chavales?

—Es una teoría —dijo la detective.

A Rita casi se le escapó la risa y luego negó una vez.

—¿Tenéis más pistas o algún otro sospechoso? ¿Alguna idea de dónde puede estar su cuerpo?

Kate y Tristan se miraron.

—No —contestó la mujer.

—Bueno, de una cosa estoy segura: Joanna no desapareció voluntariamente. Era demasiado ambiciosa para hacer algo así. Quería que su nombre se llevase la fama y la gloria —dijo Rita.

* * *

—Guau. Las fotos que Joanna reveló son una pista tremenda —comentó Tristan cuando colgaron la llamada de Skype.

Kate cogió su taza de café y vio que estaba vacía. Necesitaba prepararse otro.

—Jorge dice que Joanna fue a su apartamento a finales de agosto de 2002. Una semana después, el día que desaparece, recibe un montón de fotos reveladas. Es imposible que la policía las incautara, porque no había nada sobre ellas en los archivos del caso. Tenemos que conseguir que Jorge nos dé esas fotos. Ya le he mandado un mensaje y le enviaré otro para hacerle ver que tenemos prisa. —Entonces, sacó el móvil y justo en ese momento sonó una notificación. Era un mensaje de texto—. Es de Faye Stubbs —anunció, con los ojos clavados en la pantalla—. Dice que pongamos BBC News en la tele.

El muchacho cogió el mando y encendió la pequeña televisión que había en la esquina del despacho.

—¿Qué número es la BBC News? —preguntó mientras hacía *zapping*—. Ah, aquí está.

Acababa de comenzar el telediario, y en la pantalla se veía una imagen del árbol caído de Dartmoor, donde se había encontrado el cadáver de Hayden.

«SE RELACIONA UN CADÁVER APARECIDO EN UN PÁRAMO CON CUATRO ASESINATOS SIN RESOLVER», rezaba el titular en la parte baja de la pantalla.

—La policía hace un llamamiento a los testigos para que les ayuden a rastrear los últimos movimientos de Hayden Oakley, un muchacho de veintiún años de Torquay. La última vez que se le vio fue la noche del lunes 11 de mayo en un *pub* del pueblo, el Brewer's Arms...

Una fotografía del bar apareció en la pantalla y la siguieron tres imágenes borrosas de la parte trasera de un taxi captadas por una cámara de seguridad: Hayden iluminado en el asiento de atrás, el chico inclinándose hacia delante para pagar al taxista y la tercera saliendo del coche.

—El cuerpo de policía cree que este crimen está relacionado con otros cuatro asesinatos sin resolver: el de David Lamb, que desapareció en junio de 1999; el de Gabe Kemp, que se desvaneció en abril de 2002, y el de otros dos jóvenes que aún no se han identificado…

En la pantalla aparecieron las imágenes de David y Gabe de la página web del gobierno de personas desaparecidas.

—La policía también considera que estos asesinatos sin resolver están conectados con la desaparición de la periodista de Exeter, Joanna Duncan, en septiembre de 2002. Una detective privada de la zona, Kathy Marshall, se puso en contacto con la policía para mostrarles unas pruebas muy convincentes que demuestran que Joanna Duncan estaba investigando las desapariciones de David Lamb y Gabe Kemp cuando no volvió a saberse de ella. Ha habido muchos llamamientos a lo largo de los años y su desaparición apareció en el programa *Misterios sin resolver* de la BBC en enero de 2003, pero nunca llegó a encontrarse su cuerpo.

La foto de Joanna apareció en la pantalla y, a continuación, mostraron una serie de imágenes de la reconstrucción que hizo una actriz que se parecía a la chica, en la que caminaba por la calle principal de Exeter hasta el *parking* de Deansgate, para el programa *Misterios sin resolver*.

—El cuerpo de Devon y Cornualles ha abierto una línea de atención telefónica destinada a este caso y piden que cualquier testigo llame a este número.

—«Kathy» Marshall —soltó la detective, y miró a su socio mientras el número de la línea de atención telefónica aparecía en la pantalla.

Él estaba con las pupilas clavadas en su teléfono.

—Noah Huntley ha mordido el anzuelo —dijo con una sonrisa—. Ha accedido a quedar mañana con nosotros.

35

El sentimiento de contar con un poder divino se evaporó en cuanto encontraron el cadáver de Hayden. Estaba convencido de que la lluvia y el lodo rellenarían el agujero que dejó el árbol y que el ayuntamiento lo trituraría, se lo llevaría de allí y terminaría de cubrir el hueco de manera que el cuerpo del chico acabase enterrado en una tumba de barro.

Al principio le alivió ver que el descubrimiento del cuerpo del joven solo había saltado discretamente a las noticias locales. Había limpiado a conciencia todas las pruebas de ADN y estaba seguro de que estaba solo en el páramo. No lo había visto nadie.

Ya entrada la tarde del lunes, iba conduciendo por la autopista en dirección a Exeter, con la radio puesta y las ventanillas bajadas, cuando escuchó en las noticias que la policía había relacionado la muerte de Hayden con otros cuatro cuerpos que anteriormente no habían sido capaces de identificar. Mencionaron a David Lamb y a Gabe Kemp. Dio un volantazo, por el que estuvo a punto de estrellarse contra un enorme camión, y se salió de la carretera para pararse en una área de descanso.

Se quedó unos minutos ahí sentado, sin dejar de sudar, con el motor traqueteando a pleno sol. Las noticias llegaron a su fin y, a continuación, comenzó a sonar una canción. El hombre apagó la radio y comenzó a buscar en su teléfono. La historia ya estaba en la página principal de la BBC News, donde ponía que la policía creía que las muertes de estos jóvenes estaban relacionadas con el caso de la desaparición de la periodista Joanna Duncan en 2002, y que iban a reabrirlo. También incluían un resumen con toda la información y el número de una línea de atención para cualquiera que quisiera aportar datos a la policía.

—El número de una línea directa… Mierda —dijo en voz alta.

Siempre había temido que pasase esto; que la policía diese algún día con la conexión. Comenzó a respirar hondo. Puede que hubiesen relacionado los cadáveres de los chicos, pero estaba seguro de que no había pruebas de ADN que pudiesen guiarlos hasta él a través de sus muertes.

Y Joanna Duncan.

El cuerpo de la mujer estaba bien escondido y no le cabía duda de que no la encontrarían jamás. De todas formas, la policía necesitaba un sospechoso al que investigar, alguien contra quien pudiesen ir con todo. Alguien a quien culpar.

Un camión pasó por su lado con un estruendo que sacudió los laterales de su coche. Después, el hombre giró el retrovisor para observar su reflejo.

—Necesitas tranquilizarte. No se te puede ir la pinza —le pidió a la persona que le devolvía la mirada en el espejo. Sonó débil y patético—. A Peter Sutcliffe… Solo pillaron al destripador de Yorkshire de chiripa, porque la policía lo paró por una infracción de tráfico. A Ted Bundy le pasó lo mismo. No tienen una mierda. No saben nada. Y, aun así… tú no eres como ellos, no eres… como ellos.

Levantó la mano y se acarició la cara, palpando los contornos de la nariz, la boca, los labios, y trazando la línea de la frente hasta el nacimiento del pelo.

—Tú eres la víctima. Sabes bien que… Esos jóvenes, pueden parecer algo por fuera, pero tienen problemas, graves problemas mentales. Utilizaban su apariencia para manipular y hacer daño a otras personas. Tú evitaste que hicieran daño a otros. Como te lo hicieron a ti. Sobreviviste a los matones, y eso te dio un propósito.

Tom cerró los ojos por el sol abrasador y, por un momento, tenía trece años y volvía a estar en la cama del hospital. La paliza en las duchas del colegio lo dejó con la mandíbula rota, una fractura en la cuenca del ojo y varias costillas partidas. Lo habían pisoteado con tanta agresividad que tenía un derrame interno en el riñón, lo que conllevó tener que ponerle una bolsa a los pies de la cama que, conectada a un catéter, estaba llena de la orina rosa de dos semanas.

Tres de los chicos que participaron en el linchamiento fueron expulsados del colegio, pero ninguno de los demás que estuvieron allí aquel día aportaron pruebas en su favor. En lugar de eso, se pusieron de acuerdo para decir que no habían visto nada. Incluso su profesor, el señor Pike, le contó a la policía que encontró a Tom después de todo, tirado en el suelo de las duchas, sangrando.

El muchacho se recuperó por completo, pero nunca consiguió dar respuesta a por qué, desde entonces, lo habían impulsado la ira y el miedo. Sus experiencias a los veintipocos no fueron mucho mejores. Los hombres con los que se acostó, o con los que intentó acostarse, lo usaron, le pegaron o abusaron de él. La única forma en la que fue capaz de sentirse aceptado fue pagando por sexo. Si pagabas, no tenían derecho a quejarse. Y, entonces, fue cuando decidió convertirse en alguien distinto. Tomó la decisión de que tenía que ser el que tuviese el control. Fue en ese momento cuando pagar por sexo se convirtió en algo más oscuro.

El movimiento más allá de las ventanillas del coche lo devolvió a la realidad. Ahora había un enorme camión parado en el arcén mientras el resto de vehículos pasaban como un rayo por su lado. Bajó la mirada y se dio cuenta de que estaba dándole golpes sin parar al volante con la palma de la mano. El hombre que estaba fuera del coche era bajito y rollizo, y el sudor resplandecía en una coronilla calva. Tom paró y tuvo que darse un momento para recuperar el aliento.

—Tío, ¿estás bien? —le preguntó el desconocido.

Parecía preocupado, incluso un poco asustado.

Tom subió la ventanilla y arrancó. Salió del área de descanso con un chirrido de ruedas y echó un vistazo hacia atrás para ver al hombre desconcertado alejarse por el espejo; esperaba que no se hubiese quedado con su cara.

36

Sarah llamó a Tristan por teléfono mientras el chico conducía por el paseo marítimo de Ashdean.

—Tengo que hablar contigo —lo saludó.

Usó un tono cortante que enseguida le hizo pensar que había hecho algo malo.

—Me pones nervioso cuando hablas de esa manera.

En ese momento, vio un hueco justo delante de la puerta de su piso y aparcó ahí.

—Es bastante serio —comenzó su hermana—. No han aceptado tu solicitud para la hipoteca.

Tristan apagó el motor y enseguida se puso a sudar.

—Me dijiste que estaba aprobada.

—Gary creyó, igual que el director del banco, que podía engañar al sistema... Pero, entonces, alguien de la oficina central revisó la solicitud de hipoteca aprobada y no tienes suficiente dinero... sobre el papel; por eso la han anulado —le explicó la mujer.

—¿Qué quieres decir? Yo tengo dinero.

—No pueden tener en cuenta la agencia porque es un negocio nuevo. Necesitan ver las cuentas de un año antes de poder contarlo como ingreso.

—Vale, pues ¿qué hago?

—Ahora no entres en pánico. Esto significa que este mes tu hipoteca va a volver al TAE general, lo que, por suerte, no es mucho más.

—¿Cuánto más?

—Ciento cincuenta libras.

—Eso es mucho —dijo el chico mientras se ponía a hacer cálculos mentales a toda prisa.

Ya iba corto de dinero y, si la policía reabría el caso de Joanna Duncan, cabía la posibilidad de que Bev no los necesitase más.

—Tenemos un mes para solucionar esto y lo solucionaremos. ¿Necesitas que te eche una mano con el dinero? —le preguntó su hermana.

—No, gracias.

—Es solo que me gustaría que no tuvieras que invitar a un extraño a vivir contigo...

Se oyó un sonido amortiguado, como si hubiese soltado el teléfono y, a continuación, la escuchó vomitar.

—¿Sarah?

—Ay, lo siento.

—¿Sigues enferma?

La mujer soltó un largo suspiro.

—Tris... Tengo que contarte una cosa... Estoy embarazada.

—Guau. ¡Qué noticia tan maravillosa! —exclamó Tristan. Estaba verdaderamente emocionado por su hermana—. Creí que querías aprovechar un poco más el matrimonio antes de...

—Sí, ha sido una gran sorpresa. Literalmente acabo de enterarme. Me he hecho el test hace un segundo.

—¿Dónde está Gary?

—En el trabajo. Eres la primera persona a la que se lo cuento.

Su voz sonó melancólica, lejana.

—Es una noticia buenísima. Te has casado con una persona a la que quieres, tenéis trabajo, un hogar. Hasta una habitación libre —continuó el chico.

—Lo sé. Estoy contenta. Lo estaré. Ahora solo estoy preocupada; esto me parece una cosa tan adulta... ¿Sé lo bastante sobre mí como para responsabilizarme de otra persona?

—Sarah, has sido mi madre y mi hermana a la vez. Vas a ser la mejor madre del mundo. La mejor. Es un bebé con suerte.

Se dio cuenta de que su hermana se había puesto a llorar.

—Y tú vas a ser el tío más increíble.

—No había pensado en eso —le dijo el muchacho, que notaba que se le empezaban a saltar las lágrimas—. Apuéstate algo, ¿crees que va a ser niño o niña?

La mujer se rio.

—Solo es una raya azul en un test de embarazo. No puede tener más de un par de semanas.

Se hizo el silencio. Los dos estaban sollozando.

—¡Es muy buena noticia! Tienes que contárselo a Gary ahora mismo. Llámalo ya —le ordenó Tristan.

La escuchó resollar y sonarse la nariz.

—Vale, voy a ello. Te quiero. Y solucionaremos lo de tu hipoteca, ¿vale?

—De acuerdo. Te quiero.

El joven colgó el teléfono y entró a su piso. La casa estaba vacía. Al pasar por la cocina vio que ya habían arreglado la ventana de la parte de atrás. Luego, fue al baño a mirarse en el espejo. Sarah estaba embarazada. Iba a tener un bebé. Aquello hizo que pensase en su vida: estaba contento en el trabajo, muy contento, pero ¿qué había del aspecto personal? Ni siquiera había nadie significativo en el horizonte. ¿Y los niños? Siempre había querido tener hijos, pero no sabía cómo iba a conseguirlo, y aquello le entristecía y le hacía sentir muy solo.

Se puso la equipación de *running*. Era una tarde cálida, así que salió a correr por el paseo marítimo y la playa, hasta el faro, y vuelta. Aquello hacía que se sintiese mejor y que sus hombros se descargasen de sus pensamientos y preocupaciones. Durante los próximos meses haría buen tiempo. Tendría que comprarle algo a Sarah y a Gary. ¿Se hacían regalos para felicitar el embarazo? Le preocupaba el dinero. ¿Y si Bev y Bill decidían no seguir con ellos cuando pasase el primer mes? Ahora que estaban avanzando con la investigación. Durante el verano le habían reducido la jornada en la universidad. Podía cancelar la suscripción del gimnasio, que eran sesenta libras al mes, y dejar el hábito de comprarse zapatillas caras todos los meses, o empezar a llevarse sándwiches al despacho… Así ahorraría una fortuna y conseguiría el dinero extra de la hipoteca si las cosas no salían bien. Ya mismo sería su cumpleaños y podía pedir unas mancuernas.

Cuando llegó al paseo marítimo estaba sudando como un pollo, y se quitó la camiseta para secarse la cara y el pecho. Luego se paró en una fuente cerca del muelle y bebió hasta que sació su sed. Al incorporarse, vio a Ade saliendo del restaurante de *fish and chips* del embarcadero con un cono enorme lleno de patatas y una salchicha rebozada. El hombre se quedó mirando el torso del chico.

—Madre mía, te odio —dijo con una sonrisa.

—¿Por qué? —preguntó Tristan—. Hola, yo también me alegro de verte.

—¡Mira qué cuerpo! Dios mío —exclamó Ade, y sacó la salchicha rebozada para abanicarse con ella—. Y aquí estoy yo, a punto de zamparme trescientas calorías.

Acto seguido, le dio un bocado a la salchicha y ofreció al chico una patata frita. Él cogió una y se la metió en la boca.

—Gracias.

—¿Qué tal? Pareces un poco decaído. Bueno, pareces un adonis, pero tienes cara de estar un poco decaído.

—Problemas de dinero… Y mi hermana está embarazada.

—¿Y tú eres el padre?

—¡No!

—Entonces, ¿dónde está el problema? —exclamó su amigo al tiempo que le daba otro bocado a la salchicha.

—Antes… antes de entender que era gay pensaba que, a lo mejor, en algún momento, yo también tendría hijos. Ahora es muy probable que eso no pase nunca.

—¿Por qué no? Puedes meterte en internet y comprar un óvulo… Encontrar una mariliendre que tenga unas caderas fértiles e inseminarla con la jeringa para el pavo. O podrías adoptar. ¡O podrías hacer las dos cosas y convertirte en la Mia Farrow de Ashdean!

—Ade, lo digo en serio.

—Es que no sé cómo se hace, la verdad es que nunca he querido tener hijos… Venga, vamos a sentarnos en el muelle. Me siento un cualquiera comiendo patatas fritas en medio de la acera.

Se sentaron en un banco vacío con vistas al mar.

—Este caso se está volviendo un grano en el culo. Escuchar lo de los cadáveres de los cuatro chavales que encontraron violados y estrangulados… Noah Huntley es gay, pero se casó para no estar solo. Mi hermana me quiere, pero sé que le aterra que acabe solo y no encuentre la felicidad. Y hace un par de semanas dijiste algo en el *pub* sobre que habías perdido a un montón de amigos por la paternidad. Es solo que no sé dónde encajo ni cómo va a ser mi vida.

Ade posó la mano sobre la de Tristan.

—Tris, no tienes que «encajar», ya lo sabes. Hay muchísimos heteros que no quieren tener hijos o no pueden tenerlos y no pasa nada. La vida no gira alrededor de tener niños. Sí, hay un montón de gais y de lesbianas que tienen hijos o adoptan. Y después hay viejas reinonas, ya rancias como yo, que se alegran bastante de vivir solas. Me encanta tener mi espacio. Valoro vivir solo, pero no lo estoy.

—¿No te gustaría tener novio?

—A veces. Pero yo también he estado como tú; he pensado lo mismo y sé que soy un buen amigo, pero no creo que sea un buen novio. Tris, tienes qué, ¿veinticinco años?

—Sí.

—Sabes quién eres y sabes lo que quieres hacer con tu vida. Creo que vas a ser un detective privado de éxito y que el negocio va a ir sobre ruedas. Piensa en lo afortunado que eres en comparación con David Lamb y... ¿Cómo se llamaba?

—Gabe Kemp.

—Ellos no tuvieron la oportunidad o las ventajas que tienes tú, y ya ni siquiera cuentan con el lujo de estar vivos. Y tú has llegado a ser la persona que va a pillar a su asesino, ¿está claro?

Ahora sí que se había puesto serio.

—Sí, pero ahora que hemos encontrado la conexión, la policía quiere reabrir el caso de Joanna Duncan. Nos preocupa que la madre de Joanna no quiera que continuemos nosotros —explicó el chico.

—Sí, he visto antes las noticias. «Kathy» Marshall.

—Ya, no le ha hecho ninguna gracia. La policía nos dijo que le daría crédito a la agencia, pero han apuntado mal su nombre. Era su agradecimiento por haber sido capaces de conectar las investigaciones.

—¡Entonces no os rindáis! Si Kate y tú queréis que el negocio prospere, ¡tenéis que hacer que ocurra!

—Gracias, llevas razón —reconoció Tristan, que se secó los ojos y volvió a ponerse la camiseta.

—Bien, pues ya no hay problema —resolvió Ade—. ¿Qué haces esta noche? ¿Te apetecen un par de copichuelas en el Boar's Head? ¿Está ese imitador canadiense de Cilla Black que canta «What's It All About, Alfie»?

El muchacho sonrió y asintió.

—Vale, pero solo un par. Mañana hemos quedado con Noah Huntley y tengo que prepararme.

37

Tristan ya se había ido a casa cuando Kate terminó de prepararle la cena a Jake y los dos se la comieron mientras veían la tele. La historia volvió a aparecer en las noticias de la noche. Mostraron las fotos de David y Gabe y parte de la reconstrucción de *Misterios sin resolver.*

Terminaron de cenar, y el chico estaba enjuagando los platos cuando a la mujer le entraron muchísimas ganas de fumar, así que fue a buscar el paquete de tabaco que guardaba en una estantería del porche trasero.

Hacía una noche agradable y las dunas amortiguaban el sonido del viento y las olas a medida que ella bajaba por el acantilado. Al final del descenso encontró las dos hamacas oxidadas en las que Myra y ella se habían sentado tantas veces a hablar y a fumarse un cigarrillo. Una de las sillas se había volcado. Kate la cogió, le limpió la arena y la colocó junto a la otra. Se sentó, echó la cabeza hacia atrás y alzó la mirada a las estrellas, que brillaban en contraste con el cielo oscuro. El cansancio y la preocupación la inundaron y cerró los ojos.

* * *

De pronto, escuchó una tos áspera y abrió los ojos. Vio a su amiga Myra abriéndose paso entre las dunas. Tenía los hombros caídos y estaba encorvada. Llevaba un largo abrigo negro abierto y, debajo, un chándal gris y los pies descalzos. Incluso en la oscuridad, su pelo canoso estaba lleno de luz y su piel resplandecía.

—Buenas noches, Kate —la saludó—. ¡Dios mío! Las dunas se han movido, ¿no? Hacía tiempo que no venía por aquí.

La anciana se sentó junto a ella y la hamaca crujió por el peso. La marea estaba baja y la arena húmeda brillaba a la luz de la luna. La mujer tuvo una sensación rarísima. Sabía que estaba dormida y que aquello era un sueño. ¿Cómo era posible, si no, que su amiga fallecida estuviese sentada allí, en la playa, hablando con ella?

—Hola —le contestó.

Myra sonrió, sacó una botella de Jack Daniel's del bolsillo del abrigo y la dejó en la arena, entre sus pies. Kate se la quedó mirando mientras la anciana rebuscaba en el otro bolsillo hasta encontrar un paquete de tabaco. Lo abrió, sacó un cigarrillo y se lo puso entre los arrugados labios. El tembloroso resplandor del mechero iluminó la cara de la anciana e hizo que enseguida se le contrajeran las pupilas de sus enormes ojos marrones.

—¿Te apetece una copa? —la tentó Myra, y señaló la botella de Jack Daniel's que descansaba en la arena—. Estoy muerta y esto es un sueño, así que supongo que puedes tomarte una.

La idea le resultó provocadora, pero incluso en su sueño, sabía lo que estaba en juego. ¿Qué pasaría si volvía a beber? Negó con la cabeza.

—No.

—Buena chica —le respondió y, acto seguido, sonrió y exhaló el humo del cigarrillo entre los dientes.

—Te echo de menos —le confesó ella; notó que le inundaba la pena por la muerte de su amiga—. Llevo flores a tu tumba todos los meses.

Después se inclinó hacia adelante y Myra la agarró de la mano. Le pareció que la suavidad y la calidez de su piel eran reales. La anciana se rio para sí.

—Y son preciosas. Nada de esa mierda que se compra a la entrada de la gasolinera.

—Lo estoy liando todo —se lamentó Kate—. El primer caso grande de la agencia se me va a escapar entre los dedos… Tristan ha dejado un buen trabajo y no sé durante cuánto tiempo voy a poder seguir pagándole… He dejado la gestión de la tienda de surf y del camping de caravanas en manos de Jake… No sé qué voy a hacer cuando termine el verano.

Su amiga le dio la última calada al cigarrillo y lo lanzó de un capirotazo. La brasa incandescente surcó el aire para aterrizar en la arena húmeda y terminar desvaneciéndose.

—Bueno, ya va siendo hora de irme —dijo, dio unas palmaditas en la mano de la mujer y, aunque le costó su esfuerzo, se levantó de la hamaca.

—¿Ya está?

La anciana se cerró el abrigo.

—Kate, piensa en todo por lo que has pasado en la vida. Jake por fin vive contigo, has conseguido dedicarte a tu sueño, tienes tu propia agencia de detectives, la policía ha conectado cuatro asesinatos que no tenían explicación. Hasta has declinado tomarte una copa de este Jack Daniel's en un sueño. Y aquí estás, dándole vueltas a algo y poniéndote de los nervios por una mierdecilla. Problemas de liquidez, de trabajo. —Myra se agachó para coger la botella de Jack Daniel's. Después, le dio unos golpecitos a su amiga en el hombro y la señaló con el dedo—. Mi niña, saliste de la vorágine. No lo eches a perder.

Entonces, comenzó a subir de nuevo por el acantilado. Kate la observó mientras giraba y desaparecía detrás de una duna.

* * *

La mujer se despertó, todavía en la hamaca de la playa. La silla a su lado estaba vacía. Soplaba una brisa cálida y el teléfono le estaba sonando en el bolsillo. Lo sacó y descolgó justo antes de que dejase de sonar. Era Tristan.

—Perdona por llamarte tan tarde. ¿Va todo bien? —quiso saber—. Suenas un poco atontada.

—Sí, es que me había quedado frita. ¿Qué pasa?

—Noah Huntley. Estoy aquí sentado dándole vueltas a lo que deberíamos preguntarle, qué habría que decirle, cómo tendríamos que abordar las preguntas más incómodas… Y no sé por dónde empezar. Si ha ido por ahí violando y asesinando a chavales, no creo que nos lo cuente.

—Yo también he estado pensando en eso —lo tranquilizó Kate—. No vamos a preguntarle sobre eso. Nos concentraremos en averiguar qué relación mantenía con Joanna. Ahí está la clave.

38

Un día nuevo acababa de nacer cuando Tom aparcó en una tranquila calle residencial de las afueras de Exeter. Se había vestido de negro de la cabeza a los pies. Y aunque aquella noche hacía algo de calor, se puso unos guantes oscuros y un pasamontañas con agujeros en los ojos del mismo color. Cogió una bolsa de plástico del asiento trasero que contenía la ropa interior de Hayden y, a continuación, la metió en una mochila negra y salió del coche.

La calle llena de casas adosadas finamente decoradas seguía tranquila y en silencio; el único sonido que se escuchaba era el zumbido de las polillas que revoloteaban alrededor del resplandor anaranjado de las farolas. Al abrigo de las sombras, atravesó dos calles para llegar a un deportivo negro resguardado bajo la copa de un árbol alto. Todas las luces de las ventanas de los edificios de alrededor estaban apagadas. El hombre se llevó la mano al bolsillo y sacó un inmovilizador antirrobo. Lo había comprado por internet y no había sido barato, pero merecía la pena. Se paró junto al deportivo, se preparó para reaccionar rápido si algo salía mal y apretó el botón del dispositivo. Algo se deslizó con un zumbido, los faros dieron un fogonazo, el cierre central se abrió y los pestillos saltaron hacia arriba.

Al abrir la puerta del copiloto se preparó para que saltase la alarma, pero después de esperar un momento, no ocurrió nada. Solo un precioso silencio. Con cuidado de no tocar nada, Tom sacó unas pinzas de metal largas, sacó los calzoncillos de Hayden de la bolsa de plástico que había metido en la mochila y pasó la tela por todo el asiento del copiloto, el salpicadero y el volante. Después, deslizó la ropa interior debajo del asiento del copiloto.

Cuando terminó, el hombre se puso recto, volvió a guardar las pinzas en la mochila y cerró la puerta del copiloto del deportivo. De nuevo, pulsó el botón del inmovilizador, el coche se cerró y los faros se encendieron una sola vez.

Había tardado menos de un minuto. Tom volvió a fundirse con las sombras para volver a su coche.

De vuelta a casa, paró en una antigua cabina telefónica roja que había en un camino rural para llamar a la línea de atención de la policía y darles una información urgente sobre la investigación del asesinato de Hayden Oakley.

39

La mañana del martes, Kate y Tristan fueron a un Starbucks cerca del campus universitario de Exeter. Estaba en la cima de un acantilado, en medio de una calle de tiendas muy concurrida, y tenía vistas al estuario. También se encontraba cerca de donde Noah vivía con su mujer.

Al chico le pareció raro verlo llegar en persona después de todas las semanas que había pasado observándolo en las imágenes de la cámara de seguridad en las que salía con Joanna y escuchando todas las historias y las opiniones opuestas sobre él.

Era un hombre alto, mucho más de lo que parecía en las fotos, y fornido. También había ganado algo de peso desde principios de la década de los 2000. Iba vestido como un actor en su día libre: con unos chinos blancos ligeramente arrugados, una camisa azul de lino y un pañuelo fino que se aferraba perezoso a su cuello.

Se acercó a la mesa en la que se encontraban y, por un momento, el muchacho no supo qué decir.

—Hola —lo saludó, y se levantó para tenderle la mano—. Yo soy Tristan Harper y ella es mi socia, Kate Marshall.

—Encantado de conoceros a los dos.

El exparlamentario sonrió y estrechó la mano del joven entre las suyas. El chico se dio cuenta de que el hombre tomó la mano de Kate con menos afecto; solo le tendió la izquierda.

—Gracias por encontrar un momento para quedar con nosotros —dijo la detective—. Iba a levantarme. ¿Te pido un café?

—Mataría por un café *latte* largo y un bollito, si quedan —le pidió Noah.

Parecía muy seguro de sí mismo, pero a Tristan le dio la impresión de que, debajo de aquella fachada, estaba un poco nervioso. La detective fue hasta el mostrador mientras el hombre parecía examinarlo de un vistazo.

—¿Dónde está exactamente vuestra agencia de investigación? —le preguntó.

—En Thurlow Bay. A unos ocho kilómetros de Ashdean.

—Ashdean es un sitio muy tranquilo. Solía ir allí los fines de semana cuando era pequeño. Mi tía era la dueña de la casa que había encima del acantilado. La tía Marie. Era divertidísima, y le encantaba la ginebra, no sé si sabes lo que quiero decir... —E hizo el gesto de la bebida con la mano.

—Ya.

Un silencio incómodo se apoderó de la situación y el joven miró hacia Kate para ver cuánto le quedaba. Ya había pedido y estaba esperando a recoger las bebidas.

Noah repiqueteó en la mesa con los dedos.

—Bueno... Estoy aquí para hablarte sobre Joanna Duncan, ¿no? —Levantó las cejas—. Perder el escaño fue algo muy doloroso. Fuese a donde fuese solo sentía muchísima vergüenza... Aunque... —Y en ese momento soltó una carcajada—. Muchísimos otros miembros del Parlamento que ahora mismo siguen en sus escaños lo hacen mucho peor.

Tristan se alegró de ver a Kate recogiendo el pedido; un segundo después, la mujer ya estaba en la mesa con sus cafés y un bollito para Noah.

—Genial, gracias. Aquí tu socio estaba empezando a interrogarme sobre Joanna Duncan —le comentó el hombre—. Le he dicho que ya soy mayorcito y que no le guardo rencor. Es agua pasada ya.

Tristan pensó en lo seguro que se sentía el exparlamentario de sí mismo y se maldijo por estar tan tímido. ¿Por qué se sentía así? Era una locura, pero la gente tan bienhablada siempre le hacía sentir que era un cateto de pueblo.

La detective también se había pedido un bollito y abrió el pequeño envase de la mantequilla. Lanzó una mirada al chico. Habían acordado que él sería el que conduciría el interrogatorio.

—Estamos intentando encontrar a Joanna Duncan —comenzó Tristan.

—Sí, ya me lo habéis dicho —le comentó Noah sin levantar la vista del bollito en el que estaba untando mantequilla.

—Exacto, y hemos dado con una tremenda cantidad de información sobre los últimos días previos a la desaparición. Sabemos que quedaste con ella el 23 de agosto de 2002, dos semanas antes de que se desvaneciera. Quedasteis aquella tarde en una gasolinera cerca de Upton Pyne, el pueblo en el que vivía.

—Joder, siempre falta mantequilla en estos envases tan pequeños —exclamó el hombre, y cogió el recipiente vacío.

El detective vio cómo su socia ponía disimuladamente los ojos en blanco.

—Yo voy —dijo la mujer.

—No, Tristan, ve tú, que tu socia ya ha hecho un viaje a la caja.

El exparlamentario alzó la vista para mirar al chico con ojos burlones.

—Claro.

El muchacho se levantó y fue hasta el puesto donde se encontraba el barista para pedirle un poco más de mantequilla.

—Por supuesto, un segundito —le pidió el hombre, que estaba vertiendo un chorro de nata en un café largo.

El joven miró hacia atrás, vio a Kate hablando con Noah y se sintió como un tonto. No había llegado a ningún sitio con sus preguntas. Tenía que volver a la mesa y empezar desde el principio. No tenía ninguna razón para sentirse intimidado. El Starbucks estaba a rebosar, casi todas las mesas estaban ocupadas. Entonces, mientras miraba hacia la suya, se dio cuenta de que la detective Mona Lim estaba sentada en una junto a la ventana. Llevaba unos vaqueros y un jersey de lana y tenía unos auriculares puestos. Había montado el tinglado típico de una estudiante delante de ella: un enorme libro de texto y un portátil detrás. Sus miradas se encontraron y pareció que Mona entraba un poco en pánico. Tras ella, el detective vio que al otro lado de la ventana había una furgoneta de reparto en la acera. Dentro había un repartidor observando hacia el Starbucks y hablando por una radio. Al otro lado de la calle se encontraba un coche azul y, sentada dentro y hablando por teléfono, estaba la inspectora jefe Faye Stubbs.

Volvió a mirar a Mona, que intentaba intimidarlo con la mirada.

«Mierda, la policía lo está vigilando», dijo Tristan para sus adentros.

De pronto, la agente se levantó de su asiento y alargó el brazo para coger el abrigo que había colgado en el respaldo. Faye ya estaba saliendo del coche, y dos vehículos de la policía chirriaron al parar en seco en la puerta de la cafetería. Después, todo ocurrió muy deprisa. Cuatro agentes de policía uniformados irrumpieron en el Starbucks y fueron corriendo hasta la mesa en la que Kate estaba sentada con Noah. Mona llegó solo un segundo antes que Tristan y sacó la placa de policía y su identificación.

—Noah Huntley, queda arrestado por los asesinatos de David Lamb, Gabe Kemp y Hayden Oakley...

El hombre levantó la vista, todavía con el bollito a medio untar en la mano, y Kate se recostó en su asiento al ver a los agentes.

—No puedes decirlo en serio —le contestó, y le dio un bocado al panecillo.

—Tiene derecho a guardar silencio, pero perjudicará a su defensa si no responde cuando se le pregunte algo que después se le pueda atribuir en el juicio. Cualquier cosa que diga podrá ser considerada como prueba —le informó Mona.

Cuando Faye llegó a la mesa, uno de los policías ya tenía un par de esposas abiertas.

—Señor, ¿puede ponerse en pie? —le preguntó.

—Esto no... ¡no puede ser en serio! —exclamó el hombre—. ¿Esto es lo que queríais? —le espetó a Kate—. ¡Me traéis hasta un sitio público para montar una escena!

—No tiene por qué haber ninguna escenita —intervino la inspectora.

—¿Quién coño eres tú? —gritó Noah, quien de pronto se había puesto rojo de ira.

—La inspectora jefe Faye...

—Enséñame la puta placa —escupió, y roció la mesa con trocitos de bollito masticado.

La mujer ya había sacado la placa y se la mostró.

—Yo soy la inspectora jefe Faye Stubbs, ella es la subinspectora Mona Lim y...

—¡No quiero saber el puto nombre de todo el mundo! —aulló el exparlamentario—. ¿Por qué tenéis que hacer esto aquí? ¡Podríais haber esperado a que me terminase el maldito panecillo!

—Espósalo —dijo Faye.

La cara de Noah estaba casi morada, y Tristan creyó que estaba a punto de darle un infarto. El hombre se puso de pie, le dio una patada a su silla, que mandó a la pared, y luego dejó que lo esposaran.

—Por aquí, señor —le indicó uno de los dos policías uniformados mientras lo llevaban fuera del Starbucks, que se había sumido en el silencio más absoluto.

La gente no apartaba los ojos de él.

—¿Qué estás mirando? —le gritó a una mujer con una sillita de bebé—. Quiero hablar con mi mujer y mi abogado. Y no tiene por qué guiarme, ¡veo la puta puerta! —chilló mientras lo empujaban para que saliera de la cafetería.

—Ya tengo otra para añadir a mi lista de peticiones antes de arresto: «déjame terminarme el bollo» —comentó la inspectora.

—¿Ha salido a la luz alguna prueba nueva? —quiso saber Kate.

La mujer asintió.

—Venga, vamos fuera.

Los dos detectives la siguieron hasta la calle, donde estaban metiendo a Noah en un coche de policía.

—No tenéis que tocarme la cabeza. No soy gilipollas. ¡He entrado en la parte trasera de un coche antes! —vociferaba.

Cuando se lo llevaron, un grupo de personas seguía observándolo todo desde la ventana del Starbucks.

En la misma calle, más adelante, Tristan vio que habían acordonado un deportivo negro y que un par de agentes forenses vestidos con trajes blancos estaban trabajando en el coche.

—Recibimos un aviso a través de la línea de atención —les informó Faye—. La persona en cuestión implicaba a Noah Huntley. Ha dicho que vio un enorme deportivo negro y que

Hayden iba dentro —continuó—. Esto, sumado a la prueba que nos proporcionasteis, nos ha dado la seguridad suficiente para arrestarlo y así poder preguntarle más cosas.

Una voz llamó a la inspectora por su radio.

—Tengo que irme. Buen trabajo a los dos. No teníamos ni idea de que había quedado con vosotros. Solo llevamos vigilándolo desde primera hora de la mañana.

Las dos policías cruzaron la calle, se metieron en el vehículo azul y se fueron junto con el coche de policía que quedaba con ellas.

—No me he dado cuenta de que Mona estaba sentada junto a la ventana hasta que he ido a por su maldita mantequilla —dijo Tristan—. Joder, no he conseguido sacarle nada. Lo siento.

—Lo has hecho mejor que yo. Debería haberla visto. No es que hubiese podido hacer algo, pero...

—¿Te ha dicho algo más cuando me he ido?

—No, se ha puesto a quejarse de lo pequeñísimo que era el tarrito de mermelada.

—Siento que lo he jodido todo.

Notó la mano de Kate sobre su hombro y la miró.

—No, no es verdad. Y lo han arrestado. Era nuestro principal sospechoso desde el principio —lo tranquilizó la mujer.

Aun así, sabía que su socia sentía que era injusto que no les hubiesen dejado interrogarlo.

40

Al día siguiente se cumplían tres semanas desde que comenzaron la investigación, así que los detectives fueron en coche a ver a Bill y a Bev a Salcombe para contarles las novedades.

Aquella fue una mañana calurosa, por lo que salieron temprano de Ashdean y llegaron a la villa de Bill antes de que dieran las diez. El cielo y el mar eran uno, un azul perfecto. Un grupo de veleros atravesaba la superficie tranquila de la bahía y un yate permanecía atracado a lo lejos junto a una moto acuática que estaba dibujando un enorme círculo con su estela.

Desde la primera vez que estuvieron allí, el jardín de la pareja había sufrido una explosión de vida y ahora estaba embriagado por el aroma dulce de las flores del verano y el zumbido perezoso de las abejas. Cuando llegaron a la puerta de entrada, Bev ya estaba esperándolos allí. A Kate le alarmó verla llorando, pero cuando se acercaron un poco más, la mujer le sonrió, se lanzó hacia ella y la envolvió en un fuerte abrazo.

—Gracias, muchísimas gracias —le dijo.

A continuación, alargó un brazo y tiró de Tristan para que se uniese a ellas. Bev olía a tabaco y a alcohol rancio mezclados con caramelos de menta.

—Ha salido en las noticias. La policía ha arrestado a Noah Huntley… Bill lo ha grabado para que pudiera verlo. Ya he visto el reportaje dos veces. Vamos, pasad.

Atravesaron la entrada detrás de la mujer y se dirigieron hasta el enorme salón marmolado. Seguía tan limpio y vacío como la última vez y, exactamente igual que el primer día que estuvieron allí, la detective pensó en lo fuera de lugar que parecía Bev atravesando lentamente el elegante suelo de mármol blanco y dorado con sus Crocs rosas destrozados. Bill se encontraba sentado en la enorme barra de la cocina con su portátil. Una televisión plana colgaba de una de las paredes.

—Hola, Kate. Hola, Tristan —los saludó, con una sonrisa tan amplia como la de Bev.

Después, se estrecharon la mano.

—Esa es la casa de Noah Huntley —comentó Bev, y cogió el mando de la televisión.

La imagen congelada de la pantalla mostraba el exterior de una casa en una calle llena de árboles, a las afueras de la ciudad, donde había una fila de coches de policía aparcados. El sol apenas asomaba por el cielo y lanzaba sus rayos de forma casi horizontal, de manera que un tono dorado se reflejaba en las ventanas de los alrededores. Kate se preguntó si los agentes habían llegado muy temprano o muy tarde. La mujer pulsó el botón del *play* y la cámara cambió de ángulo para mostrar a los vecinos que, desde las puertas de sus casas, a ambos lados de la calle, observaban a un equipo de la policía forense saliendo por el umbral de la puerta del exparlamentario con ropa metida en bolsas transparentes para pruebas.

—La policía obtuvo una orden judicial para entrar en la casa del antiguo miembro del Parlamento por Devon y Cornualles, Noah Huntley —anunció la voz de un reportero—, arrestado en el mismo momento.

La imagen mostró a Noah Huntley subiendo las escaleras que conducían a la entrada de la comisaría de Exeter, escoltado y con las manos esposadas por delante. Fuera había una multitud de periodistas esperando con sus cámaras y sus *smartphones,* mientras la policía guiaba al hombre para que avanzara entre la muchedumbre con la cabeza gacha.

—Noah perdió su escaño en las elecciones extraordinarias del 2002, después de que lo acusaran de aceptar sobornos para adjudicar contratos del ayuntamiento. Esta vez, la policía lo ha arrestado por su relación con el cadáver del chico de veintiún años encontrado en la parte oeste del país. Además, quieren interrogarlo acerca de otros cuatro asesinatos sin resolver que tuvieron lugar en la época en la que él todavía era parlamentario, y sobre el caso de Joanna Duncan, una periodista de la zona que trabajaba en el *West Country News* y que estaba investigando al hombre poco antes de que desapareciera —continuó el periodista.

La fotografía de Joanna sonriendo, en la playa y con un coco en la mano, apareció en la pantalla.

—Ay, cariño mío —dijo Bev, y sacó un pañuelo para ponérselo en la cara—. Ya lo han cogido. Ya han cogido a ese cabrón —añadió mientras se acercaba a la televisión y levantaba la cara para hablarle a la foto de su hija.

Tristan miró a Kate de reojo. La pena de aquella mujer era tan cruda que resultaba intrusivo estar a su lado.

—Es como si hubiesen avisado a los periodistas de que iban a arrestar a Noah Huntley —opinó el chico.

—¿Eso es bueno? Tiene que serlo… Van a buscar a Joanna. ¿Habéis descubierto algo más? ¿Os han dicho si reabrirán el caso de mi hija? —les preguntó la mujer cuando volvió la cara hacia ellos.

Bill permanecía en la mesa alta de la cocina con su portátil.

—Todavía es demasiado pronto. Supongo que solo contarán con unos cuantos días para interrogar a Noah antes de que tengan que acusarlo o dejarlo libre —intervino.

Bev fue hasta donde estaba él y lo empujó para que le dejase su sitio. Entonces, puso los dedos en el ratón táctil y bajó por la pantalla hasta encontrar la foto de Joanna.

—Te prometí que encontraríamos a quien te hizo eso —comenzó a decirle a la foto. Bill alzó la vista para mirar a los detectives, casi a modo de disculpa—. Sé que fue ese despreciable político. Le quitaste la careta y no le gustó, ¿verdad?

Kate comprendía que la mujer se había quedado atrapada en la culpa, pero la forma en que le hablaba a la foto de Joanna le hacía sentir incómoda.

—¿Podemos hablar un momento con vosotros para contaros las novedades que tenemos hasta ahora del caso?

Bev seguía hablando con la foto de la pantalla sin darse cuenta de la presencia de sus invitados.

—Ahora vamos a interrogar a ese hombre tan malo y va a decirnos dónde estás, ¿me has oído, Jo?

—¿Por qué no vais a sentaros en la terraza? Hay una sombrilla y una mesa. Voy a hacer un poco de café y enseguida vamos para allá —les propuso el hombre, y les indicó que él lidiaría con su pareja.

252

La detective asintió, y tanto ella como su socio salieron afuera por las puertas de cristal. La terraza se extendía por todo el ancho de la casa y era tan amplia como profunda, así que a Kate le pareció inmensa. El único mobiliario que la adornaba era una mesa de madera con cuatro sillas bajo una sombrilla blanca. Tristan y ella se sentaron allí a esperar.

—La policía debe de estar muy segura para dar un paso tan rápido como arrestar a Huntley —comentó el chico.

—Tienen pruebas potenciales de ADN, y si consiguen conectar al exparlamentario con Hayden o con cualquiera de los otros chavales, contarán con un caso sólido para poder acusarlo.

Bill salió por las puertas de cristal con Bev aferrada a su brazo. Su piel pálida parecía frágil a la luz del sol. Los dos se dirigieron hasta allí y se sentaron a la mesa.

Kate los puso al día de todo lo que habían descubierto durante las últimas tres semanas: que la marca de los nombres de David Lamb y Gabe Kemp en la tapa de la caja de cartón de Joanna los había conducido hasta Shelley Morden, la cual conocía al primero de los chicos, y que los había llevado hasta Max Jesper.

—Hemos lanzado una red enorme durante la investigación de las últimas semanas —concluyó—, pero nos gustaría continuar para centrarnos en la comuna de Max Jesper y en la gente que iba allí. Muchas de las personas a las que hemos investigado están relacionadas con ella.

—No sabía de la existencia de ese lugar. Bill, ¿tú tenías idea? —preguntó Bev.

El hombre se frotó la cara. Parecía serio después de haber escuchado el resumen de la detective.

—Solo sabía de Max Jesper por la historia de los derechos de okupación. Ahora ese edificio vale una fortuna. He celebrado un par de reuniones de negocios allí. A algunos de mis clientes les gusta reunirse en restaurantes agradables.

—¿Y creéis que Jo estaba detrás de Noah Huntley porque solía ir a la comuna y tenía amoríos con esos chavales? —quiso saber la mujer.

—Consideramos que podría ser Noah Huntley y que, por alguna razón, él o cualquier otra persona asesinó a esos cuatro jóvenes y se deshizo de sus cuerpos —contestó la detective.

—Puede que la policía crea que tiene a Noah Huntley, pero eso se debe a nuestra investigación —intervino Tristan—. Fue Kate la que conectó las muertes de Hayden Oakley con la de David Lamb, Gabe Kemp y las de las otras dos víctimas potenciales. En ese momento tuvimos que pasar a la policía todo lo que habíamos averiguado y los archivos del caso de Joanna.

—La policía tendrá que encontrar un nexo definitivo para las muertes de todos los chicos. En este momento, las pruebas son contundentes, pero podrían considerarse circunstanciales en un tribunal si no cuentan con una prueba de ADN que relacione a todos los varones asesinados —añadió Kate—. Los cuerpos se encontraron en un estado avanzadísimo de descomposición y los cremaron.

Bill y Bev se quedaron callados. La mujer era incapaz de adivinar lo que estaban pensando.

—¿Así que Noah Huntley podría quedar libre? —preguntó el hombre.

—Si la policía no encuentra ADN que relacione a los cuatro jóvenes, va a ser muy difícil que construyan un caso.

—Creemos que Joanna es el nexo —dijo Tristan—. Nos pedisteis que encontráramos a Joanna y queremos continuar con la búsqueda.

—¿Qué hay de que la policía reabra el caso de mi hija? —quiso saber Bev.

—Cooperaríamos con ellos, claro que sí, pero nosotros podríamos dedicar todo nuestro tiempo a investigar qué le ocurrió.

La mujer no dejó de asentir ni de darse toquecitos en los ojos. Bill estaba pegado a ella para agarrar la mano que le quedaba libre. A Kate le pareció que estaban desesperados. Ellos aún tenían dudas sobre parte de la información contradictoria que les había llegado de Bill. Habían debatido si preguntarle sobre sus relaciones comerciales y la historia que Joanna estuvo investigando sobre el bloque de oficinas Marco Polo y la contaminación por amianto, pero llegaron a la conclusión de que lo mejor era que les confirmase si quería que siguiesen con sus pesquisas. Cuando accediera a que continuasen, hablarían a solas con él y le harían las preguntas pertinentes. Aun así, parecía tan roto y absorto en la pena de su pareja...

—No pasa nada, cariño —le repetía sin parar.

A continuación, la rodeó con sus brazos y la mujer se echó a sollozar en su pecho.

—¿Queréis que os dejemos solos un momento? —preguntó la detective.

—No —le contestó Bev, que se recompuso y se secó los ojos—. Habéis llegado hasta aquí y habéis averiguado más de lo que la policía consiguió jamás… Me gustaría que siguieran buscando a Joanna —añadió mirando a Bill—. No quiero volver a confiar en la policía y quedarme esperando a que nos cuenten algo.

El hombre parecía serio. Asintió y se tomó un momento para pensárselo.

—Vale, vamos a contrataros durante otro mes, pero esta vez me gustaría que cada pocos días me llamaseis para mantenerme informado de cualquier novedad.

—Nos alegramos mucho de continuar con la investigación —le agradeció Kate, que acababa de sentir un pequeño arrebato de alegría ante la perspectiva de seguir indagando.

Bill tuvo que irse a su oficina para atender una llamada y Bev parecía sumida en otro mundo con la vista clavada en el mar.

—Vamos a ir yéndonos —dijo Kate, y le hizo una seña a Tristan.

—Claro, ¿queréis un sándwich o algo así? —les preguntó la mujer.

—No, gracias.

Bev volvió dentro con ellos y, de camino a la salida, Bill asomó la cabeza por la puerta de su oficina, que se encontraba al final del pasillo, y tapó el auricular del teléfono para decirles:

—Voy a preparar vuestro pago. Estaremos en contacto —les pidió, y se despidió con la mano.

La mujer los acompañó hasta el coche.

—¿Estás bien? —quiso saber el chico cuando vio que Bev tenía que apoyarse en el muro para recuperar el aliento.

—Sí, cariño, es que fumo mucho. Me gusta vuestro coche, ¿es nuevo?

—Sí, me lo compré hace unos meses —respondió el muchacho.

—Es bonito. Yo llevo sin conducir desde que me robaron el mío, hace años —comentó la mujer—. Ya no me sentía segura. También es que se lo llevaron la noche que Jo desapareció… Por decirlo de alguna manera, fue como una patada en el estómago. Ya sé que me he quejado de vivir aquí, pero me alegro de no tener que seguir en aquella barriada tan horrible. ¿Tiene bloqueo antirrobo en las ruedas?

—Sí.

—Bien. La policía pensó que alguien forzó la cerradura, le hizo un puente y se fue tranquilamente. Los bloqueos antirrobo de las ruedas están bien, porque así los cabrones no pueden girar el volante sin romper la luna.

—¿Llegaron a encontrar tu coche?

—¡Dios, no! Me dijeron que encuentran menos de la mitad de los robos de vehículos que se denuncian. Suelen pintarlos de otro color, cambiarles la matrícula y venderlos, o los queman en algún páramo, o los tiran al agua. No creo que ahora mismo tenga la confianza que hace falta para conducir. Gracias por todo otra vez. Me habéis regalado los primeros rayos de esperanza en años. ¿Os pondréis en contacto con nosotros en cuanto sepáis algo nuevo?

—Sí, por supuesto —contestó la detective.

Bev se despidió de ellos con la mano y Kate la observó, sola y abandonada, desde el retrovisor.

—Cómo me alegro de que quieran que sigamos —dijo Tristan.

La mujer se dio cuenta entonces de que también le aliviaba saber que la agencia ganaría dinero un mes más.

—¿Crees que Bill ha dudado en su decisión de mantenernos en el caso?

La detective asintió.

—No sé si prefería que la policía se ocupase de la investigación. —Ya estaban atravesando los caminos sinuosos que llevaban a la autopista, en la cima de la colina—. Hagamos otra visita al Jesper's. Me gustaría intentar conocer a Nick Lacey.

41

Tristan aparcó en la acera de enfrente de la terraza del Jesper's. El ajetreo de la hora de comer lo hacía parecer una colmena. Todas las mesas estaban ocupadas, y dos grupos esperaban en la calle con cartas en la mano. Kate nunca había visto nada parecido en Exeter.

Salieron del coche y se encontraron con Bishop en la puerta. El chico llevaba una bandeja con bebidas.

—Ey, Tristan —lo saludó—. ¿Quieres comer? Porque a lo mejor puedo colarte después de alguien...

—No, gracias. Queríamos hablar con Max.

—No está, se ha ido de vacaciones. A visitar a su hermana, que vive en España.

—¿Sabes cuánto tiempo estará fuera?

—Vuelve el día 4, el martes.

—¿Nick Lacey está aquí? —quiso saber Kate.

Bishop hizo una mueca.

—No, Nick nunca viene... —Un hombre con el pelo canoso y gafas levantó la mano. El joven sonrió y señaló la bandeja con las bebidas—. Tengo que atender a los clientes. ¿Seguro que no te apetece comer? Es mi último turno.

—No, gracias —le respondió Tristan.

Un momento después, volvieron al coche. El chico estaba desanimado por no haber podido coincidir con Max.

—¿Qué quieres hacer? —le preguntó a su socia.

—No podemos esperar una semana. Tenemos la dirección de Max Jesper del censo del Registro de Sociedades Mercantiles, ¿no? ¿Y si vamos hasta allí y echamos un vistazo? A lo mejor Nick Lacey está en casa.

—Vale, voy a programarla en el GPS —contestó el muchacho mientras tecleaba en su móvil—. Burnham-on-Sea está a una hora de aquí, no es tanto.

* * *

La mayor parte del camino hacia el norte lo hicieron por la autopista M5, que cruza Dartmoor. El páramo estaba precioso bajo
el sol de mayo. Ninguno de los dos había estado antes en Somerset. Una vez abandonaron la autopista, no tardaron en llegar
a Burnham-on-Sea y a su larga extensión de costa. Atravesaron
una zona turística en la que tanto las playas como el paseo marítimo estaban llenos de gente tomando el sol y comiendo helados. El estallido acogedor de una canción de la banda de viento
del Ejército de Liberación flotaba en el aire, y los olores a *fish and
chips* y a algodón de azúcar se mezclaban con la brisa veraniega.
Un poco más allá, en el mismo paseo, una multitud de niños y
sus padres estaban sentados frente a un espectáculo de títeres que
había cerca de una zona de recreativos.

Entonces, a medida que el bulevar se curvaba hacia una calle
cualquiera, el gentío iba desapareciendo y la playa ganaba terreno. Llegaron a una bifurcación y el GPS de Tristan les ordenó
que tomasen el camino de la derecha. Este los alejó del paseo
marítimo: la acera se esfumó y surgió una hilera de casas espar-
cidas por el paisaje que los separaba de la playa. Dejaron atrás
los enormes edificios rodeados de vastos terrenos. La carretera
parecía muy poco transitada, y enseguida entendieron por qué:
no tenía salida. Al final, se encontraron con una altísima verja de
metal y un muro de dimensiones parecidas. Un cartel en la can-
cela rezaba: «URBANIZACIÓN LANDSCOMBE. ACCESO PRIVADO».

—Su destino se encuentra a quinientos metros —les anunció el GPS con su aséptica y ligeramente sorprendida voz femenina.

Junto a la verja había un portero automático y, al otro lado,
vieron una fila de casas de aspecto lujoso pegadas al paseo.

—¿Llamo al telefonillo? —preguntó Tristan.

Kate echó un vistazo a su alrededor y miró hacia atrás por
el espejo retrovisor.

—Volvamos a la bifurcación. Me ha parecido que el otro
camino llevaba a la playa. Veamos si podemos acercarnos un
poco más a su casa a pie.

El joven puso la marcha atrás y dieron la vuelta en la verja.

La voz del GPS comenzó a pedirles que girasen para volver, así que el chico le quitó el sonido. Cuando llegaron a la bifurcación, tomaron el camino de la izquierda.

La carretera recorría una playa virgen y, por lo tanto, accidentada y flanqueada por dunas y barrón. Volvieron a pasar por la hilera de casas, pero esta vez lo hicieron desde el lado de la costa. Estas se posaban elegantes en una colina, alejadas del mar.

—Tiene que estar ahí arriba —comentó el detective mientras miraba el mapa del GPS.

Estaban pasando delante de un enorme edificio gris en ruinas con una entrada con pilares. Era la única casa cuyo jardín de la entrada estaba descuidado.

Justo cuando la pasaron, dejaron atrás la carretera de asfalto y el coche de Tristan comenzó a botar por un camino de arena y hierba. Este daba a una pequeña zona de *parking* para tres o cuatro vehículos y una valla baja de metal donde también se encontraba un camino que llevaba a la playa.

—Esas casas tienen que ser de la urbanización privada —supuso el chico, y señaló el camino.

Un grupo de cuatro casas muy separadas se asentaba en una colina a cien metros de la costa.

En cuanto Kate y Tristan salieron del coche, el sol desapareció detrás de un espeso banco de nubes plateadas y comenzó a hacer más frío que en Exeter. Justo delante del vehículo había unas dunas y una vasta extensión de arena de color naranja tostado. El viento levantaba la tierra fina y la acumulaba en crestas ondulantes. Más allá de las dunas, esta era más oscura y parecía que estaba húmeda, aunque daba la sensación de que la marea estaba a un kilómetro y medio o más. La mujer no era capaz de adivinar a ojo la distancia exacta, pero no veía la orilla. La extensión de arena mojada era completamente llana y la salpicaban piscinas de agua salada. Varias gaviotas sobrevolaban una de las más grandes y graznaban mientras se lanzaban al agua para capturar alguna almeja. Una niebla ligera se acercaba a la tierra desde el mar; de pronto, parecía que era otoño en lugar de primavera.

A Kate le dio la impresión de que aquel era un lugar desierto e inquietante. La zona de la playa de Thurlow Bay no estaba comunicada con Ashdean, pero nunca parecía solitaria. Comenzó a pensar en cuando Jake era pequeño e iba a visitarla, en cuánto le gustaba chapotear y explorar las piscinas de roca cuando la marea estaba baja. En comparación, esta zona parecía hostil.

La mujer cruzó los brazos; le estaba entrando frío con los vaqueros finos y la camiseta. Sacó un jersey del coche y su socio hizo lo mismo.

Los dos siguieron el camino que pasaba entre la playa y una franja de helechos y hierbajos durante unos cien metros. Al final, llegaron a una enorme señal de metal clavada en la arena. Tristan ya la había visto en una de las fotos que le había enseñado Bishop.

—«Cuidado, no camines ni conduzcas ningún tipo de vehículo más allá de la arena blanda ni el barro cuando la marea esté baja» —leyó la detective—. ¿Dirías que la marea está baja? Casi no se ve la orilla.

—Yo diría que sí —contestó el muchacho.

Entonces, se dio la vuelta y señaló una enorme casa blanca y cuadrada al estilo de Los Ángeles con una terraza pavimentada y jardines muy cuidados.

—Y también diría que esa es la casa de Max Jesper.

Un poco más allá había otro edificio, un pequeño bungaló de ladrillo rojo que parecía una pulga al lado de la otra. Un muro alto con un revestimiento metálico de color blanco rodeaba la casa de Max. Una pendiente de arena recorría el muro lateral, perpendicular al paseo marítimo. Era lo bastante ancho para que pasase un coche, y la arena estaba revuelta por los pasos de los viandantes. En medio de la pendiente había un bolardo con una señal en la que se leía: «SIN ACCESO. SIN SALIDA».

—Me juego lo que quieras a que por aquí se llega a la casa y al camino privado de arriba —comentó Kate.

Los dos detectives comenzaron a subir la cuesta que recorría el muro que bordeaba la propiedad. Tenía casi dos metros de alto, así que no alcanzaban a ver el jardín trasero.

—Qué difícil es andar por la arena —se quejó la mujer entre jadeos.

No iba preparada, con su par de zapatillas de suela fina.

—Pero es muy bueno para los músculos de las piernas —respondió el chico.

Arriba del todo había otro bolardo y el camino se ensanchaba para convertirse en un sendero privado. Vieron el enorme portón de un garaje, que estaba cerrado, y, junto a este, una puerta de entrada pequeña y hecha de acero. No tenía número ni picaporte, solo una cerradura. En un lado había un interfono pequeño, y Kate estaba a punto de pulsarlo cuando la puerta de acero se abrió de pronto.

Una anciana con una falda de tartán de tablas, un polar de lana y unas katiuskas salió de la propiedad. Llevaba una bolsa de la compra llena de fruta y una llave en la otra mano. No los vio hasta que levantó la vista.

—¡Ah! Me habéis dado un buen susto —gritó—. ¿Puedo ayudaros en algo?

Lo dijo con un suave acento escocés mientras miraba a los dos intrusos con suspicacia.

—Hola, nos has pillado a punto de llamar para preguntar por Nick —improvisó la mujer—. Somos unos amigos de Exeter. Pasábamos por aquí. ¿Está en casa?

—Sí, hola —añadió el chico con una sonrisa.

—No, no está.

—Ah. Sabíamos que Max estaba en España viendo a su hermana… Vuelve la semana que viene, el día 4, ¿no? —continuó Kate, a la vez que le daba gracias a Dios por haberse encontrado con Bishop en el Jesper's.

Entonces, la anciana se relajó un poco.

—Usted es su vecina, ¿no? Mmm… —dudó la detective.

—Elspeth. —Completó ella.

La señora atravesó el umbral de la puerta y la cerró.

—Eso, sí. Hola. Yo soy Maureen y él es John.

—Hola —la saludó Tristan otra vez, con los ojos clavados en su socia.

La mujer estaba improvisando sobre la marcha, y aquellos fueron los únicos nombres que se le habían ocurrido.

—Encantada de conoceros. Nick estará fuera hasta el lunes. Siempre que se van de viaje, me piden que me pase a darle una vuelta a la casa, regar las plantas, recoger el correo, alimentar a los peces... Tienen muchísimos peces en el estanque —les explicó.

—¿Vive cerca? —quiso saber la detective.

—En la casa de al lado, en el minúsculo bungaló que hay junto a este tremendo complejo. A veces me invitan a venir y me baño en su piscina un par de mañanas a la semana, así que no me puedo quejar. Son unos chicos encantadores. ¿Cómo es que os conocéis de Exeter? —preguntó en tono inquisitivo mientras los miraba fijamente.

—Solemos ir al Jesper's, a su bar. Siempre están diciéndonos que tenemos que hacerles una visita cuando pasemos por la zona —comentó el muchacho—. Hemos pasado el día en Birmingham.

Elspeth cerró el pestillo de la puerta y se guardó la llave.

—¿Queréis dejarles un mensaje? Aunque lo más seguro es que no hable con ellos por teléfono.

Entonces comenzó a descender por la pendiente en dirección a la playa. Kate y Tristan fueron tras ella.

—No, no pasa nada. Les enviaré un correo electrónico. Seguro que me encuentro con Max cuando vuelva la semana que viene —respondió la detective.

—Perfecto. ¿Habéis aparcado ahí abajo?

—Sí, la playa parece tan distinta aquí en comparación con el paisaje de más abajo, con el paseo —opinó la mujer—. La marea baja muchísimo.

La anciana siguió la mirada de Kate.

—Pues no está abajo del todo. La gente suele pensar que ya no puede bajar más, pero todavía puede alejarse bastante. Burnham-on-Sea cuenta con la segunda carrera de marea más alta del mundo. Hay una diferencia de once metros de cuando está alta a cuando está baja. Solo la bahía de Fundy, en Canadá, está por delante —le explicó.

—¿Hasta dónde se puede llegar andando? —quiso saber el chico.

—Yo no me adentraría mucho más de lo que podéis ver —les aconsejó Elspeth—. E incluso así, tenéis que tener cuidado, porque sube muy deprisa y hay zonas con arenas movedizas en la parte más llana. En temporada alta, suele haber patrullas vigilando la costa… Nick, Dios lo bendiga, se preocupa mucho cuando ve a gente caminando por aquí si la marea está baja… Antes salía mucho a gritarle a la gente que se diese la vuelta. ¿Os ha contado lo de su aerodeslizador?

—No.

—Él tenía un aerodeslizador diminuto, igual que los que usan los de salvamento. Es lo único que se puede adentrar en las marismas, porque planea.

—¿Cuánto cuesta un aerodeslizador? —preguntó la detective.

—Ni idea. Seguro que más de lo que reuniría yo juntando la pensión de todo un año. —Soltó una risita—. Ayudó a sacar a un cachorrito el verano pasado. Incluso cuando el barro es superficial, es denso como las gachas y puedes acabar metido en problemas, como aquella mujer del año pasado con su *basset hound*… Seguro que visteis el reportaje en las noticias locales.

—¿La historia de un *basset hound* que se quedó atrapado salió en las noticias? —se extrañó Tristan.

Acababan de llegar al final de la pendiente.

—Claro que no —dijo Elspeth, y le lanzó al chico una sonrisa coqueta—. Quiero decir que suele salir en las noticias locales cuando alguien se queda atrapado en la arena… No pasa un verano sin que una persona o algún tonto haciendo un pícnic se adentre demasiado y tenga que abandonar su coche porque se quedan atascados y la marea empieza a subir rugiendo.

—¿Nick y Max suelen estar por aquí?

—Varios días a la semana. Los dos tienen unos trabajos muy ajetreados… ¿Sois muy amigos? —preguntó mientras se protegía los ojos con la mano para que el sol, que acababa de asomar de detrás de una nube, no la deslumbrase.

—Parece que viajan mucho… Normalmente los veo en Exeter —explicó Kate.

—Seguro que habéis venido a sus fiestas de verano.

—Sí, nos lo pasamos muy bien en el baile de máscaras del agosto pasado, con aquella escultura de hielo… No recuerdo haberla visto por allí —le respondió el muchacho.

—Yo soy demasiado mayor para eso. Prefiero ver a los chicos durante el café de la mañana. Aunque parece que Nick siempre está fuera. Nunca consigo verlos juntos… Bien. Debería irme ya. Encantada de conoceros.

—Nosotros también estamos encantados de conocerla. Adiós —se despidió la mujer.

Elspeth asintió a modo de despedida y se encaminó por el sendero de arena que llevaba a su bungaló.

Los dos detectives volvieron andando al coche. Kate observó que la anciana tomaba su camino por el sendero y le alegró ver que no se daba la vuelta para mirarlos de nuevo.

—No sé si me he excedido un poco.

—¿De dónde te has sacado a Maureen y a John?

—Ni idea.

—Bueno, ha sido una buena improvisación. Parecía que era una buena amiga de la pareja.

—O solo es una simple vieja chismosa que va a echarle un vistazo a su casa cuando están fuera. Me pregunto por qué ha salido con una bolsa de fruta. Seguro que les estaba robando. Vámonos —dijo su socia, temblando de frío.

Se metieron en el coche.

—Es como estar en el final del mundo —comentó Tristan.

Arrancó el motor y encendió la calefacción. Después, dio la vuelta al coche por la pequeñísima zona de *parking* y volvieron por el camino de arena. Unos densos bancos de bruma que parecían de algodón engulleron lentamente la parte delantera del vehículo al separarse de la niebla que sobrevolaba la arena.

—Hay que volver el lunes. Estoy decidida a hablar con Nick Lacey —dictaminó Kate.

42

Kate y Tristan pasaron todo el viaje de vuelta a casa debatiendo su siguiente movimiento. Había mucho atasco en la M5, así que no pudieron llegar a Ashdean hasta las cinco, y, para entonces, los dos ya estaban cansados y tenían hambre.

—Lo mejor es que durmamos bien esta noche y sigamos mañana —comentó la detective cuando el muchacho la dejó en casa.

La mujer le envió un mensaje a Jake para saber dónde estaba y él le respondió que estaba volviendo de una excursión de buceo y que estaría en casa a las siete.

En lugar de calentar algo o pedir a domicilio, Kate decidió hacer la cena, para variar. Solo sabía preparar un par de cosas, pero una de ellas era la comida favorita de su hijo: chili con carne. Tenía todo lo necesario, así que se puso manos a la obra, agradecida de haber encontrado algo que la distrajera del caso. Cuando Jake llegó justo antes de que dieran las siete, le alegró ver al chico con una sonrisa que le iluminaba la cara.

—¿Chili con carne? ¡Guay! —exclamó—. ¿Necesitas que te eche una mano?

—No. Estará listo en diez minutos; solo me queda hacer el arroz. ¿Quieres que cenemos fuera? Se está muy bien y no hace nada de frío.

—Genial.

Luego, fue hasta el frigorífico y cogió una cerveza para él y un té helado para su madre, y salió a sentarse al porche.

Jake estaba en una de las sillas, con la mirada puesta en el precioso atardecer, cuando la mujer salió con dos boles de chili humeante.

—Huele muy bieeeeeeen —dijo, y cogió su cuenco y un tenedor.

Kate se sentó enfrente y empezaron a cenar.

—¿Cómo ha ido la excursión de buceo? —preguntó.

—Bien, solo hemos ido esa chica, Becca, y yo. Es la rubia que visteis el otro día cuando ibais en coche. Ha venido con unos amigos.

—Es guapa.

—Sí, lo es, y está muy bien en bikini —opinó.

Se metió otro montón de chili en la boca y sonrió.

—Es la segunda vez que me pide que la lleve a bucear.

—Qué guay. ¿Qué edad tiene?

Jake se encogió de hombros.

—Creo que veinte. Está en el tercer año de universidad.

—¿Y va en serio?

—No, se marcha el sábado por la mañana. Solo es algo agradable, casual.

—¿Estás teniendo cuidado? —quiso saber su madre.

Odiaba tener que preguntarle eso, pero necesitaba asegurarse.

—Por Dios, mamá, estoy comiendo —exclamó, y se puso colorado.

—Solo dime sí o no y así podremos cambiar de tema.

—Sí, estoy teniendo cuidado... Yo soy el que repone la máquina de condones de las duchas masculinas, así que no me faltan.

A la mujer le entró la risa.

—Vale. Soy tu madre, no necesito escuchar tantos detalles.

—Eres mi madre y mi padre, así que es contigo con quien tengo que hablarlo todo.

El teléfono de Kate empezó a sonar. No reconoció el número que aparecía en la pantalla, pero respondió.

—Hola, soy Marnie, la amiga de Jo.

La mujer se tragó el chili que tenía en la boca.

—Hola —dijo en tono cauteloso.

Se hizo una larga pausa.

—Oye, siento haberte puesto en un apuro el otro día con lo de que me firmases el libro... Es solo que me estaban dando una ayuda por discapacidad, pero el gobierno las eliminó hace poco. El padre de los niños no me apoya mucho económicamente, y es difícil intentar criar a dos niños sin un duro ni poder trabajar. Si pudiese trabajar a jornada completa, lo haría.

Kate sintió que se le encogía el estómago. Jake articuló: «¿Quién es?», pero ella solo negó con la cabeza.

—Marnie, lo siento, lo siento muchísimo, pero no he cambiado de opinión. No quiero firmar ese libro. No quiero formar parte de toda esta explotación de lo macabro —le contestó.

No hubo respuesta al otro lado del teléfono. Esperaba que se desencadenara un diluvio de insultos, pero Marnie solo dijo:

—Vale. En fin, ya está. Pensé que merecía la pena intentarlo.

En ese momento, escuchó un clic y, a continuación, la llamada se cortó. Kate se quedó un segundo mirando el teléfono con el estómago revuelto.

—¿Qué ha pasado? —le preguntó su hijo.

Le habló de Marnie y del ejemplar de *No es hijo mío* que ya le habían firmado Peter y Enid.

—Yo creo que deberías firmarlo, mamá.

—Pero eso es explotar…

Acababa de quedarse tan impactada que no pudo terminar la frase. No esperaba que le dijese eso.

—Mamá, todo eso forma parte del pasado. Peter hizo lo que hizo, igual que Enid. El libro ya está escrito. Está en el mercado. Todas las cosas terribles que te ocurrieron a ti y a todas esas pobres mujeres. Puedes sacar algo bueno de esto. Puedes ayudar a esa tal Marnie simplemente con tu firma. Has dicho que podía conseguir dos mil por libro, ¿no?

—Sí.

—Y que tiene hijos pequeños.

—Sí.

—Pues fírmalo, mamá. Dos mil seguramente le sean de gran ayuda.

Después, terminó de masticar lo que le quedaba de cena y se puso de pie.

—Gracias por el chili, estaba riquísimo.

A continuación, le dio un beso a su madre en la coronilla.

—Uy, perdón, te he manchado el pelo de carne picada con chili —dijo, y se limpió la boca.

Kate se tocó la cabeza y notó un grumo mordisqueado de carne en la raya del pelo. El muchacho se lo quitó y lo lanzó de un capirotazo a las dunas.

—Qué forma tan adorable de darme las gracias —se rio.

—Eugh, perdón, mamá.

El teléfono de Jake comenzó a sonar y el chico cogió la llamada.

—Sí, os veo. Bajo en un segundo —se despidió y colgó—. Voy a quedar con los chicos en la playa. Gracias otra vez por la cena.

Antes de que su madre pudiese decir nada, se había ido y bajaba entre las dunas por la ladera arenosa del acantilado. Desde arriba, la mujer veía en la playa a un grupo de chicos y chicas jóvenes, incluida Becca, que se hospedaban en el *camping*. Ellos estaban haciendo una hoguera, mientras que dos de las chicas permanecían sentadas al filo de un trozo gigantesco de madera que había arrastrado la corriente.

Kate observó a Jake bajar a toda prisa la última parte del acantilado y correr por las dunas. Al final, cuando salió al otro lado, aminoró el ritmo.

—Jake, ¿cómo te has convertido en un chico tan bueno? —se preguntó.

En cuanto su hijo alcanzó al grupo, Becca se levantó para darle un abrazo y un beso.

—Si me vienes diciendo que voy a ser abuela, te mato.

Después tiró de un trocito suelto de carne picada para quitárselo del pelo, recogió los boles y volvió a la cocina. Entonces, llamó a Marnie.

43

A la mañana siguiente, Kate se levantó temprano. Ya hacía calor y solo eran las seis y media de la mañana. La mujer estaba bajando a la playa cuando vio los restos de la hoguera de la noche anterior. La satisfizo observar que no había nada de basura, solo las ascuas ardientes del fuego que habían rodeado con un anillo irregular de rocas. Había escuchado llegar a Jake a las dos y veinte de la madrugada, así que decidió dejarlo dormir.

El mar estaba precioso y el agua iba calentándose a medida que avanzaba el día. Cuando desayunó, se duchó y estuvo vestida, le envió un mensaje a Tristan para decirle que llegaría un poco más tarde al despacho y, a continuación, se montó en el coche para ir hasta la barriada de Moor Side.

Encontró el *parking* vacío, aunque los coches que habían quemado seguían ahí, como si fueran obras de arte moderno. La detective había quedado con Marnie en la entrada de su edificio y, cuando llegó, vio a la mujer caminando con movimientos lentos y apoyándose en el bastón.

—Acabo de llegar de dejar a los niños en el colegio —le comentó, sin querer mirar a Kate a los ojos.

Subir las escaleras parecía resultar lento y doloroso para Marnie, y para cuando llegaron a la puerta de su apartamento, le faltaba el aliento.

—¿Te apetece una taza de té? —le ofreció cuando entraron al piso.

—Sí, gracias —contestó la detective, que se arrepintió de aquella respuesta en cuanto salió de su boca.

Lo único que quería era firmar el libro y largarse.

La puerta del salón estaba cerrada, pero aun así notó el mismo olor agobiante a tabaco rancio y ambientador. Al llegar a la cocina, el libro las esperaba sobre la mesa con un bolígrafo azul de tinta líquida al lado.

Kate se sentó a la mesa mientras Marnie llenaba una tetera, y giró la novela para poder ver bien la portada. Era un ejemplar de la edición en tapa dura, y la sobrecubierta estaba un pelín amarillenta por los bordes. La tipografía de las letras del título estaba en negrita, y este se encontraba superpuesto a la imagen de la portada.

NO ES HIJO MÍO
ENID CONWAY

Debajo de estas, se veía una fotografía a cada lado de la portada. La imagen de la derecha era de Enid Conway, con dieciséis años, con un Peter bebé entre sus brazos. Habían desenfocado la fotografía para darle un toque nostálgico. El niño tenía los ojos enormes y miraba a cámara, mientras que su madre dirigía una mirada fervorosa hacia él. Enid era una joven de gesto serio que tenía un montón de cabello largo y oscuro. Llevaba un vestido largo y suelto y, detrás de ella, se veía un cartel que rezaba «HOGAR DE MADRES SOLTERAS DE AULDEARN». Al otro lado de la ventana que había detrás de la muchacha y su bebé, se entreveía la imagen borrosa de una monja, vestida con el hábito completo y apariencia de pingüino, mirando hacia fuera, hacia donde estaban ellos.

La otra mitad de la portada la protagonizaba la foto policial de Peter Conway del día que prestó declaración en la vista preliminar. Salía esposado y sonriendo a cámara; tenía ojos de loco y las pupilas dilatadas. Aquello fue antes de que comenzase a tomar un cóctel de medicamentos para paliar su esquizofrenia y un trastorno de identidad disociativa.

—¿Te resulta difícil mirar la portada? —le preguntó Marnie.

Kate no se había dado cuenta de que llevase tanto tiempo observándola. La mujer había hecho dos tazas de té y colocó una en la mesa, delante de ella.

—Sí. ¿Ves los puntos encima de la ceja izquierda de Peter, en la foto policial? —comenzó, y dio unos golpecitos en la imagen con el dedo—. Es donde le golpeé con la lámpara

270

cuando me atacó… —La detective se puso en pie y se levantó la camiseta para enseñarle la cicatriz de más de quince centímetros que se curvaba justo cuando estaba a punto de tocar el ombligo—. Y aquí es donde me abrió en canal. Estaba embarazada de cuatro meses de Jake, pero en aquel momento no lo sabía. El médico me dijo que no lo apuñaló por una cuestión de milímetros. Fue un milagro que no acabase con su vida… —Marnie asentía con la boca ligeramente abierta de la impresión—. Así que, ¿no crees que cuando te dije que no iba a firmar el libro tenía mis razones?

—Sí —contestó en voz baja—. ¿Qué te ha hecho cambiar de idea?

—Jake. Él es mi pequeño milagro. Me hizo pensar en tus hijos, en lo mucho que necesitáis la ayuda.

Kate respiró hondo, abrió el libro y buscó la página con el título. A continuación, estampó su firma entre la de Enid y la de Peter. Sopló la tinta para asegurarse de que se había secado y no iba a emborronarse, y lo cerró.

—Gracias —dijo la mujer.

—Deberías pedir dos mil quinientos por él. Esta noche he estado echando un vistazo por internet y hay un tío en Estados Unidos que vendió este mismo libro solo con la firma de Peter por tres mil dólares en eBay —le aconsejó la detective.

Marnie asintió. Las dos dieron un sorbo a las tazas de té y se quedaron un momento en silencio.

—He visto en las noticias lo de ese chaval y Noah Huntley. También mencionaron a Jo. ¿Crees que retomarán la investigación?

—Eso espero. Aunque nosotros seguimos trabajando en el caso… Creo que la respuesta está en la comuna de la calle Walpole. Los chicos desaparecidos a los que Joanna estaba investigando vivían allí. Una buena cantidad de los hombres a los que estamos investigando visitaron la comuna y luego invirtieron en el hotel, pero nos da la impresión de que el dueño, Max Jesper, y su pareja, Nick Lacey, nos están evitando.

La otra mujer frunció el ceño y se recostó en la silla.

—¿Qué? —quiso saber Kate.

—¿Nick Lacey?

—Sí. ¿No te lo había mencionado ya?

—No.

—¿Lo conoces?

—No, pero ese nombre se me quedó grabado.

—¿Por qué?

—¿Recuerdas que te conté que el día después de la desaparición de Jo le di con la parte trasera de mi coche a un BMW nuevecito? El dueño se llamaba Nick Lacey.

—Seguramente haya más de un Nick Lacey —contestó la detective, en un intento por no emocionarse demasiado—. ¿Qué aspecto tenía?

Marnie se encogió de hombros.

—Ni idea. Le dejé mis datos debajo del limpiaparabrisas, y, después, su abogado se puso en contacto conmigo… No sé qué me llevó a hacer algo así. Debería haberme ido. Me costó una fortuna reclamar a mi seguro y al suyo. Y encima perdí mi bonificación por buena conductora.

—¿Te acuerdas de su dirección?

Estaba pensando deprisa. «Si era el mismo Nick Lacey, ¿qué hacía allí aparcado la mañana siguiente a la desaparición de Joanna?».

—No, pero yo lo guardo todo. Puede que siga teniendo el formulario de reclamación —respondió Marnie.

A continuación, se levantó y fue hasta un cajón de la cocina. Estaba lleno de papeles, y la mujer comenzó a rebuscar entre ellos. Después, salió al pasillo, abrió la puerta del salón y entró en él. Kate la escuchó abrir cajones y armarios. A los pocos minutos, volvió con un folio en la mano.

—Aquí está. El papel de la reclamación al seguro —dijo a la vez que le pasaba folio a la detective—. Es de la zona; Nick Lacey, quiero decir. Su dirección está en Devon y Cornualles.

44

Tristan acababa de llegar al despacho y estaba haciendo café cuando Kate irrumpió con un trozo de papel en la mano. La mujer fue directamente a su portátil, lo abrió y se puso a teclear.

—¿Buenos días? —tanteó el chico.

—¡Lo siento! Buenos días.

Tristan se acercó al portátil.

—Mira esto —añadió ella, y le pasó el folio.

—¿Es un formulario de reclamación a un seguro de coche por un accidente que tuvieron Marnie Prince y ¡Nick Lacey!? —exclamó al leerlo.

El detective se quedó observando a su compañera mientras esta entraba en la página web del Registro de Sociedades Mercantiles del Reino Unido y comprobaba los datos de contacto de los directores de las sociedades limitadas. Encontró la entrada de Nick Lacey y una lista con las notas simples informativas que se remontaba a 1997.

—¿Qué es una nota simple informativa? —quiso saber Tristan.

—Cada año, los directores de empresa tienen que confirmar que sus datos son correctos o actualizar cualquier cambio —explicó la detective—. ¿Qué dirección viene en el formulario?

—El número 13 de Marple Terrace, Exeter, EX14.

Después, alzó la vista y vio que Kate tenía la misma dirección en su pantalla.

—Dios mío, es el mismo Nick Lacey —concluyó ella.

—¿Cómo has llegado hasta aquí?

Le contó que había visitado a Marnie y que le había dicho que Nick Lacey era el dueño del coche contra el que se estrelló la mañana después de la desaparición de Joanna.

—Nick Lacey era el dueño de un BMW de alta gama. Marple Terrace está a kilómetros de allí. Es una zona bastante pija de Exeter. ¿Por qué aparcaría su coche en la barriada de Moor Side? —preguntó la detective—. Además, Marnie me contó que se chocó con el coche de Nick Lacey a primera hora de la mañana siguiente a la desaparición de su amiga, así que puede que aparcase allí la noche anterior.

—Bev nos dijo que la noche en que su hija se esfumó, le robaron el coche en el mismo sitio —añadió Tristan.

—Concuerdan demasiadas cosas como para que sea una coincidencia. Nick Lacey está relacionado con la comuna, que, a su vez, lo conecta a David Lamb y seguramente a Gabe Kemp, cuyas muertes tienen que ver con la de Hayden Oakley.

Kate abrió los archivos del caso en el portátil.

—¿Qué estás buscando? —preguntó Tristan.

—Quiero aclarar en mi mente dónde estaba cada uno la noche en que Joanna desapareció. ¿Podemos imprimir las declaraciones de todos?

—No tenemos ninguna de Nick.

—No, pero quiero ver dónde estuvieron Fred, Bev, Bill y Marnie. Hay algo a lo que no dejo de darle vueltas… Una idea.

La mujer se levantó de la silla para que el chico se sentara. Entonces, el detective abrió las declaraciones policiales de Fred, Bev, Marnie y Bill y las imprimió.

Mientras tanto, Kate fue hasta la pizarra blanca y borró lo que había en ella.

—Vale, empecemos por Joanna. Ella fue a trabajar el sábado, 7 de septiembre de 2002. ¿Cómo llegó hasta allí?

—Fred dijo que se llevó su coche, un Ford azul. Se fue a eso de las ocho y media de la mañana y sabemos que pasó el día en la oficina. Salió alrededor de las cinco y media de la tarde y fue andando hasta el *parking* de la calle Deansgate. Hay una fotografía suya cerca de la parada de autobús a las cinco cuarenta y uno de la tarde. Esa es la última vez que la vieron, que tengamos constancia.

—Bien, ahora Fred: él estuvo en casa todo el día. Echa un polvo con Famke por la tarde temprano; espera a que Joanna llegue a las seis, pero no aparece; prueba a llamar al móvil de su mujer varias veces, ya pasadas las seis de la tarde, pero está apagado. Entonces, llama a Bev, que está en casa, en su piso en la barriada de Moor Side...

—Entonces, ellos... —comenzó Tristan.

—Un momento, vamos a ver dónde estuvieron Bill y Bev hasta esta hora.

El chico buscó entre las declaraciones hasta que encontró la de Bev.

—Vale, el 7 de septiembre fueron a Killerton House, en Devon. La casa forma parte del Patrimonio Nacional y está a unos treinta y dos kilómetros de Exeter. Salieron a las nueve de la mañana...

—¿Cómo fueron hasta allí?

—En coche. Bev recogió a Bill en el suyo y los dos fueron a Killerton House. Llegaron a las diez pasadas. Estuvieron allí todo el día, hasta que a las cuatro de la tarde tuvieron que volver porque llamaron a Bill del trabajo.

—¿Dónde fueron?

El chico se dio cuenta de que su socia empezaba a impacientarse.

—¿Quieres que nos cambiemos y que yo escriba en la pizarra? —le preguntó.

—No, lo siento, no estoy enfadada contigo. Es solo que tengo una sensación de alarma en la cabeza. ¿Sabes cuando sabes algo, pero se te escapa?

—Bill trabajaba en un bloque de oficinas que estaba en construcción, el Teybridge. Está bastante cerca de donde Bev vivía, en la barriada de Moor Side. Salieron de Killerton House a las cuatro de la tarde y fueron hasta el edificio Teybridge en el vehículo de Bev... Entonces, ella se fue a su piso andando desde el bloque de oficinas y le dejó su coche a Bill. En la declaración del hombre pone que se quedó en el edificio Teybridge hasta las ocho y media y que después volvió a casa de su novia en coche.

—Así que, sobre las nueve menos cuarto de la noche del sábado, el vehículo de Bev estaba aparcado en alguna calle de la barriada de Moor Side, ¿no?

—Según la declaración de Bill, sí.

—Pero a las ocho de la tarde, Bev ya no estaba en su piso.

—Exacto. Fred la llama a las siete para saber si Joanna está con ella y le dice que no ha vuelto a casa del trabajo. Bev prueba a llamar a Bill un par de veces, pero también tiene el teléfono apagado. Entonces, le pide a Fred que vaya a recogerla en su coche para poder salir a buscar a su hija.

—Fred sale de casa a las siete y media y aparece con su coche en la barriada de Moor Side sobre las ocho menos veinte. Recoge a Bev y los dos vuelven conduciendo hasta Exeter. Luego van al *parking*, donde encuentran el móvil de Joanna debajo de su coche. Bev llama a la policía, pero le dicen que no pueden considerar a su hija como una persona desaparecida hasta que no pasen veinticuatro horas, así que Bev y Fred deciden ir en coche a los hospitales de la zona en un intento de encontrarla.

—Después, a las nueve y cuarto, la mujer intenta llamar a su piso desde una cabina, ya que ni Fred ni ella tienen teléfono móvil. Bill responde al fijo y le dice que acaba de llegar, que se le ha muerto la batería del móvil. Ella le cuenta que Joanna ha desaparecido y él se muestra de acuerdo con quedarse en el piso de Bev por si la muchacha aparece por allí. Fred y Bev continúan buscando por los hospitales locales, pero no hay suerte. Fred deja a Bev en su casa justo antes de que den las doce de la noche. Él va a su casa por si Joanna hubiese vuelto, pero media hora después llama a Bev para confirmarle que no lo ha hecho —finalizó Tristan.

Ninguno de los dos abrió el pico durante el buen rato que pasaron observando la línea temporal que la detective había escrito en la pizarra.

—En algún momento de esa noche, o de las primeras horas de la mañana siguiente, Nick Lacey aparca su BMW en la barriada de Moor Side —habló la mujer—. ¿Y si Bill y Nick se conocieran? Bill estuvo solo en el piso desde las nueve menos cuarto hasta las doce de la noche, cuando Fred dejó allí a Bev. ¿Puede que quedasen?

—Además, también contó con el tiempo desde que se fue a trabajar a las cinco menos cuarto de la tarde hasta que volvió al piso a las nueve menos cuarto, y después otra vez desde esa hora hasta la medianoche.

—Respondió al teléfono fijo de casa de Bev a las nueve menos cuarto —añadió Kate.

—Bien, en su declaración, la mujer dice que lo volvió a llamar a las diez y media y que también contestó —leyó el chico.

La detective fue hasta el portátil y se puso a buscar entre las carpetas de los archivos del caso.

—Dos de los trabajadores de la obra del bloque de oficinas Teybridge ratificaron la coartada de Bill y dijeron que llegó a las cinco menos cuarto pasadas del sábado 7 de septiembre, que estuvo allí unas cuatro horas y que se fue poco antes de las nueve menos cuarto. ¿Dónde están? Aquí. Raj Bilal y Malik Hopkirk son los dos testigos que estaban trabajando allí…

Tristan vio cómo su socia pasaba entre las declaraciones que habían escaneado.

—Los dos las firmaron, ya lo he comprobado.

—Las dos personas que quisieron prestar declaración para fundamentar la coartada de Bill son obreros que trabajaban para él y que, supuestamente, tenían ingresos bajos. ¿Puede que mintiesen por él? —preguntó la detective.

—¿La pregunta importante no es por qué Nick Lacey también estaba aparcado en la calle donde vivía Bev esa misma noche?

—Sí. ¿Por qué ibas a aparcar un BMW de alta gama en una barriada tan chunga por la noche?

—¿Y si Nick tenía un amante? Alguien un poco quinqui que viviera en el barrio de protección oficial.

—Es como si no dejásemos de preguntarnos cosas como «¿y si…?» o «¿quién es?» sobre Nick Lacey. Pero ¿estamos haciendo las preguntas correctas? Lo que se supone que sabemos es que es una persona triunfadora, o, más bien, un empresario implacable. Su vecina Elspeth dice que es un hombre encantador. Rondaba a Max cuando tenía la comuna, lo que significa que puede que llegase a conocer a David Lamb, a Gabe Kemp y a Jorge Tomassini.

El teléfono de Kate empezó a sonar.

—Hablando del rey de Roma. Es Jorge Tomassini.

Cogió la llamada y puso el altavoz.

—Hola, Kate —la saludó el hombre—. Oye, eché un vistazo en mi desván y he encontrado las fotos de cuando vivía en

Inglaterra. Hay ocho paquetes con veinticuatro fotos en cada uno. Las he escaneado todas.

Tristan cerró el puño y articuló un «¡sí!».

—Es todo un detalle por tu parte, gracias —le respondió ella.

—Lo he hecho por grupos de ocho en el escáner del trabajo. Para ahorrar tiempo. Tendréis que hacer *zoom* a las fotos.

—Mientras se vean bien, está genial.

—Hay unas cuantas de la comuna, de cuando fui a un par de fiestas que se celebraron allí. En una salgo con mi novio de aquella época y Noah Huntley, Max sale en un par, y en otra estoy yo en la comuna, sentado en un sofá con Max y su novio, Nick Lacey.

—Has sido de gran ayuda, gracias —insistió la mujer.

—Vale, le pediré a mi secretaria que os las envíe al correo electrónico —se despidió.

Diez minutos después, llegaron las fotos divididas en dos correos. Kate y Tristan cogieron sus portátiles. Cada archivo JPEG de las carpetas contenía ocho fotos escaneadas. Descargaron las imágenes y comenzaron a buscar entre ellas. Encontraron una foto de un Noah Huntley aparentemente borrachísimo, con la cara roja y un brazo sobre Jorge y un joven rubio cachas.

—Dios mío —exclamó la detective cuando llegó a la foto de Jorge y Max sentados en un sofá con un tercer hombre—. Tristan, ven a ver esto.

El muchacho se levantó y rodeó la mesa para ir a ver qué había en la pantalla del ordenador.

—Dios mío, dios mío —dijo—. ¿Ese es Nick Lacey?

—Sí… —afirmó Kate, temblando del *shock*—. Madre de Dios. Esta es la foto. Esta es la pieza del puzle que nos faltaba para darle sentido a todo.

45

Ya entrada la noche del sábado, Nick Lacey iba conduciendo por Southampton de vuelta a casa de su viaje de negocios.

Siempre que visitaba Southampton pasaba por su barrio rojo particular. Las farolas de la ajetreada zona cercana al muelle arrojaban una luz deslumbrante a la calle y, a lo largo de los años, se habían llevado a cabo intentos de limpiar aquella parte de la ciudad y barrer a los gusanos que se paraban en los bordes de las aceras a esperar. Era una de esas calles británicas que se reinventan a sí mismas cada pocos cientos de metros, cambiando de edificios en ruinas a zona residencial, una y otra vez.

Dio dos vueltas alrededor de la manzana para pasar un par de veces por un *pub* de ambiente, ricamente iluminado, y asegurarse de que no había cámaras en la calle ni ningún sistema de videovigilancia.

A cien metros del *pub,* vio a un chico esperando al abrigo de las sombras de una farola rota. Era alto, atlético y tenía una mandíbula pronunciada. A la tercera vuelta a la manzana, Nick aminoró la marcha cuando se acercó a la farola, y bajó la ventanilla.

—Hola.

—Hola —le respondió el muchacho mientras le hacía un examen visual—. Bonito coche.

Llevaba unos pitillos azules, unas zapatillas blancas que parecían nuevas y caras y una camiseta estrecha con el cuello en V. El hombre entrevió que tenía unos hombros anchos y musculosos y unas piernas trabajadas.

—¿Qué haces esta noche? —le preguntó Nick.

—¿Tú qué crees? —le contestó, y se acercó a la ventanilla para asomarse por ella.

Era agresivo de una forma tan impostada que al hombre le dio la risa. No le pareció nada natural.

—Creo que eres un puto ramero guarrillo, y eso es justo lo que estoy buscando.

Durante un momento, al chaval se le cambió la cara y dio la impresión de que aquel comentario le había dolido; Nick bebió de su dolor. De pronto, estaba desesperado por que el chico se subiera a su coche. Mantuvo el contacto visual para ver si el joven apartaba la mirada. No lo hizo.

—¿Cómo te llamas? —preguntó Nick.

—Mario.

—¿Cómo te llamas «de verdad»? Te pagaré más si puedo llamarte por tu nombre real…

Un largo silencio ocupó el ambiente entre los dos hombres y una ráfaga de viento envolvió el coche, removió las hojas y la basura que había al borde de la acera y levantó su pelo castaño. El chico bajó la mirada al suelo y Nick se preguntó para qué necesitaría el dinero. ¿Para vivir? ¿Para comprar drogas? ¿Para pagar más zapatillas blancas como esas?

—Paul.

—Hola, Paul. ¿Cuánto por toda la noche?

—Trescientos en efectivo y por adelantado.

El chico olía a gel y a *aftershave*.

—Da la vuelta y ponte de copiloto —le ordenó el hombre, y subió la ventanilla.

Observó al muchacho dar la vuelta por detrás del vehículo y se preguntó por qué estaría en plena calle en una zona tan chunga. Los guapos se estaban pasando a las aplicaciones móviles. Era más sencillo, en cierto modo más seguro y, por supuesto, dejaba un rastro digital de miguitas de pan por si la policía tenía que involucrarse.

Un coche patrulla apareció un poco más adelante y el chaval debió de darse cuenta, porque pasó detrás del coche de Nick, cruzó a la otra acera y continuó bajando la calle en la dirección opuesta.

El hombre abrió la consola que había entre los dos asientos delanteros y bajó la vista para admirar las botellitas de champán y Coca-Cola perfectamente colocadas en el pequeño frigorífico. Cuando terminó, la cerró de golpe.

Aquello hizo que entrase en razón y se diese cuenta de que había actuado en modo automático. Acababa de estar a punto de montar a Paul en su coche, y nunca montaba a jovencitos siendo él mismo. Las primeras veces, hace años, sí que lo hizo como Nick Lacey, pero cuanto más salía indemne de aquello, más tenía que perder. Así que comenzó a usar diferentes nombres y disfraces, pequeñas alteraciones de su aspecto que lo hacían parecer otra persona. Steve, Graham, Frank y Tom, su último *alter ego,* con el que había raptado a Hayden Oakley.

Después de este último, había visto las noticias todos los días para saber si la policía había acusado a Noah Huntley. De momento, solo lo habían interrogado y, desde luego, estarían esperando a que llegaran los resultados del ADN de los calzoncillos que había dejado en su coche.

En esta última ocasión se había visto metido en un aprieto, pero si Noah Huntley iba a juicio y acababa siendo condenado por los asesinatos de David Lamb, Gabe Kemp y los otros dos hombres, de cuyos nombres no se acordaba en ese momento, estaría fuera de peligro. Aunque eso también significaría que tendría que cambiar sus métodos si quería seguir haciendo lo mismo.

El coche patrulla llegó al final de la larga calle y giró a la derecha.

Paul volvió andando por la calle paralela, donde se había quedado esperando a que pasase la policía, y Nick lo vio acercarse al coche.

Entonces, agarró el volante con fuerza. El deseo de raptar y torturar a aquel joven macho hasta someterlo y matarlo le sobrecogía.

Mentalmente, se apartó de golpe de esa situación y, con el olor del *aftershave* de Paul todavía en el ambiente, metió primera, se fue de allí y puso rumbo a Burnham-on-Sea.

46

A primera hora de la mañana del lunes, los dos detectives iban en coche a Burnham-on-Sea con la intención de plantarle cara a Nick Lacey cuando Kate se dio cuenta de que Tristan estaba asustado. Ella también temía verse cara a cara con él. Los dos habían pasado el día anterior localizando a otros testigos y verificando informaciones.

Al salir de Ashdean, hacía un día cálido y soleado, pero el tiempo empeoró a medida que avanzaron por la M5, y, cuando llegaron a su destino, les esperaba un cielo cubierto de nubes. El viento aullaba por la enorme playa vacía y se llevaba la arena con él.

—¿Estás preparado?

—No —contestó su socio—. ¿Has traído la foto?

Ella asintió.

El joven cerró el coche y los dos comenzaron a subir por la pendiente de arena que llevaba a la casa de Nick Lacey. Una parte de la detective esperaba que el hombre no hubiese vuelto de su viaje de negocios, pero cuando ya habían recorrido la mitad del camino, vieron a Elspeth salir de la casa y dirigirse hacia ellos balanceando su bastón.

—¡Buenos días! —los saludó en tono alegre.

Llevaba un pañuelo grueso en la cabeza y gafas de sol.

Los dos detectives le dieron los buenos días y continuaron con su camino.

—Parece que vamos a sufrir el embate del aullido del viento por todo el Canal de Bristol —les comunicó—. ¡Pero también vamos a tener un par de días buenos!

El aire se embraveció y la anciana tuvo que gritar la última parte. A su derecha se encontraba el campo de helechos y hierbajos, y el choque de las hojas con la arena de la playa que el viento levantaba producía una especie de crujido.

—¿Estáis buscando a Nick? —gritó tras ellos.

—Sí —le respondió Kate.

—Está en casa. Yo vengo de tomarme el café tempranero de todas las mañanas con él —les gritó Elspeth. La mujer se tambaleó un poco ante el ataque del viento—. No parece que el aire vaya a amainar —añadió.

A continuación, se despidió de ellos con la mano, agachó la cabeza y siguió su camino, en dirección a la playa.

—No tiene ni idea, ¿verdad? —comentó Tristan.

—Claro que no.

Subir con el empujón del viento les resultó más sencillo y, al final, llegaron a la puerta de entrada más rápido de lo que a la detective le habría gustado.

—Lo importante es dejarlo hablar —le advirtió al chico—. Tengo mi *spray* de pimienta.

—¿Crees que vas a tener que usarlo? Podría perjudicarnos... No es legal llevarlo encima.

—Solo si de verdad no nos queda otra.

El joven asintió y tragó saliva.

—¿Tú crees que sabe que vamos a venir?

—¿No te acuerdas? Somos John y Maureen —le dijo la mujer en un intento por hacer una broma, pero ninguno se rio—. ¿Vale?

Tristan asintió.

—Vale.

La detective se inclinó un poco y llamó al timbre. Pasó un segundo. Y otro. Era como si el viento les estuviese gritando desde la playa.

«¿Y si se niega a abrir la puerta?», pensó Kate. «¿Y si la vecina le ha contado que estuvimos aquí la semana pasada y ha atado cabos?».

Los dos se llevaron un buen sobresalto cuando escucharon el crujido de un pestillo al accionarse y, a continuación, la puerta se abrió lentamente.

Bill estaba de pie frente a ellos con una canasta llena de ropa sucia.

Durante un segundo, todos se quedaron petrificados. En la foto de 1998 de la fiesta en la comuna se veía a Jorge sentado en un sofá entre Max y Bill. Después de ver aquello, volvieron a hablar con él para que les confirmase que la persona que estaba sentada con Max y él era Nick Lacey. Fue un choque descubrir que eran la misma persona. Pero la impresión fue mayor cuando vieron a Bill abriéndoles la puerta de la casa que compartía con Max Jesper; lo confirmaba todo.

El hombre miró a los dos detectives, abrió la boca y la volvió a cerrar. Después, fue como si intentase recomponerse y les sonrió, pero lo que consiguió fue una mueca torcida. Los ojos le brillaban con un toque demencial.

—Hola —los saludó.

—Hola, Bill —le contestó la mujer—. ¿O debería llamarte Nick?

Tras el hombre se veía un recibidor largo y espacioso, con una mesa grande bajo un espejo. Sobre esta, Kate atisbó una selección de fotos personales en marcos dorados y plateados. Él siguió la mirada de la expolicía y enseguida tapó el hueco de la puerta por el que se veía el interior de la casa.

Ella se sacó la foto del bolsillo.

—Bill, ¿te acuerdas de esta fiesta? Allá por 1998, en la comuna de la calle Walpole.

En la foto en la que aparecían su pareja y él con Jorge Tomassini, el hombre salía levantando una mano para taparse la cara, pero no fue lo bastante rápido. Aquella imagen dejaba clarísimo quién era.

—Jorge Tomassini nos envió esta foto bien entrada la tarde de ayer. También te identificó como Nick Lacey, el novio de Max Jesper —le informó Tristan.

Bill se quedó muy quieto, bloqueando la puerta. El chico alargó la mano y empujó la puerta para volverla a abrir. Kate se coló en la entrada.

—¡Un momento! —gritó el hombre.

Intentó agarrar a la detective del brazo, pero ella se retorció y se soltó de su captor. Tristan se quedó detrás de él para evitar que saliera.

Entonces, la mujer fue hasta la mesa de la entrada y cogió una foto con el marco plateado. En ella salían Bill y Max Jesper sentados en un bote hinchable y, de fondo, se veía lo que parecía ser el Gran Cañón. El hombre le pasaba el brazo por el hombro a su novio. La detective soltó la foto para coger otra, esta vez una con el marco dorado. Se la habían hecho en el jardín de su casa. Los dos llevaban traje y pajarita; Max rodeaba a Bill con un brazo y los dos sonreían a la cámara.

—No me has contestado. ¿Cómo debería llamarte? ¿Bill o Nick? —insistió Kate—. ¿Qué fue primero, Bill o Nick?

El hombre, que se había quedado blanco como la pared, dio un paso atrás para apoyarse en el muro. Dejó caer los hombros y se le cayó la cesta de la ropa sucia. Entonces, Tristan entró por la puerta, la cerró tras de sí y pasó junto a Bill para acercarse a la mesa con las fotografías.

—No lo entendéis —dijo en voz baja.

Después tragó saliva y, aparentemente, recuperó la compostura.

—¿Durante cuánto tiempo has sido Bill y Nick? —le preguntó el joven.

—Demasiado —contestó—. Bill es el nombre que me pusieron mis padres. Nick vino más tarde.

Dicho esto, miró de reojo el teléfono fijo que descansaba en la mesa de la entrada y salió huyendo. Empujó a los dos detectives en su fuga, se adentró en la casa como un rayo y desapareció al doblar una esquina.

—No podemos dejar que escape —dijo la mujer.

Los dos cruzaron la entrada, que daba a una enorme cocina y a una sala de estar con ventanales, del suelo al techo, con vistas al jardín con piscina, a la terraza y, a lo lejos, a la playa. Había varias puertas traseras que daban a la zona exterior, pero estaban cerradas.

—Arriba —indicó el muchacho, y señaló las escaleras.

Kate y Tristan subieron los escalones de dos en dos. En la primera planta había un largo pasillo con un tragaluz y habitaciones a cada lado. Escucharon unos sonidos que venían de la segunda puerta del rellano. La mujer metió la mano en el bolso y agarró el frasco de *spray* de pimienta. El chico pasó primero.

La puerta estaba abierta. Conducía a un despacho de un estilo parecido al de la casa de Bill en Salcombe, pero en este había una vitrina, con la parte frontal de cristal, que albergaba una hilera de fusiles negros y plateados. Una de las puertas de vidrio estaba abierta y Bill tenía una de las pistolas entre las manos. El escritorio que había tras él estaba vacío y, en la superficie pulida, había dos casquillos de balas.

Kate intentó obviar el pánico que sintió mientras el corazón se le aceleraba cada vez más. No iba a dejarlo escapar. Tristan alargó la mano para agarrarla del brazo y frenarla en el umbral de la puerta.

Cuando Bill alzó la vista, vieron una extraña mirada vacía en sus ojos. A continuación, abrió el arma, pero el detective irrumpió en la sala y fue hasta el escritorio para tirar las balas de la mesa. Estas tintinearon al caer en el suelo de baldosas y rodaron hasta desaparecer de su vista. El chico se quedó al otro lado del escritorio. El hombre no soltó la escopeta.

—Baja el arma —le pidió la mujer, y siguió los pasos de su socio para entrar al despacho.

—Eres una creída —le dijo el hombre.

—Bill, dámela —intervino Tristan, y le tendió la mano.

—Y tú vete a tomar por culo. No me dais miedo. ¡SOY YO QUIEN TIENE EL ARMA!

Gritó la última parte de una manera que hizo que Kate se encogiese de miedo. Los dos hombres tenían casi la misma altura y ambos eran corpulentos. El chico no se alejó, pero mantuvo el escritorio entre los dos. Bill no se movió; siguió de pie, agarrando el arma abierta.

La detective metió la mano en su bolso para volver a tocar el *spray.* «Tenemos que conseguir que siga hablando».

—¿Qué pasa con Bev? ¿Sabe que llevas una doble vida? ¿Que tu otra vida la pasas con un hombre?

El hombre soltó una carcajada y negó con la cabeza.

—¿Y Max?

—¡A Max lo dejáis fuera de esto! Él no sabe nada. ¡NADA!

—Así que Max es a quien quieres de verdad. ¿Dónde deja todo esto a Bev?

—A ella la quiero, pero...

—Pero ¿qué? —le preguntó Kate.

—¡No tengo que justificarme ni darte ningún tipo de explicación! —aulló.

—Vas a tener que justificar muchas cosas ante la policía —le avisó Tristan—. Has sido muy meticuloso a la hora de elaborar tus dos identidades, sin descartar que usaras otras para raptar a tus víctimas, pero cometiste un error garrafal. Nick Lacey aparcó su BMW en la calle de Bev la noche que Joanna desapareció, y Bill le contó a la policía que aparcó el coche de su novia en la misma calle y la misma noche. Nick tenía un BMW de alta gama. Bev, un viejo Renault, pero, por alguna razón, el «ladrón» se llevó el coche de la mujer.

El hombre soltó una carcajada.

—Eso no significa nada. La gente roba coches por multitud de razones. Los camellos de medio pelo eligen coches que no llamen la atención.

Kate asintió.

—Sí, es verdad. Volvimos a revisar tu declaración sobre el día en que Joanna desapareció. Estuviste con Bev en Killerton House y luego te llamaron por teléfono del trabajo, justo antes de las cuatro de la tarde, para que fueses al proyecto de obra del bloque de oficinas Teybridge. Fuiste con Bev en coche hasta allí y ella volvió andando a casa para dejarte el vehículo a ti. Dos de los trabajadores de la obra, Raj Bilal y Malik Hopkirk, ratificaron tu coartada diciendo que llegaste a las cinco menos cuarto de la tarde y que estuviste allí unas cuatro horas.

—Eso es —contestó.

—Hemos pasado los últimos dos días intentando localizarlos —continuó la detective—. Malik Hopkirk murió de cáncer de pulmón hace seis años, pero Raj Bilal sigue vivo. Le contamos nuestra teoría y le hablamos del tiempo en prisión que implica mentir a la policía, y ya no está tan seguro de que pasases cuatro horas en la obra del edificio Teybridge. Nos ha contado que le pagaste para que mintiese.

—¿Dónde está esa prueba? —preguntó el hombre—. Es circunstancial.

—Si Bill no estuvo en la obra entre las cinco menos cuarto y las nueve menos veinte de la tarde del 7 de septiembre, ¿qué hizo durante casi cuatro horas?

Él los miró fijamente mientras sujetaba el arma con las dos manos. A Kate aquella mirada le recordó a la de un perro asustado que intenta decidirse entre atacar o salir huyendo. Le sudaba la mano con la que agarraba el frasco de *spray* en el bolso.

—Joanna estaba intentando incriminar a Noah Huntley, ¿no? Trataba de sacar cualquier trapo sucio sobre los prostitutos que contrataba el exparlamentario para engañar a su mujer —dijo ella—. Se enteró de que había un muchacho al que el hombre le gustaba visitar en la comuna de Max Jesper en la calle Walpole. Lo que no sabía es que a ti, Nick Lacey, también te gustaba pasar por allí. ¿Max siempre te conoció como Nick?

—¡Calla! Ya te he dicho que él no tiene nada que ver…

Bill decidió no decir nada más y continuar mirándolos. Kate se dio cuenta de que Tristan estaba con los ojos puestos en la escopeta y acercándose poco a poco al hombre.

—La llamada que recibiste a las cuatro de la tarde no era del trabajo, ¿verdad? Fue Joanna. Creemos que fue tras descubrir que Nick y tú erais la misma persona. Y que el primero había asesinado a todos esos jóvenes.

El hombre agarró el arma con fuerza y empezó a respirar hondo.

—No podéis probar nada de esto. No hay cadáver, ni coche —recitó, casi como si fuese un mantra—. A Bev le robaron el coche en su calle y no podéis demostrar lo contrario.

—Si fue así, ¿cómo es que el BMW de Nick terminó aparcado en la misma calle esa noche?

—Ya lo había dejado allí —les explicó Bill con una sonrisa triunfante.

—¿Por qué? La mañana del 7 de septiembre, Bev te recogió en tu piso en la otra punta de Exeter.

—Vale, lo aparqué ahí el día anterior. No había cámaras de videovigilancia en esa calle.

—La llamada era de Joanna. Ella averiguó que tú eras Bill y Nick…

—Estás intentando que me incrimine. ¡Pero no tienes pruebas! —gritó.

—Esta foto es la prueba, Bill —le dijo la detective, y le mostró la foto que le habían hecho en la comuna—. Nos la ha enviado Jorge Tomassini. Joanna lo entrevistó por el tema de David Lamb y él le enseñó algunas fotos que tenía de la comuna. Entonces, ella se llevó los negativos sin su permiso. El día que desapareció, una de sus compañeras del periódico, Rita Hocking, dice que Joanna recogió unas fotos que había revelado ese mismo día con los negativos que le robó a Jorge Tomassini. Esta estaba entre todas las que imprimió. Jorge nos ha contado que no te hacía gracia que te hiciesen fotos. Esta es la única del carrete en la que alguien te pilló por sorpresa y consiguió que saliese tu cara.

—Fue Joanna la que te llamó esa tarde, ¿a que sí? —insistió Tristan—. Sabemos por Raj Bilal que la obra del bloque de oficinas Teybridge estaba cerrada ese día. Ella lo averiguó en cuanto vio la foto, y te llamó. Le pediste que quedase contigo para intentar explicárselo todo en persona, antes de que llamara a la policía. Cuando te separaste de Bev en el edificio Teybridge, fuiste en coche hasta Exeter para encontrarte con Joanna en el *parking* de la calle Deansgate. Sabías que no habría nadie. Ahí fue donde la raptaste y la asesinaste, y usaste el coche de Bev para deshacerte de su cuerpo.

El hombre se rio y volvió a levantar el arma.

—Gilipolleces. Y cualquier jurado pensará lo mismo.

—Querías a Joanna, ¿verdad? —le preguntó Kate.

Bill suavizó un poco el gesto.

—Por supuesto… ¡No le habría tocado ni un pelo de la cabeza! —dijo, alzando la voz.

A continuación, estrelló el arma en la mesa.

—Por eso tuvo que ser muy duro tener que matarla —continuó ella.

—¡No lo hice! ¡Yo no la maté! ¡Cállate de una puta vez!

—Fuiste tú. Tú la secuestraste y la asesinaste porque tenía información sobre ti y tu doble vida. Sabía que eras el responsable de las muertes de David Lamb, Gabe Kemp y el resto de jóvenes —lo contradijo la detective—. La metiste en el coche de Bev y la trajiste hasta aquí, ¿no, Bill? La trajiste a esta casa. Nadie que conociese a Bill sabía de este sitio. Hemos hablado con gente que ha venido a tus fiestas de verano y con tu vecina. Todos nos han hablado del miedo de Nick a que la gente baje a la playa cuando la marea está baja. Pero ese no es el problema, ¿verdad? Te asustaba que algún día la marea removiese la arena y dejase al descubierto el sitio donde escondiste el cadáver de Joanna. Trajiste el coche de Bev hasta aquí, con su cuerpo en la parte de atrás, y esperaste hasta que oscureció para llevarlo hasta las marismas, más allá de lo que la mayoría de gente se atreve a adentrarse. Hasta donde estabas seguro de que se hundiría y de que, así, su cuerpo y el coche quedarían ocultos para siempre. Después de todo eso, necesitabas volver a Exeter para quedar con Bev, así que te llevaste el BMW de Nick y lo aparcaste en la barriada de Moor Side. Nunca robaron el coche de Bev. Porque esa noche nunca volvió; porque está enterrado ahí, en la arena, con el cadáver de Joanna en su interior.

Durante todo ese rato, Bill no dejó de mirarla fijamente. Estaba blanco como la pared.

—¿Durante cuánto tiempo has guardado este horrible secreto? No se lo has contado a Max. Tampoco a Bev.

—No tienes pruebas. ¡Solo me estás contando lo que crees que pasó!

El hombre cogió el arma, cerró los ojos y se la pegó al pecho. Las lágrimas resbalaban por sus mejillas. Se quedó callado e inmóvil. La detective dio un paso adelante, igual que Tristan, pero, entonces, Bill abrió los ojos.

—¿Con quién estamos hablando ahora mismo? ¿Con Bill o con Nick? —le preguntó la mujer.

—No es así —le contestó el hombre, que alzó la vista para mirarla. Hablaba en un tono relajado—. Nick no es más que un nombre que usaba para conocer a chicos. En aquel momento no lo pensaba. No quería que esos tíos supiesen mi nombre real. Aquello se me fue de las manos y, al final, mis dos identidades tomaron vida propia.

—¿Fue Bill quien mató a Joanna? ¿O fue Nick? Igual que lo hizo con los otros —continuó ella.

—¡Calla!

—Entiendo que ha tenido que ser aterrador —dijo Kate—. Estar ahí fuera, sumido en la oscuridad. Verlo hundiéndose en la arena. La marea subiendo a toda prisa… No deja de repetirse en tu mente, ¿verdad? Que después de todos estos años, el oxidado coche de Bev con Joanna dentro pueda volver a aparecer en la playa.

—¿Por qué nos contrataste para encontrar a Joanna? —le preguntó Tristan.

—Bev —contestó en voz baja—. Por Bev. Quería que pasara página. Pensé que no encontraríais nada y que podríamos hacer borrón y cuenta nueva. Necesitaba que Bev dejase el tema de Joanna, que lo dejase estar.

—En lo más profundo de su ser, Bev tiene que saber que fuiste tú el que asesinó a su hija —continuó el muchacho.

—¡Tú te callas la puta boca! —aulló Bill, y comenzó a estrellar el fusil una y otra vez contra el escritorio—. No podéis demostrarlo. ¡No podéis demostrarlo! —gritó en el mismo tono cantarín que usaría un niño.

Tenía la cara roja y estaba temblando.

—Cuando terminemos contigo, Bill, voy a asegurarme de que la policía busque en cada centímetro de esta puta playa. Y van a encontrar el coche y el cuerpo de Joanna dentro —lo amenazó Kate.

El corazón le latía a mil por hora y notaba la boca seca. Entonces, el hombre hizo un movimiento que los pilló desprevenidos. Cogió uno de los cartuchos del suelo y lo metió en el tambor de la escopeta. Por un segundo, la detective creyó que iba a apuntarlos y a disparar, pero, entonces, cerró el arma, le dio la vuelta con las manos y se introdujo la punta del cañón en la boca.

Tristan rodeó el escritorio justo a tiempo para sacar el arma de la boca de Bill de un manotazo cuando el hombre estaba apretando el gatillo. Una de las puertas de la vitrina que había detrás de Kate estalló.

A continuación, los dos hombres forcejearon por el fusil. Tenían la misma altura, pero el chico era más fuerte. La detective notó un dolor en el brazo derecho, justo debajo del hombro, y bajó la mirada para ver una mancha roja que se estaba expandiendo por la manga de su camiseta.

Entonces, Bill se impuso y empujó a Tristan, que cayó de espaldas contra unas estanterías. El hombre cogió el otro cartucho que quedaba en el suelo y salió corriendo del despacho con el arma entre las manos. Tristan se levantó y vio que salía sangre del brazo de su socia.

—Kate, ¡te ha dado!

El dolor era tan agudo que sentía como si tuviese clavado un cuchillo ardiendo, pero cuando se subió la manga se dio cuenta de que solo era un rasguño profundo en su brazo izquierdo.

—Es un arañazo —le dijo al joven mientras se apretaba la herida con la mano—. Ve tras él. ¡No dejes que use esa bala! —gritó—. ¡Vamos!

El chico asintió y salió corriendo detrás de Bill.

En ese momento, ella hizo una mueca de dolor y metió la mano en el bolso. Encontró un fular negro y se lo ató lo más rápido que pudo alrededor de la herida. Respiró hondo varias veces y, después, cogió el teléfono y llamó a la policía.

47

Tristan notó una fuerte ráfaga de viento y observó que la arena estaba entrando al vestíbulo por la puerta abierta. Un segundo después, llegó al umbral y salió a toda prisa al exterior. Bill iba corriendo descalzo por la pendiente de arena que conducía a la playa. Aún llevaba el arma entre las manos.

En cuanto lo vio, comenzó a correr tras él. Al final del camino, el hombre saltó la valla bajita que separaba el lugar donde había aparcado el coche y, al caer en la arena, se tambaleó un poco, pero enseguida se repuso y continuó con su huida.

El chico estaba reduciendo la distancia entre los dos, y un segundo después, saltó también la verja. Ahora Bill corría por la playa en dirección al mar.

«¿Qué hace?», pensó el detective mientras sus pies se estrellaban contra la arena húmeda. Era más difícil avanzar por la superficie arenosa con aquellas pesadas zapatillas. El hombre, sin embargo, como iba descalzo, era más rápido. En ese momento, el viento que aullaba en la costa levantó una capa de arena por la playa que golpeó al chico en la cara, se le metió en los ojos y se le clavó en la piel.

—¡Bill! ¡Para! —gritó, pero el aire se llevó aquellas palabras en cuanto salieron de su boca y lo atragantó con la arena.

El hombre corrió hacia una bandada de gaviotas que estaban apiñadas y que echaron a volar sobre la cabeza de Tristan mientras graznaban a todo pulmón por el cielo.

Cuanto más corrían, más mojada estaba la arena. Bill agarraba la escopeta con las dos manos e iba moviéndola de un lado a otro para darse impulso. Llegado a un punto, el muchacho alcanzó a ver el rompeolas en la arena mojada, a lo lejos, y cuando miró por encima del hombro se dio cuenta de que había dejado las casas muy atrás. Estaba solo en aquel lugar dejado de la mano de Dios con Bill, su arma y una bala.

Entonces, el hombre miró hacia atrás y pareció que comenzaba a aminorar la velocidad. La arena se parecía cada vez más al barro y, en algunas partes, se hundía formando piscinas de agua salada. Los zapatos del chico estaban empapados; con cada paso se sumergían un par de centímetros.

Tristan consiguió acercarse un poco más a él y redujo el espacio que había entre los dos a un par de metros. En ese momento, Bill se dio la vuelta, pero, al hacerlo, se tropezó, cayó en la arena y el arma salió volando. El muchacho lo alcanzó, pero también se tropezó y los dos acabaron tirados en el suelo. El chico sabía que se había metido en una situación estúpida. Bill iba a suicidarse o a intentar matarlo, y también cabía la posibilidad de que los dos acabaran hundiéndose en las arenas movedizas.

El detective seguía tumbado bocabajo cuando, antes de que pudiese levantarse, el hombre lo agarró y le dio la vuelta para ponerlo bocarriba. Se puso encima de él para sujetarlo y, entonces, el muchacho notó las manos de Bill rodeando su cuello.

—¿Crees que puedes amenazarme? ¿Crees que puedes mangonearme? —aulló el hombre.

Tenía la cara roja y la mirada trastornada. El joven notó que le estaba presionando la garganta con las manos, así que levantó las piernas en un intento de hacer palanca para quitárselo de encima.

La arena mojada bajo su cuerpo comenzó a ceder a medida que Bill le hundía el cuello. Los sonidos del viento y la marea se amortiguaron cuando le sumergió la nuca y las orejas en la superficie húmeda y enfangada. Esta le envolvió la cara, le sumió la cabeza en la oscuridad y se le metió en la nariz. Ya solo notaba al hombre encima, que seguía empujándolo. Poco a poco parecía que le estaba soltando el cuello, pero su plan era hundirlo lo máximo posible en aquella arena húmeda y dejar que se ahogase.

Tristan intentó mover las extremidades, pero ya tenía medio cuerpo sumido en el barro. Sintió que el aire se le escapaba de los pulmones. Iba a morir asfixiado.

* * *

Kate fue corriendo por la playa todo lo rápido que pudo. Entreveía la figura de Bill de rodillas en la arena. El brazo en el
que llevaba atada la bufanda para contener la herida superficial
le dolía muchísimo, pero al menos había cortado un poco la
hemorragia. Al acercarse, vio que el hombre estaba hundien-
do a Tristan en las arenas movedizas. El chico ya tenía toda la
cabeza y el torso sumergidos, mientras que las manos de Bill
se encontraban sumidas en el fango. Los pies del muchacho
estaban dando patadas al aire.

El hombre tenía la cara paralizada ante la imagen del detective ahogándose en la arena; las venas se le iban a salir de los
brazos y estaba sudando y temblando del esfuerzo.

En ese momento, la mujer vio el arma tirada en la arena.
Fue corriendo hasta ella, la agarró por el cañón, la blandió
contra Bill por el mango y le golpeó en la nuca. Se escuchó un
«crack» cuando la escopeta y la cabeza del hombre entraron en
contacto, a lo que siguió un grito. Bill soltó a Tristan y cayó al
suelo de lado. Solo lo había aturdido.

—¡Tristan!

Se lanzó a donde el muchacho se encontraba sumergido y
encontró su torso. Luego se puso de rodillas, pasó los brazos
bajo el cuerpo del chico y, con un fuerte tirón, se volvió a apoyar en los talones y comenzó a tirar de él. Al principio, el terreno no cedía y creyó que los dos iban a terminar hundiéndose
más, pero con el suave sonido de una ventosa, Tristan salió de
la arena y los dos cayeron de espaldas.

—Ya está —le dijo la mujer mientras le quitaba el barro de
la cara.

Él escupió y vomitó. Tenía el cuerpo cubierto de una gruesa
capa marrón. Al final, tomó una bocanada entrecortada de aire.

—¿Dónde está? No veo nada —preguntó Tristan.

Bill seguía tumbado de lado, inmóvil.

—Le he pegado con el fusil —le contestó su socia.

Después, fue hasta una piscina de agua salada limpia, cogió
un poco entre las manos y volvió a donde estaba el detective
para lavarle la cara con ella. De pronto, vio a Bill girar la ca-

beza, comenzar a reptar por la arena, coger el arma y darse la vuelta. Apuntó a Kate y apretó el gatillo, pero solo se escuchó un «clic» cuando el tambor disparó el cañón vacío. Volvió a apretar el gatillo y la mujer lanzó un alarido, pero, de nuevo, solo hubo un «clic».

—¡No, no, no! —aulló Bill mientras buscaba el único cartucho que se había llevado.

La detective vio que estaba justo detrás de él, así que salió corriendo, lo cogió y se lo metió en el bolsillo.

Se alegró de escuchar los gritos que venían de la playa y de ver a un grupo de agentes corriendo por la arena hacia ellos.

Un segundo después, la policía ya había llegado y arrestado a Bill. Le pusieron unas esposas en las muñecas.

—Bill Norris, Nick Lacey, queda arrestado por presunto asesinato —le dijo el agente mientras le cerraba las esposas—. Tiene derecho a guardar silencio, pero perjudicará a su defensa si no responde cuando se le pregunte algo que después se le pueda atribuir en el juicio. Cualquier cosa que diga podrá ser considerada como prueba.

Kate se acercó a Tristan, que estaba tumbado en la arena mientras intentaba recuperar el aliento.

—Creí que me había llegado la hora —le confesó el chico, y escupió más arena—. Dios mío.

Tres agentes escoltaron a Bill de vuelta a la urbanización.

—Tenemos que irnos rápido —les informó otro de los policías, que se acercó a la mujer y le tocó el hombro—. La marea está subiendo y puede ser más rápida que nuestro paso.

A lo lejos, la detective vio una alfombra de agua reptando hacia ellos.

—¿Estás bien? —le preguntó al muchacho mientras lo ayudaba a ponerse en pie.

—No, pero lo estaré —le contestó—. ¿Tú cómo estás? Deberías ir a que te miraran el brazo.

Kate asintió, pero la verdad era que no sentía ningún dolor. Solo euforia. Lo habían cogido. Habían resuelto el caso.

La mujer se agarró al brazo de Tristan y los dos volvieron por la arena hasta la zona más segura de la playa.

48

Cuatro días después, a las cuatro en punto de la mañana del viernes, Kate y Tristan volvieron a la casa de Max y Bill en Burnham-on-Sea.

Todavía no había amanecido, así que vieron el foco del puesto forense y su resplandor fantasmal en la oscuridad a unos tres kilómetros. La zona de aparcamiento que quedaba cerca de la casa estaba a tope, con dos furgonetas de la policía y otra negra de los forenses, así que la detective pasó de largo y aparcó al final de la pendiente de arena.

Los últimos cuatro días le habían parecido toda una vida. Bill estaba en un estado muy emocional cuando lo detuvieron y Kate supuso, ingenuamente, que repetiría lo que les había dicho a Tristan y a ella. Lo que ocurrió fue que, cuando lo llevaron a la comisaría de Exeter, usó su llamada para ponerse en contacto con Bev. Después, ella llamó a su abogado y Bill se negó a responder cualquier pregunta, por lo que ahora se había puesto toda la presión en encontrar los restos de Joanna Duncan que había enterrado en la playa.

La detective llamó a Bev, pero en vez de agradecerle que hubiese resuelto el caso, la culpó de todo. Se negaba a aceptar que Bill tuviera otra vida y, por encima de todo, se negaba a creer que él fuera el asesino de su hija. Una parte de Kate entendía la negación. Después de todos esos años llorando en el hombro de su pareja, recibiendo su apoyo, tenía que resultar difícil de creer.

La policía se puso en contacto con Max Jesper y su reacción se pareció mucho a la de la mujer. Decidió perder el vuelo de vuelta a casa y quedarse en España. Kate se preguntaba durante cuánto tiempo pensaría retrasar su vuelta.

La inspectora jefe Faye Stubbs no había cortado el contacto con los dos detectives privados y habían llegado a un punto de mucha tensión. Solo tenían unas cuantas horas para recuperar el coche y acusar a Bill antes de que se les acabase el tiempo y tuviesen que soltarlo. A Noah Huntley lo habían dejado libre, aunque estaba pendiente de la investigación de Bill.

—Dios mío. La simple idea de volver a esa playa… —dijo Tristan cuando su socia apagó el motor.

Fuera estaba tan oscuro que parecía la boca de un lobo, y el viento no paraba de balancear el vehículo. La detective le agarró la mano y la apretó.

—Puedes quedarte aquí dentro si crees que va a ser demasiado.

—¿Estás loca? Quiero llegar hasta el final —le contestó con una carcajada.

Los dos salieron del coche y se pusieron los chaquetones de plumas y los guantes. Bajaron en dirección a la playa, hacia la furgoneta de la policía, de cuya puerta lateral emergió Faye.

—Buenos días —los saludó—. ¿Os apetece una taza de té? Estamos esperando a que baje la marea. No debería tardar más de veinte minutos —añadió tras comprobar su reloj—. Tengo que ir a hablar con el equipo forense y con los guardacostas. Se están instalando en la playa.

La inspectora saltó la barrera que había junto al camino y se dirigió a la playa. Kate y Tristan entraron al abrigo de la caravana, donde dos agentes estaban sentados con unos vasos de poliestireno llenos de té. Los saludaron, y el chico fue hasta la mesita en la que había una tetera y más vasos y se puso a hacer té para los dos.

Aquella era la tercera mañana que se unían al equipo de búsqueda de la playa. La policía había calculado la posible trayectoria que Bill pudo seguir con su coche para bajar por la colina sobre la que descansaba su casa. Además, predijeron que dejó el camino y que fue directamente a la playa, derecho al mar. Pese a que el hombre podría haber intentado conducir en línea recta, el radio de su trayectoria era muy amplio. El equipo de búsqueda de la policía usó georradares para rastrear la zona. También arrastraron un pequeño transpondedor hasta el borde del rompeolas en la parte trasera de un aerodeslizador de la Guardia Costera, y el día anterior el radar detectó una masa grande al filo del límite de la marea. Solo les dio tiempo a clavar una pica de metal para marcar el punto antes de que el mar volviese a subir e hiciese imposible la labor de recuperación. Hoy esperaban poder volver al mismo punto y encontrar algo.

Kate y Tristan se bebieron sus tés de pie, fuera de la furgoneta y acompañados de otros dos agentes.

—Me he enterado de que vosotros fuisteis los que registrasteis la casa —dijo la mujer a los policías.

—Sí, yo soy Keir y él es Doug —se presentó uno de ellos—. Los forenses se han ocupado de la habitación de matrimonio y del baño. Los habían limpiado hace poco con lejía y amoniaco, pero aun así hemos encontrado algunas fibras en el coche, además de pelos, sangre y fluidos corporales.

De pronto, escucharon un motor. Un coche patrulla bajó por la pendiente y aparcó junto al vehículo de la detective. En ese momento, la suave luz del amanecer bañaba la playa, pero no era suficiente para averiguar quién iba dentro del coche hasta que el agente que conducía abrió su puerta y se encendió la bombilla del interior del vehículo. Fue en ese instante cuando Kate entrevió a Bev Ellis sentada en el asiento del copiloto, con aspecto de estar acabada, demacrada. El agente salió del coche y asomó la cabeza al interior para hablar con ella.

—Madre mía. No sé lo que haría si estuviese en su lugar —comentó Doug.

—Yo querría estar ahí —le respondió Kate—. Aunque sea muy difícil. Bev necesita pasar página y encontrar a Joanna, aunque sea algo tremendamente doloroso.

Una parte de ella quería acercarse al coche y hablar con Bev, pero pensó que lo mejor era dejarla en paz. Ahora mismo no sabía qué decirle. Lo siguiente que vieron fue al agente dejar a Bev en el coche y dirigirse a la furgoneta donde se encontraban.

—¿La tetera está encendida? Creo que necesita una buena taza de té —opinó él.

—Si yo fuese ella, necesitaría algo más fuerte que un té —le respondió la detective.

Después, volvió a mirar al coche, donde Bev permanecía sentada en una especie de trance, con la mirada clavada en la playa bañada por las sombras del alba.

Media hora después, el sol ya había salido y lanzaba un resplandor azul plateado sobre la arena. El viento había amainado, pero seguía haciendo frío. Cuando Kate y Tristan saltaron la barrera para unirse a Faye y ver la recuperación, se dieron cuenta de que el aerodeslizador de la Guardia Costera ya se estaba dirigiendo al agua por la playa con cinco hombres sentados en su interior. Un tractor verde con unos neumáticos enormes los seguía a lo lejos. Tres agentes de la policía forense, vestidos con monos de Tyvek y botas de pesca, estaban dirigiéndose a pie a la zona de recuperación donde Kate alcanzó a ver la larga y fina estaca que asomaba en la arena.

—Tenemos menos de una hora para hacer esto antes de que vuelva a subir la marea —les informó la inspectora.

—¿El tractor no se hundirá en la arena? —quiso saber Tristan.

El aerodeslizador se paró a unos cuantos centímetros de donde habían clavado la estaca, mientras que el tractor lo seguía a pocos metros, sin parar de moverse, avanzando lentamente, centímetro a centímetro.

—Está equipado con neumáticos anchos y especiales para una mejor flotación y han rebajado la presión del aire para que aporten la mejor tracción posible. Va a aproximarse todo lo que se pueda —le contestó Faye.

Los dos detectives siguieron a la inspectora por la playa con la intención de acercarse un poco más a la acción. Observaron cómo el tractor aminoraba la velocidad hasta frenar a unos quince metros del aerodeslizador. Un segundo después, escucharon un grito del conductor, que hizo una señal con la mano. No podía seguir más adelante.

A Kate y a Tristan les resultó un momento lleno de tensión el que pasaron observando al equipo de los guardacostas trabajando para encontrar el coche. La mujer echó la vista atrás para mirar a Bev un par de veces, pero lo único que vio fue su silueta en el interior del coche, acompañada por la del agente, ambos mirando hacia donde se encontraban ellos.

El equipo de la Guardia Costera llevaba unas botas de pesca altas cuando se metieron en la arena densa y pegajosa que rodeaba la pica de metal. Tres de los hombres sujetaban unas largas mangueras de metal que usaron para lanzar agua salada a la arena, a muchísima presión para que se soltase, mientras otros dos cavaban. Después de veinte minutos, se escuchó un grito y una voz habló por la radio de la inspectora para confirmar que había encontrado el parachoques de un vehículo.

—Hay que ser rápidos —ordenó Faye por radio—. Tenéis treinta minutos antes de que la marea vuelva a subir.

—¿Cómo se cree que Bill se adentró tanto en las arenas movedizas con el coche de Bev? —preguntó Tristan.

—Si se salió del camino y atravesó la playa a mucha velocidad, el impulso haría que llegase hasta el rompeolas —le explicó su socia, que no podía evitar sentir un arrebato de emoción ante la posibilidad de que pudiese ser.

De que pudiese ser el coche de Bev.

A continuación, observaron cómo el equipo de guardacostas tiraba de una larga cadena que salía de la parte frontal del tractor y atravesaba la arena para engancharla al vehículo hundido. El tractor comenzó a dar marcha atrás muy lentamente, hasta que la cadena se tensó. Entonces, el motor comenzó a bramar. Cuanto más tiraba, más subía el tono del rugido. Las ruedas se habían quedado atascadas y lanzaban arena con cada giro. El equipo de la Guardia Costera comenzó a cavar con las palas y usó las mangueras de metal para regar la arena que rodeaba el vehículo atrapado.

—Oh, no, la marea ya ha empezado a subir —dijo Kate al ver el agua espumosa que se acercaba reptando a donde estaba trabajando el equipo.

Entonces, escucharon un tremendo estruendo cuando las ruedas del tractor ganaron tracción en la arena y comenzó a retroceder. La tierra que había delante de la pica comenzó a levantarse y a ondularse, y un segundo después, la figura de un vehículo salió de la arena.

La detective miró hacia atrás, más allá de la playa, y vio que Bev había salido del coche patrulla y estaba de pie, con la mano apoyada en la puerta abierta, mientras observaba los restos del vehículo, una tartana fruto de pasar tantos años hundida en el lodo. El tractor continuó dando marcha atrás y, con una sacudida, sacó los restos del coche de la pegajosa arena y lo arrastró hasta tierra firme.

301

Fueron detrás del coche hasta que lo dejaron en las carpas de los forenses, que habían montado al borde de la playa. El armazón del vehículo estaba oxidadísimo, prácticamente no quedaba nada de las gomas de los neumáticos y solo se veían las yantas. Kate intentó ver el interior, pero no era capaz de adivinar dónde estuvieron un día las ventanillas, y daba la sensación de que el techo se había desplomado. Dos agentes de la policía forense desengancharon la cadena y el tractor se alejó por la playa a trompicones. A continuación, levantaron la carpa blanca de los forenses y la movieron hasta que el armazón oxidado del coche quedó dentro de esta.

Los dos detectives subieron a esperar con Faye, durante una hora llena de tensión, en la furgoneta de la policía. Mientras tomaban más té, vieron cómo Bev se ponía cada vez más nerviosa dentro del coche patrulla, hasta que salió del vehículo y bajó corriendo en dirección a la carpa. Un segundo después, la radio de la inspectora comenzó a emitir una especie de crujido en su solapa.

—Jefa, acabamos de confirmar la identidad.

—Vale, ya estoy bajando.

Faye les hizo una señal a Kate y a Tristan para indicarles que deberían acompañarla. Cuando llegaron a la tienda, encontraron a Bev entre los brazos de un agente de mediana edad que en parte la consolaba y en parte la intentaba retener para que no entrase a la carpa. La mujer emitía un terrible gemido en voz baja, más animal que humano, que hizo que a la detective le diesen escalofríos y se le erizase el vello de la nuca.

El lateral de la tienda que daba al *parking* estaba abierto, y la intensa luz que salía del interior iluminaba el armazón oxidado del coche. Dentro de este solo se veía una mezcla de lodo, arena y metal retorcido.

Los agentes de la policía forense habían extendido dos sábanas blancas muy largas delante del vehículo. En la primera, descansaban los restos de un bolso de piel y de un portátil cuya funda de plástico estaba en unas condiciones sorprendentemente buenas. En la segunda, Kate alcanzó a ver los huesos amarillentos de un esqueleto. Las cuencas del cráneo parecían mirarlos ojipláticos. Los dientes habían quedado intactos y, junto a la calavera, se encontraba una parte de la mandíbula. Aquel esqueleto parecía tan pequeño...

—El número de la matrícula coincide. Este es el coche que pertenecía a Bev Ellis —dijo uno de los agentes de la policía forense—. Hemos podido comparar los dientes del cráneo con los registros dentales. El esqueleto que acabamos de encontrar dentro del coche es el de Joanna Duncan.

Bev gritó del dolor, se soltó del policía y alargó el brazo para intentar tocar la calavera, pero Faye y Kate fueron a contenerla. A la mujer se le aflojaron las piernas y se aferró al hombro de la detective.

—Mi niñita... Has encontrado a mi niñita —le dijo.

En ese momento, abrazó a Bev con fuerza.

—Lo siento mucho, Bev. Lo siento muchísimo.

Epílogo

Dos semanas después, Kate, Tristan y Ade se encontraban en la playa que había detrás de la casa de la detective. El sol se ponía mientras ellos permanecían sentados en los enormes restos de un árbol que, un par de años atrás, después de una tormenta, la marea había dejado allí. El fuego que habían encendido en la arena ardía frente a ellos.

—¿Sabes? Esta mierda con gas para abstemios no está mal —opinó Ade—. ¿Qué estamos celebrando sin alcohol?

—Estás un poco chulito para haber sido tú el que se ha acoplado a la barbacoa —le contestó su amigo.

—¡He traído carne!

—Muchas gracias, eres más que bienvenido —le dijo Kate. Dio un sorbo al zumo con gas y estuvo de acuerdo en que no estaba nada mal—. Estamos celebrando que nos han pagado por resolver el caso, y la fantástica entrevista que nos hicieron para el *West Country News*.

—Que esperamos que nos dé más trabajo —añadió Tristan.

Jake estaba de pie, al lado del enorme tronco, mientras intentaba encender una pequeña barbacoa que habían arrastrado por el acantilado desde su ubicación habitual, junto a la puerta trasera.

—También celebramos que por fin hemos conseguido encontrar trabajadores para limpiar las caravanas —intervino, y cogió su vaso con la bebida espumosa.

Se acercó al resto y levantó su copa en el aire.

—Por la agencia de detectives, el *camping* de caravanas y que se acabó fregar baños —dijo, y todos chocaron sus copas.

—Jake, algún día aprenderás que una parte de la vida consiste en fregar baños —le comentó Ade, que dio otro sorbo a su bebida y añadió—: ¿Tenéis hielo?

—Yo he comprado. Voy a traértelo —le respondió Tristan.

—Coge también la carne. Está en el frigorífico —le pidió el chico.

—Subo contigo —le ofreció Kate—. Hay que bajar demasiadas cosas.

Dejaron a Jake y a Ade en la playa hablando sobre la barbacoa y volvieron a la casa. Acababan de entrar en la cocina cuando escucharon el timbre de la puerta. La detective frunció el ceño. Tristan la acompañó a la entrada y, cuando abrieron, se encontraron a Bev. No la habían visto desde que habían recuperado el esqueleto de su hija de la arena.

—Siento molestar —comenzó la mujer.

—No, por favor, para nada —contestó Kate.

Bev parecía destrozada. Llevaba una falda larga negra de hilo metalizado y un jersey de cuello vuelto del mismo color. En la raíz de su pelo oscuro asomaban un par de centímetros de canas.

—¿Quieres pasar?

—No, no. Solo quería disculparme con los dos... No podía asumir lo de Bill... Y nunca os agradecí como es debido que encontraseis a Jo... Me avergüenza mi reacción. Estaba aturdida. Pero por fin he conseguido enterrarla y dejarla descansar.

Los dos detectives asintieron. Poco después de que la policía forense confirmase que el esqueleto de la playa pertenecía a Joanna, Bev se derrumbó y la tuvieron que llevar al hospital con un *shock* severo. No habían vuelto a saber de ella desde entonces, aunque la mujer les transfirió el dinero que les quedaba por cobrar por resolver el caso.

—Es una pregunta tonta, pero ¿cómo estás? El día de la playa nos asustaste bastante —le preguntó Tristan.

La mujer arrastró los pies, se recolocó el bolso y se encogió de hombros.

—No sé cómo me siento... Se ha declarado culpable. Bill, Nick, o el puñetero nombre que tenga. Es lo correcto y lo apropiado. Hay tantas pruebas contra él por el asesinato de Jo... Y esos pobres chicos. Ay, Dios, tenéis que pensar que soy estupidísima. He pasado tantos años a su lado sin tener ni idea de nada... Supongo que os habéis enterado. Le dieron el portátil y el *pendrive* de Joanna al equipo de informáticos forenses. Los sacaron del bolso que encontraron en el coche.

—Sí —confirmó Kate—. El agua salada destruyó el portátil, pero han conseguido recuperar algo de información del *pendrive.* Había una copia de la foto que nos ayudó a resolver el caso, en ella salía Bill con Max y un hombre llamado Jorge Tomassini en la comuna.

—Por favor —le pidió Bev, y levantó una mano—. Por favor, no pronuncies sus nombres. He tenido que escuchar por parte de la policía todo lo que han descubierto... —A continuación, se llevó la mano a la boca y comenzó a temblarle el labio inferior—. Que encontraron ADN de ese chico, Hayden... Bill siempre fue un caballero conmigo, lo que hace aún más difícil escuchar todo lo que hizo. Las cosas que hizo Nick. He estado yendo a la loquera. Me dijo que seguramente salvara la vida de muchos jóvenes. Yo cimenté esa parte de él. Esa parte de él que quería ser Bill, el hombre heterosexual. Aunque eso es mucho decir para lo que yo era en realidad: su disfraz. Muchas veces lo acompañaba a las cosas del trabajo para mostrarles que era un hombre hetero, asentado, todo bondad y corrección...

—Bev, por favor, no te hagas esto —le rogó Kate—. ¿Seguro que no quieres entrar a tomar una copa o lo que sea?

La mujer sacó un pañuelo del bolso y se secó las lágrimas.

—No, gracias. Ahora mismo no soy muy buena compañía, como os podréis imaginar. Hoy he mantenido una larga conversación telefónica con Max Jesper. Al parecer, estaba tan ciego como yo. Mañana quedaré con él. ¿No os parece una locura?

—No —contestó Tristan—. Él también ha perdido a alguien. Tenéis eso en común.

—Dios, me paso el día con el estómago revuelto. No quiero tener que lidiar con Bill y todo lo demás. Solo quiero llorar a mi Jo...

A continuación, se puso a rebuscar en el bolso y sacó algo pequeño y cuadrado envuelto en un pañuelo de papel.

—Oíd, quiero que os quedéis esto para recordaros que debéis seguir haciendo lo que hacéis. Sé que las cosas no son fáciles. —Le tendió el trozo de pañuelo cuadrado a Kate y, cuando lo abrió, descubrió que en su interior había un amuleto plateado con la forma de una lupa—. Jo tenía una pulsera de la suerte. Se la compré cuando cumplió dieciocho años y no se la quitó nunca. La encontraron en el coche cuando lo sacaron de la arena, junto a sus restos. La han limpiado.

—No podemos aceptarla —comenzó la detective.

—Sí, quiero que la tengáis. Por favor. Es una parte de Joanna para recordaros que hicisteis algo increíble al resolver el caso y traerla de vuelta hasta mí.

—Gracias —dijo Tristan.

Entonces, Bev les dio un abrazo a los dos.

—Que Dios os bendiga —añadió, y, con un gesto leve, se despidió de ellos y se fue.

Un segundo después, la escucharon cerrar la puerta de entrada al salir.

Kate se quedó un momento observando el amuleto.

—Este caso me ha partido el corazón. Y pensar en todo el tiempo que ha pasado ahí, en ese coche, enterrada en las profundidades de la playa.

—Deberías sentirte orgullosa. En un mes has hecho lo que la policía no pudo en trece años.

—Los dos tenemos que estar orgullosos. No podría haberlo hecho sin ti.

Se hizo otro momento de silencio mientras observaban el pequeño amuleto de plata. La mujer lo colocó en la encimera y se secó los ojos. Pensó en cómo aquel amuleto había estado todos estos años colgando de la muñeca de Joanna, a la espera de que lo encontrasen.

El teléfono de Tristan comenzó a sonar en su bolsillo; lo sacó y miró la pantalla.

—Es Ade, pregunta dónde estamos con su hielo.

—Bueno, tenemos suerte de que esto sea lo único por lo que nos tenemos que preocupar: que a Ade se le caliente la bebida. Vamos a comer —le dijo Kate con una sonrisa.

Cogieron el hielo y la comida, salieron de la casa y bajaron a trompicones por el acantilado para reunirse con Jake y Ade, que los esperaban a la cálida y alegre luz del fuego.

Carta del autor

Queridos lectores:

Gracias por leer *Secretos en la oscuridad*. Os agradecería mucho que, si habéis disfrutado con el libro, le habléis de él a vuestros amigos y familiares. La forma más poderosa de que los lectores descubran uno de mis libros sigue siendo el boca a boca. ¡Vuestro apoyo marca una enorme diferencia! También podéis escribir una reseña. No tiene por qué ser larga, basta con unas pocas palabras, pero, de esa manera, también podéis ayudar a otros lectores a dar con uno de mis libros por primera vez.

Me encanta leer, y nada me gusta más que perderme en una buena historia. Más que nunca, creo que este año pasado he recurrido a los libros para evadirme de lo que está pasando en el mundo. Gracias a todos los que me habéis enviado mensajes para decirme que habéis disfrutado huyendo a uno de mis libros. Todos y cada uno de ellos significan mucho para mí.

Si queréis descubrir un poco más sobre mí, podéis consultar mi página web: http://www.robertbryndza.com.

¡Kate y Tristan volverán dentro de poco con otra fascinante investigación de un asesinato! Hasta entonces…

Robert Bryndza

Agradecimientos

Quiero dar las gracias a mis increíbles editores, el equipo de Thomas and Mercer en Estados Unidos y Canadá: Liz Pearsons, Charlotte Herscher, Laura Barrett, Sarah Shaw, Michael Jantze, Dennelle Catlett, Haley Miller Swan y Kellie Osborne; también al equipo de Sphere en el Reino Unido y la Commonwealth: Cath Burke, Callum Kenny, Kirsteen Astor, Laura Vile, Tom Webster y Sean Garrehy.

Gracias, una vez más, al Equipo Bryndza: Janko, Vierka, Riky y Lola. ¡Os quiero muchísimo y os agradezco que me hayáis animado a seguir adelante con vuestro amor y vuestro apoyo!

Y, por último, mi mayor agradecimiento va para todos los que forman parte de la comunidad bloguera de libros, y para los lectores. Cuando empecé, fuisteis vosotros los que leísteis y defendisteis mis creaciones. El boca a boca es el medio publicitario más poderoso, y nunca olvidaré que tanto mis lectores como muchos de los maravillosos blogs de libros sois los más importantes. Todavía quedan muchas más historias por venir, ¡y espero que me acompañéis en el viaje!